# 当我的世界有了你

小白◎著

九州出版社
JIUZHOUPRESS

图书在版编目（CIP）数据

当我的世界有了你 / 小白著. — 北京 : 九州出版社, 2016.10

ISBN 978-7-5108-4820-9

Ⅰ. ①当… Ⅱ. ①小… Ⅲ. ①长篇小说—中国—当代 Ⅳ. ① I247.5

中国版本图书馆 CIP 数据核字（2016）第 254679 号

## 当我的世界有了你

| | |
|---|---|
| 作　　者 | 小白　著 |
| 出版发行 | 九州出版社 |
| 地　　址 | 北京市西城区阜外大街甲 35 号（100037） |
| 发行电话 | （010）68992190/3/5/6 |
| 网　　址 | www.jiuzhoupress.com |
| 电子邮箱 | jiuzhou@jiuzhoupress.com |
| 印　　刷 | 北京旭丰源印刷技术有限公司 |
| 开　　本 | 880 毫米 ×1230 毫米　32 开 |
| 印　　张 | 11.25 |
| 字　　数 | 200 千字 |
| 版　　次 | 2016 年 12 月第 1 版 |
| 印　　次 | 2016 年 12 月第 1 次印刷 |
| 书　　号 | ISBN 978-7-5108-4820-9 |
| 定　　价 | 36.00 元 |

# ONE

# 当我的世界有了你

# 1

**日期：2017/12/31**

**时刻：23:50**

今年的最后一天，还有10分钟。

盛葵看了看破旧的手表，把手放在自己的胸口。嘀嗒嘀嗒。

时间走动的声音和心跳有条不紊地重合。像时钟一样的心脏被包裹在身体中，像心跳一样的秒针走动在四维空间。畸形地用心跳的次数倒数着存在的时间。这就是我们存在的时间。无尽的又是有尽的时间。存在的时间可以倒数吗？我们栖身其中不知答案。

盛葵已经不记得这是她第几次忍受不了父亲而离家出走了。因为父亲，或许是因为父亲吧，也许这只是她的借口。气温在夜晚总是飞速下降。人体的温度是37摄氏度，据说当心脏的温度到28～30摄氏度时，心脏就会发生室颤，没有有效的收缩，人就会死亡。冰海沉船，落水的人最终都是因为寒冷而快速死亡。盛葵只披了一件再朴素不过的开衫就迅速地逃出家门，口袋里装的是从卫生间里偷的妈妈的口红，她给自己抹上。零摄氏度的气温冻得她头晕眼花，走路像企鹅一样一摇一晃，以她154.5厘米的身高一转身几乎倏忽不见，影子也沉在夜幕中无法辨识。她很冷，她的手脚都很冷，她这么冷以至于她在想自己怎么还不冻死？

“安眠药……”

“什么？”

“安眠药。”

“小姐，请你大声点好吧？声音这么小，给鬼听啊？”

“我要……我要安眠……安眠药。”

“配多少？”

“全部。”

“小姐，这属于特殊药物，我们这种小药店最多只能配1～3粒。何况你买这么多，吃出毛病谁负责啊？去去去，快走，大半夜的这么晦气。”

“我……”

她嘴唇肌肉因寒冷而变得笨拙，看起来楚楚可怜。

“快走，快走。别来捣乱。”

盛葵被不耐烦的店员赶出了药店。店员是一个外地人，普通话听起来有些滑稽，赶人的时候表情特别丰富，她在说着滑稽的普通话时还不忘一个接一个翻着白眼。这是一名长期受到压迫的店员，店长一旦有什么不顺就冲着她发火，她是长期受到压迫的店员里的一员。而为了发泄自己心中的苦闷，她抓准了盛葵这样的客人就找机会欺负，混社会的人是很清楚生存法则的。

药店的玻璃门被关上了，留给盛葵的是漫长而又无边无际的夜晚，这氛围让她喘不过气来。盛葵的沉默寡言，使自己狼狈得像一条狗。哈哈，可那又怎样。

## 23:55

今年的最后一天，还有5分钟。

雨后潮湿的街道愈发冰冷，沉寂的夜晚依旧是无尽的幽暗。霓虹灯遮盖了一切东西的本质，彻骨的恐惧感像刀一样插入她的心脏。

便利店。霓虹灯还闪烁着，24小时营业。盛葵慢慢走进便利店，看了一圈，看到美工刀，准备从架子上取下，却意外被人抓住了手腕。

“这些美工刀，我全要了。”

这个声音，在漫长的黑夜里被肆意的寒风切割开皮肤渗透进去。你相信吗？相信你的耳朵吗？它存在于你虚无的身体中，你依赖它缥缈的存在。如果你听得懂它，它比眼睛还要可靠。盛葵听到了。

# 2

**日期：2017/12/31**

**时刻：23:50**

今年的最后一天，还有10分钟。

手机振动了，历冥单手握方向盘从风衣口袋里拿出手机看了眼短信：12点，在酒店床上等你，宝贝。系了一天的领带勒着喉咙，他松了松领带，随手把手机扔在车座上，瞥了眼时间。这个举动显示出他的燥热、不耐烦，他不喜欢这种看似有情趣的时间限制游戏，他甚至都不愿意看时间。如果一切的一切按部就班，那人类社会就只是作业本。他宁可自己是自己随心所欲创造出来的怪物。是的，他是个怪物很多年了，没有人知道他每天都在进行一场殊死搏斗。每想到这些，历冥总会满怀不快，似乎身体里积压的全部都要从喉咙间喷涌而出，紧接着又被揉回肚里。

人活着为什么每天都要玩这样倒数时间的游戏？可人活着，有的人会坐上游轮，一路上都是推杯换盏，歌舞升平；也有的人会乘上飞机，快速地在生死边缘盘旋。其实细想来这些并没有什么不同，终点站早敞开了，上面刻着坟墓的字样，再无所不能的伟人面对它也无能为力。其实死亡是全世界最公平的事了，人类的死亡率是百分之百。当然，如果你有钱，死亡后也有不同的选择，比如泡在福尔马林里做成标本，不让泥土弄脏了尸体。

历冥的余光扫过路边还开着的药店。转了把方向盘，刹车，在药店门口停好了他的路虎。避孕套。颗粒型，螺纹型……手指滑过包装，发出“嗞嗞”的声音。

他认为人生就应该是纵情享乐的，尤其是男女之间的情爱。这，才是他想要的。他滥啊，但不烂，他特别不喜欢“烂”这个字，好像腐坏到程度极深的东西才会烂。他还是活得挺用力的。

“安眠药……”

“什么？”

“安眠药。”

“小姐，请你大声点好吧？声音这么小，给鬼听啊？”

“我要……我要安眠……安眠药。”

“配多少？”

“全部。”

“小姐，这属于特殊药物，我们这种小药店最多只能配1～3粒。何况你买这么多，吃出毛病谁负责啊？去去去，快走，大半夜的这么晦气。”

“我……”

店员欺人的声音过于高调，而让历冥忍不住抬头的是几乎听不见声音的顾客，什么样的女人在这个时间要买全部的安眠药？真是个疯子！于是他好奇了，因为他也是个疯子，疯子见疯子总容易惺惺相惜。

他看到了一个矮小的女人，不，不恰当，应该说是个女孩。女孩只到货架的高度，黑色的长发把她的脸遮掩在灯光的黑暗阴影里，及膝的黑裙外面披了一件黑色开衫，如果没有裸露在外的白皙肌肤，她看起来黑得就像只乌鸦。她低着头，双手抓着衣袖，几乎要把衣角扯破。从厉冥的角度看来，她这样的动作应该配合着惊慌软弱的表情。她一动不动地站着，一副置身事外的样子。好像在说："我很好，我已经死了。"瞬间，厉冥的好奇心像经历过一整个冬天在洞穴蠢蠢欲动的虫子，在春光的刺激下蠕动着跃跃欲试。

"快走，快走。别来捣乱。"

盛葵被撵出药店。

"先生请问你有什么需要吗？有需要我可以帮你找哦。"

店员眼见着厉冥在药店门口停下路虎，这样的小药店难得会进来一个像厉冥这样长相、气质、身材所有条件俱佳的男人。他有一张能让所有女人投怀送抱的脸和连男人看到都羡慕的身材，而他的富有让他的全身都像镀了金一样闪闪发光，他的眼睛是钻石，牙齿是烤瓷，如果可以用指尖触碰一下，你一定产生一种发了财的错觉。生存法则告诉她：就算只冲着这张没有瑕疵的脸都绝对不能放过！所以店员收起刚刚那些表情，在丑陋的脸上挤出了生硬的羞涩，用直勾勾的眼神望向厉冥。而这些做作的表现却让她愈发丑陋。

厉冥对着女生的背影陷入了沉思，好一会儿才反应过来，朝店员挥了一下手里的避孕套。店员一脸的尴尬，又是一个白眼，这个动作像一个耳光打在她的幻想上，她不由想起那部她看了十几遍让她哭得半死不活的韩剧里的台词：

好男人都长得丑

帅男人又不好

又帅又好的男人都结婚了

又帅又好又没有结婚的男人没能力

又帅又好又没有结婚又有钱的男人对我没兴趣

又帅又好又没有结婚又有钱又对我感兴趣的男人都是花花公子

又帅又好又没有结婚又有钱又对我感兴趣还不花心的男人是同性恋

想完这些又是一个白眼，她没好气地把避孕套装在塑料袋里，朝历冥面前一扔，收过历冥的卡。

“几十块的东西还用卡，真搞不懂有钱人。”店员小声地嘀咕或者称之为抱怨。

她还是别做灰姑娘的梦，把这个月2000元不到的工资拿到再说。对于店员，她其实活着就是为了活着，她居无定所，她从不指望颠覆世界，不抱有宏大的英雄使命。她就指望着挣钱，为此可以不惜一切。她小心翼翼地计算一分一毫，用时间的一分一秒在换取一分一毫，她存在的时间是浓硫酸，当她被腐蚀到表皮、真皮、皮下组织乃至肌层液化坏死，她留下的……她什么都没有留下，什么都留不下，没人会记得她。她是人类的一员，她是人类的大多数。

历冥走出药店拿车钥匙开了车门，启动发动机，看了一眼时间：

## 23:55

今年的最后一天，还有5分钟。

历冥重重拍了一下方向盘，下车锁上了车门，寻找刚刚那个女生。他跟在女生身后进了便利店，观察着她的一举一动，隔着货架能看到她的头顶，他1.85米的身高可以轻而易举地俯视她。而她似乎完全没有注意到他，只是面无表情地盯着货架。历冥放轻脚步走到她旁边。美工刀。刚刚是安眠药现在是美工刀，这些东西只充斥一个共同的特点：冰冷又残酷。

一种极其不舒适的感受包裹住历冥，他转身走出便利店，也就在走出便利店的一瞬间，他又忍不住回头。人们对痛苦的敏感几乎是无限的，但对享乐的感觉则相当有限，所以能快乐的时间都是很短暂的，短暂到他不确定以后是否还有机会。他不应该有任何犹豫去酒店，别人死活关他屁事？历冥在心里是这样告诫自己的，但实际行动却是他走到一半又折回了便利店，抓住了女孩伸出的手腕，说了一句：

“这些美工刀，我全要了。”

# 3

“这些美工刀，我全要了。”

历冥从货架上抽出所有美工刀后立刻松开了盛葵的手腕，她的手冷得像速冻箱里刚刚拿出来的生肉。这次换成盛葵又死死拽住了历冥的衣角。

“不可以，一把。”

“嗯？”

“给我一把就好。”

历冥看看自己手里的十几把美工刀，又看看死死拽住他衣角的盛葵。他到底在做什么，爱心泛滥强行拯救陌生少女？听起来可真恶心。

“要12点了，给我一把。”

盛葵看了眼便利店里挂在墙上的闹钟，用力拽了拽历冥的衣角，仰看着他。历冥盯着拽住自己的那双手，突然生出抵触情绪，把衣服从盛葵手中拉出来并用手抚平，而褶皱已经在高档布料上形成。

## 23:59

还有一分钟，要来不及了。今天的最后一分钟，60秒。嘀嗒嘀嗒嘀嗒嘀嗒嘀嗒嘀嗒嘀嗒嘀嗒嘀嗒。秒针走动的声音和指甲划过黑板的声音，如出一辙地让人心痒得撕裂心肺。

“12点了。”

盛葵小巧细致的面庞阴沉了下来，她又立刻恢复了面无表情的模样，长发把她的五官遮住了一半，只露出涂得十分难看的红嘴唇。半夜看起来像索命的厉鬼。盛葵哈哈地大笑，又稀里哗啦地痛哭，然后猛地恢复面目表情。她用余光瞥了一眼历冥就奔跑出便利店，历冥觉得那个眼神十分诡异，仿佛在告诉他“跟我来”。他用信用卡结完账后便尾随盛葵跑了出去，他看着盛葵右拐进了小巷。他和小巷非常有缘，那里充斥着他说不清道不明的乱七八糟的故事。

历冥在巷口犹豫了一番还是踏了进去。散发着青苔味的狭窄的墙面，忽明忽暗几乎爆裂的路灯，潮湿的泥巴地让他的皮鞋陷入了一厘米，随便一踩就是“咔嚓”一声，到处都是铺满玻璃碎片的泥巴地。他看着盛葵蹲下，裙边沾上泥浆，如果再深一点，这个巷子会如同一片沼泽，能把人都吸进去。盛葵仿佛是要捡地上的玻璃碎片。历冥见状把她一把从地上拽起来，用力往墙上一甩。盛葵没有挣扎，顺势靠在墙上歪了一下头，既没有退缩，也没有闪躲。自然、安静，无所畏惧，了无生气。她的模样真让人同情。

盛葵不讲话。她歪头观察着历冥。高，他站在自己面前，挡住了他身后路灯忽明忽暗的灯光。昏暗的黄色光芒从他四周散射出来，让他越发令人着迷。如果他是死神的话，选择死亡的人会前赴后继。盛葵看着历冥，眼睛闪烁了一下继而又蹲下，历冥以为她又想捡起地上的玻璃碎片，所有美工刀一把把甩在了地上："想死？都拿去。"

"这个社会想活下来的人多得是，凭什么死，死？你说死就死？"历冥的轮盘很绝对，赌注全押在了不可能。

盛葵顿了一下，晃了晃脑袋。Bingo，被他猜中了。他成竹在胸地半眯着眼睛俯视着盛葵，他高高在上，眼珠像是镶满钻石的匕首，美丽又危险。

"怎么了？又不想了？骗子。"

"我不是。"

"证明给我看。"

盛葵注视着历冥，她仿佛注视的是自身对这个世界仅剩的一丝留恋。她犹豫，她的留恋被连根拔起出现在她面前时她心动了，她开始无法轻轻松松地说走就走。

"证明给我看。"历冥再一次重复道。只一会儿工夫，他精致的眼睛又像黑色的珠宝般深邃，那是丢进火堆里也熔化不开的昂贵和坚固，还有猜不透经历过些什么的完美，只是他的眼充了血，看起来像只吸血鬼，有些疯狂，加上冰冷的天气，过重的喘息声，他一口一口吐着白气。

时间在光影下变得恍惚混乱。盛葵拆开美工刀的塑料包装。

“刺啦——”塑料包装被撕开。

据说感觉神经将反应传到大脑要0.2秒，所以人最快的反应也要0.2秒，但似乎距离发生已经过去太久了，记不清楚她当时花了多长时间划向自己，但应该没有过0.2秒，血腥味就传入了鼻腔，当时的一瞬间迸发过一场暴力美学。

历冥输了，他有些始料未及，他在盛葵划第二刀前从她手里抢走了美工刀。他慌张之余盛葵竟还冲他笑！路灯的灯泡突然爆裂，小巷子里一片漆黑，世界就像被砸出了一个黑咕隆咚的窟窿，他们掉了进去，没有氧气、没有温度，只有黑暗。

“喵——”

一只黑猫被历冥突如其来的举止惊得全身的毛瞬间竖起，“嗖”的一下跑出了小巷，盛葵伸手想去抓却扑了个空。

“你看它被你吓跑了……”

历冥把盛葵从地上拽起来，只是狠狠盯着，视网膜上的猩红像即将爆发的火山，呼吸像冰柜里的冷气。盛葵看着历冥，不过在如此昏暗的环境中，用“看”这个字眼也许并不准确，因为在黑暗中是看不清也认不清的。然而修长高挑的身材，完美无瑕的五官，再加之旺盛的男性魅力，几乎瞬间可以让所有少女少妇统统都昏厥。盛葵也不例外，历冥全身上下笼罩着的诱人的气息令她的心跳和秒针不在一个频率，如果心跳可以形容，那现在一定有人在她的心脏上按着快进键。

“我不是骗子。”

“你到底算个什么东西！”历冥的太阳穴疼得厉害，这样的感受像是掀开一层皮肉，以至于疼到发炎冒泡使他神经错乱。

“天冷，流浪猫很可怜，”盛葵用手指指她刚刚蹲下的地方然后又把头拧向巷口，表明她是听到了流浪猫的叫声才奔跑进了巷子里，“它跑掉了，它走了。”

巷子，流浪猫。历冥没有说话，他像是被一场狼藉的回忆折磨到随时都能倒下，此刻他很清醒也很混乱，只是心脏在一跳一跳地痛，胃也抽得疼，全身更是酸得厉害。此时他除了去踹那散落一地的美工刀外不知如何应对，去他妈的就是这些！

历冥走出巷子，他头也不回，如此昏暗的环境下，泥巴地上连个影子也看不到。在这样的状况下，他遇见这样一个人，他可以在她身上看到什么寻找到什么，他好奇但也害怕，他渴望却又拒绝。

赫里克说过，人的头脑细胞及神经组合庞大得令人叹为观止，这个组合数，大到连几亿光年的天文数字也望尘莫及。若使神经细胞产生活动，可记录出百万分之一伏特的电位差。而此刻，历冥的神经细胞产生的一系列活动在疯狂地极端挣扎着。

他挣扎着。

人生的每一步都像在赌博，赌输了就全输了。可是，从某个角度来说，人生还不如赌博，因为它从不给你再次下注的机会。

# 4

盛葵没有看一眼自己划破的手腕，血液在翻滚不息地往外溢出，她不在意。她还是平安无事地活着，伤口的疼痛就是存在的证据，即使她并没有感到多痛。怎么说呢，她的痛感非常之低，听说这与求生欲有关，求生欲越高的人痛感越高，反之，求生欲低痛感就低。

总之，一些外在的决定性因素使得她现在平安无事，而所谓的决定性因素中的99%都是历冥，是他让她现在还活着，所以她想，她在今天也许失去了些什么，却也感到一些意外的惊喜。盛葵又扯了一下嘴角，她今天笑的次数多了。她没有注意路面差点被泥巴地绊倒，只是一小步一小步用自己不协调的肢体走出了巷子，然后在巷子口被拽住了胳膊。

“痛不痛？”

历冥低沉的嗓音和深邃的眼神无不彰显着他的雄性气息，那眉间的一皱和拽住盛葵的那双手看上去都是上帝精雕细刻的杰作。

“不痛。”

历冥深刻地体会到潜意识甚至理性都无法控制行为的感受，大脑告诉他别回头，而心却告诉他要回去。最终，大脑无法掌握心的方向。这是科学家用怎样的数据分析也无法确切得出的结论。说真的，他挺反感多管闲事的自己的，因为常常惹得一身骚，比如现在的自己又一次重蹈覆辙了。

历冥对盛葵说了句“跟我走”后就沿着街道走在前面，盛葵跟在历冥的后面，保持着大概有一米的距离，在路灯照耀下可以看到盘旋在光线周围的飞蛾似乎在演绎着飞蛾扑火的故事。

“你好，你——”店员看到先进门的历冥立刻拢了一下头发，殷勤地凑上前，恨不得在药店就脱光衣服献了身，可是紧接着，她又看到跟在后面的盛葵，怎么又是这个女鬼一样没声没响的女的！于是连接下来的话都说不下去了，转身就是一个白眼，真令人火冒三丈。

“止血贴、消炎药。”历冥的唇总呈横线状，很少带有不一样的弧度。如果有，一定是他暴跳如雷时朝下的，他骄傲冷酷的脸上笑容看起来比登天还难，所以他的眼角也找不到丝毫皱纹，他没有岁月的痕迹，看起来吹弹可破。

刚刚还是避孕套，现在就是止血贴、消炎药？搞什么？店员慢吞吞地找着，余光瞥过盛葵的手。

不是吧……她咽了口唾沫，觉得有必要给那段韩剧台词再加最后一句：

又帅又好又没有结婚又有钱又对我感兴趣还不花心不是同性恋的男人在某方面一定是变态。

店员的心“咔嚓”一声碎得和玻璃渣儿一样，她继续遵从她的生存法则选择对这样的人避而远之，加快速度把止血贴和消炎药结算好价格扔给了历冥。

历冥刷完卡就走了，盛葵继续跟在身后。店员“嘁”了一声心想：这女鬼有什么好的，这样的男人和她配还差不多，SM啊……她其实也是心甘情愿的呢。而很显然，店员未免想象力太丰富，那份娇羞的表情令人消化不良。

陀思妥耶夫斯基早说过，对具有高度自觉与深邃透彻的心灵的人来说，痛苦与烦恼是他必备的气质。盛葵和历冥都不例外，他们漫步在满天星斗下，他们不属于常人，在先天属于上帝宠爱的一类，在后天属于要被上帝占有的一类。

历冥打开车门让盛葵坐在副驾驶座上，自己坐回驾驶座，转身从后座拿了瓶矿泉水和消炎药给她：“咽下去，手给我。”盛葵乖乖地接过药片，把受伤的手伸向历冥，历冥拿了一片止血贴按在盛葵的伤口上，止血贴很快被浸湿在大片的红色血迹中。

“下次……”

历冥话没说完手机响了，手机在之前被他不当心扔进了车缝里。他的手臂不足以伸进去拿手机，盛葵的瘦小占了优势，轻而易举地从车缝里拿出了手机递给历冥。历冥接过手机没有立刻滑开屏幕接听而是指着盛葵用他的低音炮凌厉坚硬地说：“下次不要这样，麻烦。”

盛葵不点头也没摇头。历冥滑屏解锁，对面立刻传来林志玲一样的声音，娇嗲是女人的优势，能快速令男人高潮。

“宝贝，都要12点半了你怎么还不来啦！还没买好吗？人家等不及了啦！”

“等我。”

历冥看了眼正低着头专心致志摸着止血贴的盛葵又改变了主意。

“今天不去了。”

于是只留下电话另一端传来的一连串急促的“喂喂喂”。历冥是一个特殊的人，他不吃普通人那套，他挑食。因为他有钱，除了钱以外还有英俊的脸蛋，他英俊的脸蛋是一份无限升值的股票，多的是女人想往里边砸钱，当然，除了钱和脸蛋之外他还另有秘密。

历冥挂断电话后像家长一样打掉了盛葵在摸止血贴的手：“会发炎。”

盛葵听话地收起了手。

狭小的空间总是让人很容易像服食了迷幻药般着迷，柔软的真皮座椅像云朵一样让人轻飘飘。连呼吸都似乎挨上了大气层而变得急促，耳朵也有轻微的轰鸣声。心，在车里开始变得酥软，温暖。这样坐在车里，沉默地感受着彼此的体温，大约维持了五分钟之久，还是历冥冷着脸先开口：“闹够了？送你回家。”

盛葵摇头。

“没闹够？”

摇头。

“不想回家？”

还是摇头。

“说话。”教人讲话不是历冥的风格，他目不转睛地看着盛葵喉咙发出的声音又低了些。

盛葵：“他们不希望的。”

历冥：“不希望你回家？”

盛葵：“……”

历冥：“吵架？”

盛葵：“……”

历冥：“功课？”

盛葵：“……”

历冥：“顶嘴？”

盛葵：“……”

历冥：“恋爱？”

盛葵：“……”

历冥：“逃课？”

盛葵：“……”

历冥：“说话！”

盛葵：“……”

历冥：“不说话滚！”

那一份莫名而来的烦躁划破他的耐心。盛葵没有说话，她打开车门，对历冥微微点了一下头似乎是想用这个动作表达谢意然后便要离开，这个过程寂静得像是把耳朵塞上了耳塞，但这个过程其实又响得刺耳，足以划破历冥的心。如果人会爆炸，他真的要炸开了，炸成血浆。

“回来！”

历冥对着盛葵吼道，盛葵愣在原地看了眼历冥，看上去就像刚刚巷子里逃跑的那只野猫。他又产生了一些错觉，大概是最近太累了。历冥的胸腔忽高忽低地起伏，他脑海来回反复着这句话，最后盛葵被历冥拽上了车。

盛葵就像一个不知所措的小孩低着头，她不知道怎么去接话，手无寸铁的她选择逃跑，她看起来多么狼狈。她知道，但她并不在乎，她只是单纯地紧张，于是她下意识地抓着自己的衣角，抓啊抓啊，被历冥尽收眼底，抓啊抓啊，再抓衣服就要撕裂开了，这个行为不由得牵扯着历冥，历冥深呼吸又吐气，他需要镇定，他又怎么了？怎么也紧张起来。

“再问你一遍，是不是不肯回家？”

盛葵点头。

“说话。”

“嗯。”

“暂时住我家。”就当……养了一只猫。

后面这一句历冥没有说出口。他并不平稳的气息坚硬得不容盛葵反驳，他做了极大的让步。如果盛葵对他的提议再摇一次头，他不敢保证自己不会歇斯底里到砸了车子泄愤。

盛葵：“不……”

历冥一抬手砸在方向盘上，沉默了一分钟，还是动了动喉咙问了一句：“为什么？”

如果在以前他绝不会有这样的耐心用来消磨，一个“滚”字就是他全部的回答。

盛葵：“我害怕你麻烦，我想……我不该给你添乱了。”

自身难保还担心他麻烦？历冥的怒火从眼睛里消了下去变回理智的模样，他用手穿过盛葵的头发，手掌按在盛葵的肩膀把她搂进了怀里，清晰锋利的眼神直勾勾地看着盛葵又在盛葵的耳边吹了口气，弥漫而来的男性气息挑逗着盛葵。

历冥：“我不是什么好人，我经常带女人回家过夜。觉得麻烦不如让我睡一下？反正也不知道你我明天是死是活，能玩一天是一天，我刚刚也救了你不是吗？我最喜欢公平了。”

历冥的措辞很露骨，行为带着侵略性，然而即使这样，那画面看起来也是可圈可点，美妙极了。

盛葵：“你是好人。”

盛葵看了一眼历冥搭在自己肩膀上的手，抬头正视历冥的眼睛，吐出四个字。如果说历冥的眼睛漂亮，是漂亮到虚无缥缈的漂亮，像经历打磨的宝石，像无尽的深渊；那么盛葵的漂亮则是日月可鉴的纯粹，眼珠黑得像是一张全黑的纸片，然而你知道的，就算把纸头拿出来，纸下也什么都没有，纸下是无垠的黑。

历冥只觉得五脏萦绕着磨砂般的痛痒，脉搏似乎是跳跃得急了些，一下子跳出了身体。回避掉了盛葵的眼神，历冥滚动了一番喉咙：“别当真。”

盛葵：“好。”

历冥：“什么？”

盛葵主动靠前伸出舌头舔一下历冥的侧脸，用纯粹的眼眸冲历冥眨了眨，她单纯透彻的眼睛像一根针扎在历冥的心上并且穿了线，她看他一眼，针就连着线往外扯一些，而他心里有好多秘密，再这样下去，线会扯着秘密掉出来的。

"挺有趣。"历冥拍了拍盛葵的脑袋。

历冥向来不信神，不信上帝，不信命运，他只信自己。如果说下一秒他要为此付出代价，这一秒他还是要尝试。他发誓此刻他没有认错人。

月光透进车窗洒在他们的发丝上、眼皮上、鼻梁上、嘴唇上，并缓缓地流淌进身体。历冥开启发动机，身旁娇小得可以抱住双腿蜷缩在座位上的盛葵面无表情地看着窗外，历冥看着她依旧裸露在外的双腿打开了暖气，这是一个再小不过的动作，历冥自己也没有注意到，而他的心中很微妙地庆幸盛葵不回家。盛葵感受到了车内的暖流，她冰凉的手开始炙热，心也热得翻江倒海，连瞳孔都变热情了，她看了眼暖风扇又缓缓抬头看看历冥开车的侧脸，瞬间她体会到了一种徘徊在存在与死亡边缘的快感。那种感觉像沉入海洋淹没过头顶，像坐过山车后头晕目眩，像被丢在孤岛孤单又自由。而这不过是一场恶作剧，在天上优哉游哉的主宰者露出阴森的牙齿说的是：Welcome，but you can never leave（欢迎光临，但你们别想离开）。

# 5

历冥看着一动不动熟睡无比的盛葵，一口接一口用力极猛地抽着烟。经历过一天，历冥的下巴冒出了一些胡茬，凸出的喉结，裸露的上身使他看起来更具有男人味，真是一副好皮囊。人类追逐这样的皮囊，甚至为此可以抛弃智商，而如果器官俱腐，只剩下血肉、只剩下白骨、只剩下灰尘，那么用来慰藉取暖的皮囊，切割开后很可能还不如猪肉可以卖20元一斤。不过这样的形容实在有点赤裸裸了。他戒烟有一段时间了，只是昨晚对他而言是一个说起来特别又没什么特别的日子。

在这个日子，他拯救了一个陌生的女孩，又收留了她。这时间短暂，但是给人的感觉却非常漫长。这期间所发生的事情看上去是那么不可思议，又是那么顺理成章。

历冥换上浴袍打开厕所门，盛葵看着历冥从厕所出来又走进房间拿了一套睡衣然后把盛葵拉进了厕所，他用修长的手指指着LESMODA的沐浴乳和Alterna的洗发水说：“沐浴乳、洗发乳在这儿，洗好了穿好睡衣出来。明天帮你去买新的衣服。”

“小心手腕上的伤。”

“还有明天就给我滚，否则你的一生将完蛋！”

然后历冥就“砰”地关上了厕所门。他连水温也帮她调到了最合适的温度。

她说她爱他。当温水浇在她的身上，那是他调试的温度，是温暖的柔软。她把沐浴乳擦在脖颈擦在胸脯擦在腰肢，这个香味像广告片写的the ultimate luxurious。她用他用过的沐浴乳，是相交纠缠的迷幻。她感受到从未有过的，好像有几千只蝴蝶从身体里飞了出来，五颜六色，五彩斑斓，和她一直认知的黑白世界有所不同。他带给她五颜六色，每种颜色都很好看，令人充满快感与灵感。

完蛋？如果她的一生要完蛋，那她希望自己完蛋得快速再快速些。何况还不知道谁完蛋呢，谁完蛋谁是笨蛋。

洗完澡，盛葵穿着历冥的睡衣出来，睡衣太大了，裤脚都垂在地上。这让盛葵走路很不稳，随时随地有摔跤的危险，历冥单膝跪在地上帮盛葵把裤脚往上卷了几圈终于不至于垂在地上。他看起来是个阴晴不定的危险男人，虽然不热情但并不冷漠，至少十分照顾她。

历冥站起来后看了眼盛葵贴着止血贴的手腕，止血贴已经浸透在血液和自来水里，头发也湿漉漉的，没有擦干，像极了流浪的野猫。他帮盛葵重新换上止血贴又拿出吹风机吹着盛葵的黑发。盛葵都不需要坐在椅子上，历冥高了她太多，她站着历冥也可以轻而易举地帮她吹头发。像身高这样，明明看起来那么不契合却又偏偏十分契合的地方似乎很多。他们很多地方都有这样看着不契合却又莫名契合的契合度，或许有些人是真的能印证契合学说，如同酶和底物结合时，底物的结构和酶的活动中心的结构会吻合。就好像一把钥匙配一把锁一样。酶的这种互补形状，使酶只能与对应的化合物契合，从而排斥了那些形状、大小不适合的化合物，像是曾经就磨合过很多次。

“下次记得洗完头自己吹干，不然会头痛。”

“你睡这间，我在旁边，有事叫我。”

刚刚在盛葵洗澡的时候，他已经把床单换了下来，把离自己房间最近的客房收拾了下。他们还是最好保持安全距离，因为空虚并不好玩，尤其是对一个对空虚一无所知的女性来说，分不清空虚和爱是会哭的。

历冥拔掉了吹风机开关，拍了拍盛葵的后脑勺，头发由湿润变得蓬松，身体又被这随意的接触由干燥变得湿润。

“睡吧。”

说完历冥就要回房，盛葵却在他身后抓住了他浴袍的角。

历冥：“怎么了？”

盛葵：“……”

历冥：“说话，怎么了？”

盛葵抿着嘴唇看了眼历冥，嘟着嘴小跑进了历冥房间，一下子钻进了白茫茫的被子里。

盛葵：“一起睡。”

历冥：“出来，去隔壁房间。”

历冥的头皮又一次绷紧。有的人就是这样，主动惹人犯罪最后又能一脸无辜地全身而退。关于女性楚楚可怜的先天优势，历冥暂时找不到理性的应对方案。

历冥：“再说一遍，出来。”

历冥：“这么大人了自己睡不可以？”

历冥：“那你睡这儿，我去隔壁。”

盛葵撇了一下嘴，只能从被子里钻出来，走过历冥的时候忍不住抬头看了眼历冥又低头十分缓慢地移动。走出房间才刚刚两步，果真她又被历冥叫了回来。

历冥：“只是睡觉。”

盛葵回头很认真地点头就又钻进了被子里，历冥挨着床沿躺下，和盛葵保持着距离，然后从床头柜拆开一包烟，用打火机点燃。盛葵看着历冥，把烟和打火机拿过去在手里把玩着，从烟盒抽出一根想学着历冥点燃，却被历冥一下子打掉了，烟和打火机也重新被放回床头柜。

历冥：“睡觉。”

盛葵很听话地闭上眼，没一会儿便睡熟了，看起来像一个死人。

历冥希望这是场梦。如果今天真的是一场梦就好了，他害怕现实。他的现实太现实了。真的，如果这只是场梦该有多好。他反复地在脑海把这句话转来转去，颠来覆去。他又开始产生幻觉，如果这个女人再高一点，头发短一点，她也戴副眼镜……多好，该有多好啊。

就在刚刚，也许是他把这话重复了太多遍把自己绕晕了，他又有些不希望这是梦了。他知道这样是不对的，但是他是抗拒不了的。因为即使是梦，他都在自娱自乐中找到了娱乐。每一个梦都源于第一种力量：现实的欲望，所以他因为一些原因渴望盛葵。但此时会出现第二种力量：自我的意识。意识会防御和抵制，所以他接着就是理性抵触盛葵。那么还有第三种力量：真实。真实的想法会带他做出决定。他到底怎么做，历冥对此刻的迷惘深吸了一口气。

# 6

漫长的夜晚终于过去，苍白的云雾带着刺眼的太阳散落在每一个可以拥有今天的人脸上，其实闪电和阳光是一样刺眼的，可人只热爱阳光。或许因为只有阳光的刺眼是让人快乐的，闪电的刺眼只令人畏惧。人类是一种自私的动物，当然是不会随随便便爱上一样东西的，大多不过是因为产生快乐于是便爱上了。

历冥热爱拥有的每一天，因此，他生活得挺用力的，虽然他活得……关于为什么要这么用力，大概是他觉得乞丐都有看到每天太阳的资格，他这种人除非上帝也不爱，不然没理由不把他留在地球拉高人类的质量水平。反正也不知道什么时候开始就用力地活着了，卑贱的模样他真的不喜欢。他以前把生死看得非常淡，然而在某一天就突然在意了。不过人都这么肤浅，总想长命百岁，他是个人，所以他肤浅，这也没什么。虽然谈不上因为快乐想活着，但活着的每一天吧，有些事情总还能落个盼头，何况每一天都可以看到太阳本身就是一件微妙的事情。现在的他总说，以前痛的时候想死过太多次了，所以正常的时候还是比较想活。看来年纪大了人真的会胆小。

相比历冥，盛葵站到了一个对立面，对于她的生活，大概是生活一点也不可爱，所以她可一点也爱不起来。她未在其中获得过快乐，她只觉得从早到晚，从晚到早过于漫长了。这一切只是把她的自我拉得越来越长，比世界的终点还长，最后根本收不回来，越来越不受控，除此以外，她什么也没有得到。当然了，谁也不知道世界的终点在哪儿，所以可见她的自我已经无聊地延伸到不知道去哪儿了，现在看来她和她的自我大概是找不到了，所以她理所当然不能适应这个世界，这个世界太夸张了，她也曾期盼世界末日的来临带走她，可惜没有。她还曾希望明天永远不要到来，可惜还是到来了。她曾一次次地自我了结，可惜她还活着。

事实证明，不是死比生还要难，而是生着比死了难！不过她是相信任何东西都是有限的，她总会有一天如愿地走到生命的尽头，生老病死，等老了，病了，谁也逃脱不了骨灰随风飘散的结局，等等就好了。反正总的说来，他们一个拼了命都想活下去，一个动不动就想死了去。看起来犹如一对天造地设的怪物。

历冥醒来的时候已经是太阳最旺盛的中午，与此同时，盛葵已经不在他旁边躺着。她一定滚了吧。历冥这么想却还是不由自主地四处徘徊在家里东张西望。他感觉这样有点像捉迷藏，而他不喜欢捉迷藏的游戏。你可以说这是一个无趣的人，他的间歇性神经质综合征在这种时刻十分容易发作。就因为一些屁大点的事就能触动某根不知名的神经，从而情绪暴躁引发不自控的行为举止，当然这个病是他从书上看到的，他也没有确诊过。管他呢，或许他是真有病呢，何况他现在已经在控制了，听说这种病只能控制不能消失，和很多病一样。后来历冥在四楼看到盛葵，盛葵穿着他的衬衫，他们一样只有黑发。

盛葵回头看了一眼，手支撑在膝盖，弯着腰喘气的历冥，淡淡地说：“你醒了。”

历冥：“怎么起这么早？还坐在地上，不冷？”

盛葵：“不……”

历冥：“痛吗？”

盛葵：“不会。”

历冥拍了拍盛葵的脑袋，看到地上的A4纸捡了起来，勉勉强强可以看到一张人脸，光怪陆离，非驴非马。

盛葵：“我看到你家有纸笔……”

历冥：“你会画画？”

盛葵：“是的。”

历冥：“这画的什么？”

盛葵：“你。”

盛葵的表情有些骄傲。

这个表情让他不由想起抽象表现主义画家Jackson Pollock曾举办过的一次个人画展，当一个小孩指着他画中的某一部位大声喊道：“看哪，那个地方多像一只小鸟啊！”Jackson Pollock赶紧拿出事先准备好的画笔和颜料迅速地在那里画了几笔，然后问道：“现在还像小鸟吗？”那个小孩摇了摇头。于是Pollock露出开心的微笑，这就是抽象画家生僻的自我世界。盛葵的画不用物象的客观外表为表达标准，她的画表达的无主题，是一种情绪，而去主动辨认形象则意味着差劲。这样看来，她画得十分优秀。

只是……

历冥：“那眼睛呢？”

盛葵：“画龙点睛，或许……是害怕有了眼睛会飞走吧。”

历冥抬头正视盛葵的眼神，这句话不偏不倚正中他的要害。

从某种程度上说，盛葵像他另一个心房的窗口，胃表面的防空洞，大脑角落的救生舱。他莫名生出的这种感受令他不由得有些暗自欢喜，他的欢喜像一颗炸弹，总容易把自己炸得灰飞烟灭，接着又再次生长出来。历冥在爆发情绪后，又把情绪隐藏了起来。

“和我一样？你知道我是做什么的？”

今早对盛葵而言是一个充实饱满的早晨，她把历冥家参观了个遍，她早就想看看了，屋顶为圆形的穹顶，像梵蒂冈教堂一样华丽，地毯是阿拉伯风格的图案，一层又一层的大理石阶梯。历冥是一个把自己包裹到完美无缺的人，所以这样的装修风格配极了他，多么华丽的垃圾。而盛葵被吸引是直到她看到靠墙四周摆满着的雕塑。雕塑是什么？所有三维物体都具有可塑性，有雕塑的潜质。雕塑是经过雕刻，造型或创造来重现那些可以被三维感知的物体。

历冥创造了各种各样的动物、植物，最多的是人，女人，没有的是眼睛。所以，他最值钱的不是那张无瑕的脸，而是那双鬼斧神工的手。

自米开朗琪罗时代至今，雕塑家们都用蜡遮瑕，将熔化的蜡填补在瑕疵上再扑上石粉，有人认为这种手法是欺世瞒人，因此任何没有用蜡，字面上说是以蜡为耻的雕塑都被誉为至真至诚的艺术品。

她略过形形色色的逼真雕塑，看着埋藏在最角落里坑坑洼洼的雕塑对历冥说："他这么破，却多了一只眼睛。还有……"盛葵眼睛直视斜上方被挂起来的吉他，"那里的，我非常好奇。"

那把吉他挂在了任何角度都可以立刻看到的地方，很高很高，几乎远离了人手可以触碰到的高度，最重要的是，这是一把摔成两半的吉他。吉他上面落满了灰尘，灰尘上面全是故事。血淋漓的残缺美也是美的一种。历冥眼睛颤抖着，天知道他曾想抱着这把吉他和吉他同归于尽，多可笑啊。如果现在是晚上那他一定声泪俱下，因为没有人注视着他，他不习惯示弱，也不想被看见。

"你家的向日葵也很漂亮。"

盛葵感到诧异的是历冥家里所有的角落都摆满了向日葵，花园也种满了向日葵。如果历冥需要纵火，都不需要点火，因为那一簇簇熊熊烈火二十四小时都在燃烧，最夸张的是历冥一定预想到向日葵是一年四季盛开，他在真花里掺着假花，在假花里掺着真花。如果说她也热爱向日葵，那历冥一定是痴狂！她不由想到凡·高曾说的"我想画上半打的向日葵来装饰我的画室，让纯净的铬黄，在各种不同的背景上，在各种程度的蓝色底子上，从最淡的维罗内塞的蓝色到最高级的蓝色，闪闪发光；我要给这些画配上最精致的涂成橙黄色的画框，就像哥特式教堂里的彩绘玻璃一样”。

她越发想起她记忆里那个人。于是她还想起：他生下来。他画画。他死去。麦田里一片金黄，一群乌鸦惊叫着飞过天空。

“出门去逛逛吧。”历冥的声音有些微颤，睫毛也在抖动。

“好。”盛葵眼见历冥并不愿继续这个话题便识趣地不做纠缠。

他们彼此都藏着些秘密，这些秘密不影响他们，谁知道打破以后会发生什么？他们愿意像这样毫无关系却又相互信任，这感觉像猛地灌了一口酒，大脑是清楚的，神志又是不清的，棒极了。

盛葵换上昨天没有清洗的衣服，拖拖沓沓地跟着历冥出门了。周末恒隆人很多，看的人多买的人少，金钱在某种程度上可以填满精神，所以有钱的人都过得丰满一些，即使也会孤单，没钱的人只能被空虚选择，孤单和空虚又是不一样的，孤单十分丰满，空虚会使人陷入慌张。

历冥今天穿着Rick Owens的绸缎西装，绸缎面料让他干净得一尘不染甚至有些反人类地发光。他在人类目光的扫射下依旧能保持住面部的紧绷，而当他被成群结队的三四个女生迎面撞上时，他的面部表情突然有些抽搐。

“对……对……对不起……对不起，对不起……”面对一副雕塑般的面孔和身材，女生们显然又愧疚又兴奋。历冥闭上眼睛，盛葵看到他在深呼吸，呼吸从鼻腔吐了出来。

历冥在做了几次深呼吸后，他先是拍了拍他笔挺的西装，再无声地冲女生们摆摆手，看着她们兴奋的样子，也许此刻她们脑海里的历冥应该早被扒得一干二净。

穿梭过人群，他的目的地很明确，当然越贵越好了。Chanel女士说的：“时尚来去匆匆，但风格却能永恒。”对于女人以至于时尚界来说Chanel更是一座永远不灭的活火山，历冥信奉简洁，他移动着衣架一件一件划过。

“有喜欢的吗？”盛葵反应过来便摇摇头，她不热衷于此，她不在乎。

历冥也不是第一次帮女人挑衣服了，此前的每次挑选都是给情人并且当作一种交换的筹码，对此他驾轻就熟。给盛葵倒像是给女儿买童装，她个子娇小瘦弱，看起来营养不良的样子，既不适合长裙也不适合裸露的短裙，外套不能挑风衣也不配皮夹克。他的完美主义导致他在给盛葵选衣服上陷入了困境。

衣服是离身体最近的东西，历冥极其讲究，黑色包容一切，白色亦然。它们的美无懈可击，绝对和谐。身穿黑色或白色的女人永远都是焦点。他拿着一条白裙和一条黑裙对着盛葵比画，其实这两个颜色，他曾经喜欢白色后来不知怎么了，慢慢爱上了黑色，这个过程和原因都十分荒谬。他说他忘记了，但其实是他在骗人，因为如果忘记他就不会说这十分荒谬。历冥看着窝在沙发上等待他挑选服饰的盛葵。

历冥：“你几岁？”

盛葵："20。"

历冥："上大学了？"

盛葵："嗯。"

历冥："什么大学？"

盛葵："艺术……"

他们出自一所大学，这真恐怖。

历冥："为什么想死？"

盛葵："……"

历冥知道盛葵又不想回答了。

他以前也总想死，谁还没这么一个过程。

历冥："名字？"

盛葵："盛葵。"

历冥："盛开的盛？葵花的葵？"

盛葵："剩下的剩啊。"

盛葵："我很可怜的……希望你同情我。"

历冥听到可怜这个词停顿了一下，他轻轻地拍了拍盛葵的脑袋，把白色的裙又重新挂上把黑裙递给她用磁性的声音命令道："去试试吧。"

盛葵点头，黑色挺适合她的，黑色的衣服不容易脏，适合长期待在画室的她，她的适合与画画有关，与审美无关。

历冥望着换好Ford裙出来的盛葵眨了一下眼睛，长长的睫毛在他的黑眼珠下投射出一片阴影，然后他用手中的羊绒围巾把盛葵包裹起来，这个毛茸茸的质地令盛葵觉得像是凭空长了一身暖和的毛。

“这样会不会像一只熊……”

“你是我的宠物。”

历冥再次揉了揉盛葵的脑袋，他的动作宠爱眼里却没有爱。盛葵歪了一下头看着历冥，那时候她想，为他付出性命都在所不惜，为他在世上苟延残喘也同样可以。

她带着蛊惑的语气凑在历冥耳边私语：“那你要养我吗？因为我愿意当你的宠物，从此以后你是我的主人。”

历冥掏出卡，也在盛葵耳根吹气：“那你还是做人比较好，宠物是很容易被抛弃的。”

盛葵有点忧伤历冥这个回答，她抓住历冥的衣角：“钱以后还你。”

“以后？谁知道呢。要还的话现在就还。”历冥挑挑眉，朝盛葵摊开手，他想挑逗一下她。他生命中出现过的绝大多数女人不会把钱算得这么清楚，她们总认为花男人的钱天经地义？不过历冥也不在乎，他有的是钱，只要不问他讨要感情就好。何况他可真的不喜欢什么以后或者以前这种词，缥缥缈缈的。

“只有这些……对不起。”盛葵把昨天揣兜里买安眠药的一百来块全部放在了历冥手中。

“你觉得这些会够？”

“我……分期。”

分期这个词好像十分流行，历冥听过这个词。他不住回忆起过去，过去真的容易把人折磨成神经病。他的神经质综合征根源一定在这儿，所以他要抛弃以前，否则他的脑子也要坏掉了。以前以后这种词啊，就是害人，害得心上有病的人总康复不了。

“店员在看，算了，走吧。”

历冥揉了揉太阳穴，没有看盛葵冷冰冰地说道，这份态度足够符合他的傲慢。

“咕咕咕”，盛葵肚子发出了饥饿的信号。

“饿了。”她说。

历冥回头看着跟在他身后的盛葵，远看的。她看起来更加瘦削了，瘦弱得像非洲难民，又矮又瘦小，太瘦了，她真的太瘦了，那副样子就好像她不靠吃饭填饱肚子，靠艺术。如果不是艺术比较难产，她不至于看起来这么瘦骨嶙峋。

“吃什么？”看着骨瘦如柴的盛葵，历冥耐下性子。

“烧烤……”

“吃其他的，烧烤不健康。”

盛葵觉得历冥在变相担心她的身体。她点点头，似笑非笑的模样以为自己得到了关心。

历冥看着盛葵肆意地大吃，他有些羡慕，他的生活里对食物有一定的规划，他精准地计算卡路里和摄取每日蛋白质的量，这听起来很高档，但其实并不好过，甚至有些折磨人，要知道历冥花了很久戒掉了吃垃圾食品的恶习，奢侈的人生需要付出代价，放任这种字眼是不允许出现的。总之，现在的他就算轻轻舔上一口外来食物的油，胃都受不了。类似这样的过程都被笼统地称为习惯。

历冥端坐着，他定格的时候就像杂志上撕下来的大片一样，他总有一套标准的礼仪，当然，如此标准也归咎于他脸的标致。历冥眼光瞥过对面商场的橱窗，眨了一下他玻璃珠似的眼珠。

“我有点事情，一会儿回来。”

盛葵抓住历冥的衣角：“别丢下我。”

历冥想甩开盛葵，手停在半空又转换成拍拍她的脑袋。

历冥：“十分钟就回来。”

盛葵：“别丢下我。”

历冥：“你这样让我觉得有点烦。”

盛葵：“不要……”

历冥：“五分钟。”

盛葵：“……”

历冥：“三分钟。”

盛葵：“一定要回来，好吗？”

“密码718718。”历冥取出银行卡扔在桌上，盛葵接过来在手里把玩。718，718，那大概是一个有寓意的数字。

说真的，她缺乏安全感，她羡慕有的人甚至可以自己给自己安全感，这怎么可能呢？她无法理解，实际上因为她有时候会突如其来地产生“他一定想离开我”的想法，还有时候她会觉得全世界都在骗她、孤立她。她的不安全感导致她需要靠外力获得安全感来持平。

她需要爱。盛葵一会儿看玻璃窗外，一会儿看表。

历冥还是来晚了，尽管他气喘吁吁地跑回来。盛葵迫不及待地从座位上起来踮脚抱住历冥，历冥拍拍她的脑袋，或许因为他们的话语常常间断留下大片尴尬的空白，肢体语言反而显得要自然。

“很多人在看，坐下。”

历冥用迷人的嗓音在盛葵耳边说，这副烟嗓讲话都那么性感，盛葵都舍不得松手了。但最后她还是乖乖地松开了环着历冥脖颈的手臂。重新坐下后，盛葵注意到历冥把刚刚从外面带进来的白色购物袋放到了身后，盛葵没有多问，她十分听话，她想听话和装傻都比较讨人喜欢。

他们一起购物、吃饭、逛超市，历冥推着购物车跟在盛葵身后。

“膨化食品不营养。”

“可乐不许喝。”

“等到你死的那天，你才知道这些到底充满多少害处。”

历冥长期都处于一个被健康饮食洗脑的状态，他不可能让这些东西被盛葵放入购物车然后运回家，他多看一眼都恶心得想吐，他想好好活着。盛葵看到试吃的牛肉立刻跑上去拿牙签戳了一块。

“不卫——”“生”字还在历冥嘴里没有吐出就被盛葵塞到嘴里的肉堵住。他咀嚼了两下竟咽下去了，看着盛葵还想吃，他立刻打掉了盛葵的手：“吃等于放弃人生。”

“我早放弃啦。”盛葵调皮地把零食塞进了购物车里。

她答得真妙，他忘了不是人人都是他，如果此刻他想言语占上风，那他只有说一句：那你去死吧。而他说不出，因为盛葵也许真的做得出，他的记忆让他又温柔起来，他说：“我给你做吧。”

他们回到家，历冥围上围裙在厨房进进出出，不知怎么，历冥觉得自己好像又温暖起来。盛葵进食完后懒洋洋地窝在沙发里，她很懒，真的很懒，只有画画的时候她像只勤劳的小蜜蜂，其他时候都像个残废。

“闭眼。”

历冥的头发烹饪后显得有些蓬松凌乱，苍白的脸难得带上红晕，他脱掉围裙看着窝在沙发里的盛葵说。在盛葵再次睁眼时，放在眼前的是一双白色球鞋，很难想象历冥会买一双这样清洁干燥的鞋子回来，让人很想去青草地踏上两脚。他握着盛葵的脚踝自然地给她穿上，大了一点。

历冥：“女孩一定要穿好鞋，鞋子就能把你带到美丽的地方。”

盛葵：“这句话……”

历冥：“这句话是以前有一个人告诉我的，我只是看你鞋子太脏了，没有意义。”

盛葵：“嗯。”

“听着，真的没有意义。”历冥再次重复。

盛葵：“嗯。”

历冥：“盛是盛开，葵是葵花。你还那么年轻，应该好好生活。”

盛葵看着脚上的鞋子感到既快乐又不安，她从沙发上站起来，朝历冥伸手。

“给我……一块钱。”

“做什么？”

“一块。”

“我没有硬币。没有纸钞。”

他只有卡，各式各样各种地方的卡。

盛葵只有找出纸和笔在纸上写道：这是我借钱买的鞋，等有钱了一定还。

“男人不会爱上爱钱的女人，你送我鞋和给我钱没有区别。我又不爱钱。”盛葵把纸折了又折放到历冥的手掌，“何况……早有人说过了……送鞋对方就要走，我不走，更不让你走。你是药啊。”

“药？”

盛葵主动抱住历冥，贴在历冥的胸膛。

“嗯，医我的药，你是药。”

冬天拥抱可以用寒冷当借口，夏天拥抱只会遭到嫌弃。所以冬天是一个适合拥抱的季节。拥抱的感觉真好。拥抱的感觉好痛。

# 7

历冥每天醒来，盛葵总是醒了却不吵醒他。如果不是手机响了，历冥还不会醒，他喜欢睡到自然醒，不靠闹钟靠自己醒来令他认为自己很有用。

“小冥冥！我和湛湛刚刚在超市买菜啦！”

“小冥冥！你放心！全是健康食品，我从速冻箱拿出来的，上面写着健康肉！！！”

“小冥冥！我们现在准备直奔你家！你起床没！我们十分钟到！”

历冥不由得把手机远离到自己耳朵十厘米以外。这个大吼大叫的女人叫钟情。如果你看见她的脸一定会爱上她，因为她楚楚动人，她娇艳欲滴。

漂亮的女人总是这样，令男人的下半身把持不住，令女人的上半身怒火攻心。在钟情和历冥上高中时，钟情就受到了各式各样的追捧，其中最多的是让人困扰的骚扰，她从小就像一只花蝴蝶穿梭在男人的爱慕当中，他们都想占有她但他们都不配。男人们对她的痴迷，小到在她的柜子里塞满情书，大到学校的外教老师对着她说："You looks so charming."

哦，那个老师当场就被历冥打到血崩送医院，当时历冥总以暴力为乐。那时候他很干燥。那现在呢？这是一个值得思考的问题。这样的状况维持到毕业那天，他们考上了各自志愿的大学，于是他们要分道扬镳了，钟情在那晚灌了自己十几瓶啤酒和半瓶白酒后死死掐住了历冥的喉咙。

她吼叫道："想甩开我！你下辈子吧！"

她喘得上气不接下气，那晚差点要了历冥的命，也差点要了她的命。当她被送去医院抢救，第二天从医院醒来时，她看着天花板平静地说了一段瘆人的话："我觉得当时死了也挺好的。"这样我就可以变成厉鬼缠着他，用吓人的模样胁迫他和我在一起。如果人鬼殊途他看不到我，我就一直陪着他，我可以躺在他的床上和他一起睡觉，可以陪他吃饭，可以听他弹琴。他常常难过，其实他不是一个人。那天以后她就变了模样，都说钟情被鬼附身啦，她被鬼附身啦，其实她没有。

"冥。"

这是一个温柔得没有起伏的声音，发出这个声音的人叫作于湛。其实这真是一张近距离都看不到毛细孔的脸，如果可以你只想冲他大骂！因为这个小婊子，不，这个男人太漂亮了，漂亮得令人丧失理智。要是他是一个女人会比钟情更令人难以自拔。假设可以拥他躺在你怀中，然后你们抱着彼此神魂颠倒，那你一定会说："你就是我一个人的。"那真美。

"别来了。"历冥说。

一阵突如其来的想哭席卷了于湛，当时他的表情像极了林黛玉。他的阴柔里有悲痛，那会让你想去拯救他，会让你想说：我要带你走出绝望。而他只温柔地冲你摆摆手，因为他随时都要散。他就是个祸水。

“好。”于湛吐出了一个好字。

毕业那天他们说做一辈子的朋友，他不记得认识历冥多久多远了，也不知道一辈子多久多远，反正到死为止就可以了。

“喂，信号不好！听不清！挂了啊挂了啊，我们十分钟到。”钟情一把挂掉手机，她用漂亮的脸蛋在耍完赖后看着于湛说：“这样我们就可以去咯，我厉害吧？”

“嗯，一直很厉害。”

历冥在被挂掉电话后掀开被子，他裸着上身，光着脚踝，头发蓬松。他全身上下只穿着一条平角短裤，他穿梭在更衣室中，取出一件黑色的宽松T恤和CK的居家裤，刚刚套上他就冲进了厕所。他一阵干呕，呕不出就用手抠。他吸了一口气平静地开始用水冲脸冲手，冲走一切包括他自己。他是那么平静，他抬起头看看镜中的自己，苦笑。

“历冥，你怎么还没死？你那么拼命地活着为了什么？”

他的苦笑让人看到了他的牙齿皓白，这就好像什么都没有发生过。他从厕所出来，开始找盛葵，盛葵的栖息地时常是书房，当他打开书房的那一刻，他看见盛葵正坐在地上画画，地上是零零散散的A4纸以及散落着几本历冥书架上的书，他难以名状的感受都几乎要喷涌而出。

“怎么又坐地上？”

历冥假装不在意地把书放回书柜。

“我——”

盛葵没来得及将“喜欢”说出口历冥就把她从地上拉起来。

“我朋友要来。”

他其实想说你不要出来，最好躲在房里，如果不闷死，更好的选择是衣柜或者箱子。他想把她锁起来，他不能让任何人看到她。但他不会说，他不知道怎么说，所以他不知道怎么做，她躲不进箱子，他也没有锁。

于是他只能说：“请你保持沉默。”

“好。”盛葵歪头，用毫无心机的笑容冲历冥眨眼，历冥转身的工夫，她的脸却僵了下来。

十分钟后于湛和钟情到来时是盛葵开的门。

“抱歉，我们似乎走错了。”钟情看到盛葵后赶紧摔上门，但在她四处张望了两眼又看了两眼门牌后，她疯了。

“不对啊！就是这幢啊！那个是小偷？！阿湛怎么办！！！冥冥现在肯定凶多吉少！我去买棍子，不不不，买菜刀，走走走。我们走，此地不宜久留。”

于湛推掉钟情拉扯他的手又一次按下门铃。如果是这个女人，就真的很不好玩。这次是历冥开了门。钟情看到历冥立刻飞扑了上去，压得历冥直咳嗽。

“小冥冥你没事啊！吓死我了！那个女小偷呢！那个是劫财还是劫色啊！你又有钱得令人发指，又帅得惨绝人寰，她一定又偷了你钱又强暴了你吧？！一定是，一定是，一定是。”

钟情反复重复“一定是”。

她在重复，在不断地重复。

“是我收养的。”盛葵站在历冥身后。他们离得很近，像一对连体婴。如果这不是一个大世界，是一个小世界，是一小个一小个格子。我说我们私奔吧，你说好，我们就跳进一个格子。我说我们私奔吧，你说不好，我爱上了别人。你们就跳进一个格子，我眼不见为净。可为什么你们在一起我还得看着？真想爆粗口。

“收养？”钟情嗤之以鼻，“我宁可你说包养。”

因为包养用钱，收养用爱。

“路上捡的，她很可怜。”这个补充真够多余！这说明什么？这难道说明他们你侬我侬情意绵绵天长地久？

“捡猫捡狗你捡女人，你有病？”

“呵，我还真有病。”历冥冷笑了声从钟情手里拿过超市购物袋问盛葵，“饿了吗？”

盛葵点点头。

“跟我来。”

钟情松开的拳头又握紧，握紧了又松开。她觉得自己是这里相对来说最正常的一个人。所以她真见不得难过，难过过头了她会开始产生同情的情绪，因为这番情绪她会想掐着历冥，死死掐着他。她也知道这样过头了，所以偶尔她会哭，哭的话就证明她知道过头了。不过一旦一切好了，她又会不甘心，一切都好了，谁还需要她呢？

“算了吧。”于湛用手掌拍拍钟情的肩膀，然后全身发抖起来。

真的算了吧，因为完蛋了。接着他们都笑了。于湛蜷缩着双腿窝在沙发里，他把玩着自己的手指，把玩自己的器官，他和自己相依为命。

“你真的不好奇吗？”钟情说。

于湛“呵”地笑了声。他笑出了声却没有笑出表情，一直有人对他说你笑起来真好看。他也一直说其实我不会笑。

钟情：“我有时候会猜不透你在想什么，又或者我在下一秒猜透了你上一秒在想什么，你在下一秒又令我猜不透。”

于湛：“嗯。”

钟情：“你们总这样。”

于湛：“你也不差啊。”

窗外投射进的光像直线划过平行而坐的他们。他们的肌肤泛着金光，但他们已经不再年轻，曾经的他们幻想着未来，现在的他们已经是未来的他们。他们是幻想的他们吗？其实人生总是不如意，不然幻想为什么不叫现实，人生总是这样。

在进食时，历冥和盛葵一边，于湛和钟情一边，分别对坐在餐桌两端。于湛眯了眯眼离开餐桌，走到留声机旁放起了上面仅有的一张唱片，又回到餐桌弯曲自己的双腿蜷曲而坐。他把脑袋窝到白色的高领毛衣里闭目养神，像极了一只白狐狸，他一定是一只转世的狐妖。

盛葵也喜欢这样坐。她和于湛保持着一样的坐姿，这是一个怪圈，有时候你会觉得他们很像，但他们其实非常不同。就像一颗包装漂亮的糖果和一颗味道美味的糖果，得到哪一颗都足够令人高兴，那种当场的情绪是一样的，而过后你会含着好吃的糖说那颗糖包装可真漂亮啊，或者捏着漂亮的包装说真想尝尝另一颗的味道啊。

历冥替盛葵盛汤的行为看起来很古怪。钟情想拿起勺子砸在历冥的头上与他同归于尽，但在她拿起的一刻，她选择把勺子拍在桌上，只是与气氛同归于尽。

“先走了。”

于湛缓慢地睁开眼睛，看着钟情低身在鞋柜前穿上她那双Prada的高跟鞋后伸了一个懒腰，缓慢地吐出三个字：“去哪啊？”

他总是很慢，他的悠闲是他的伪装，他的无辜是他的狡黠。他承认他不无辜，但他的无辜和悠闲总会让人觉得受到了轻视。

“去哪都好。”

“吃完走吧。好吗？”

于湛看着钟情，留声机的旋律还在继续。他不喜欢旋律被打断，要么开始的时候就别听，因为这打断的是一种情绪，当以后他再听时，听到这段他的情绪会再次被打断，他会觉得这个音乐不完整了。在思绪的高度折磨下，钟情抿紧双唇又松开，站起后又坐下。这种情绪下谁都没有继续吃下去的意愿。历冥第一个站出来收拾，盛葵也帮着收碗却不小心打碎了。

"去沙发坐吧。"

历冥挽起袖管，蹲下捡起碎片。如果不是碎片太小，碎成一小片一小片，如果是一大片一大片，盛葵怀疑打碎的其实是她自己。

"嗯。"

她添了麻烦，她想打碎自己。盛葵从餐桌的椅子蜷曲坐到了沙发上，整个人又窝了起来。

"很喜欢他吗？"

盛葵觉得沙发沉了一点，她往下陷了一些。她看着于湛往边上挪了些。于湛又凑近了些，这已经超出了安全距离，她的不安全感又复发了，除非于湛消失或者历冥出现，否则无药可救。

于湛："不要喜欢他。"

盛葵："为什么？"

于湛："他不会永远陪你。"

盛葵："为什么……"

于湛："他很花心啊。嘘，而且我们有一个秘密。"

盛葵："你喜欢的人花心你就会离开他吗？嘘，我也有一个秘密。"

"我猜我会杀了她。"于湛从不说假话，于是他加了一句，"骗人的。"

他的想法有时候是假的，有时候又是真的，因为想法时真时假而让他觉得有时候连自己都在骗，可是他从不骗人，他说他从不骗人，他骗了自己。于湛看着又沉默不语的盛葵大笑，几乎笑出了眼泪，他哭出了眼泪。他笑了，他笑了。他哭了，他哭了。

他的精神很恍惚，在哭和笑之间常常产生偏差，其实他真的不知道什么是哭什么是笑，当有人告诉他你哭了、你笑了，他感到奇怪，因为他没有感觉。他凑在盛葵的耳边说："你的逻辑感非常好，我一点儿也不觉得你可怜。"

"我帮你收拾吧。"

画面跳到钟情和历冥这里，钟情看了眼坐在沙发上的于湛和盛葵便蹲下帮历冥捡起地上的碎片，手指在这个过程中不小心触碰到，这很不好。

历冥立刻开口拒绝："不用了。"

钟情道了歉："刚才对不起，不过你懂的，毕竟我们三个人都不是什么情绪平稳的人。"

历冥没有接话拿着碎片进了厨房，钟情跟在身后，她没有换鞋，脚上还是那双Prada的高跟鞋，像the devil wears Prada。高跟鞋的声响很响但无法形容是哪一种声响，一万个人心里有一万个哈姆雷特，声响靠感觉，一万个人心里有一万个声响。

钟情："你喜欢她吗？"

历冥："她只是我收养的。"

钟情："哦，我想也是，这么多年你都没有喜欢的人。"

历冥："嗯。"

钟情："想起以前我们——"

历冥："能不能不要总说以前！我不想听，你走吧，带着于湛一块儿。"

他已经不再年轻，他迅速结冰的脸，他的心都不年轻了。他要丢掉过去，他发誓，好好做个了断。钟情的鼻子有些发酸，什么时候开始变成了这样，还是一直都这样，只是前些年大家都没说穿。

她转身去沙发拉起了于湛：“走吧。”

她不能再待下去了，因为她的脚跟站不住了，她随时可能倒下。这绝对不是因为高跟鞋，或许是她受了伤。

“好啊。”

于湛又用那般朦朦胧胧的神情，他也不是装腔作势，那很自然，像窗外的月亮躲在云里。他们没有说一声再见就越走越远。历冥一个人站着，水龙头流淌的水哗啦啦地流着，像女人兴奋时的模样。他握着盘子僵直地站着，直到自己的衣角被拉扯了一下。

“我是不是又给你造成麻烦了？对不起。”

这个道歉没有缓和什么，因为盛葵没有错，她根本无须道歉，所以这个道歉莫名其妙，有时候道歉是获取同情的手段之一，是以自我为中心的一种，道歉的人觉得什么都是因为她，其实什么都是因为其他。历冥用力地把拳头落在墙上，除了伤害、除了疼痛他想不到其他方法发泄不满，他早说了！要是把盛葵锁起来塞在箱子里就好了！

盛葵并没有急迫地关注历冥的手，而是伸向历冥打碎的玻璃碗，把碎片紧握在手中。现在她的伤看起来比历冥的严重了些。

“我不会包扎、不会安慰，普通人会的我都不会，但如你所见，我可以陪你一起伤害自己。如果你成为和我一样，别人眼里奇怪的人……我是说怪物。我会一直陪你，我们可以互相作陪。”

痛的感觉是很微妙的，足够痛的话可以让人忘记在想什么。也许这个方法她用过太多次了，已经不太管用，所以她的思维现在还很清晰。她在想，这个痛的方法对她已经不管用了但她不知道对他会不会管用。何况这个孤单的男人看起来需要一个可以在心灵上作陪的女人。

历冥拿桌上的布擦了擦手，说错了，是擦了擦血。他拿走盛葵手里的玻璃碎片扔进垃圾桶，替她也擦了擦血，于是就离开厨房径自走向卧室。

“其实我一直希望可以好好生活，普通人的生活是我向往的。我只是太寂寞太孤单，我不想当奇怪的人，当怪物。以前做了一些傻事。遇见你后我希望我们可以把彼此拴在身边。如你所说，我还年轻应该好好生活，你也还年轻也好好生活。好……吗？”

盛葵对着历冥背影又说，她讲得很轻，但每个字都沉稳有力量，历冥清晰地听到了。他停在原地。盛葵缓缓地、缓缓地从历冥身后抱住历冥，贴着他宽阔得像热浪一样席卷而来的背。

“你想怎样都可以的，只要你想。”

语气在历冥的背上轻缓地落定。她是一个傻女人，她能轻而易举地爱上一个人，这或许归咎于年轻，年轻的时候总是容易爱人也想知道被爱的滋味，既然她二十了都没死，前二十年她都太缺爱了，这次她要一次性都补回来。

盛葵越抱越紧，她感觉如果松手，脚下一定有一个旋涡，历冥会掉下去，而历冥却抢先在这份急促的爱里脱了身，他把盛葵的手拽离了自己的身体，他说："我不是早叫你滚了吗？"

你或许可以想象一下这样的场景。历冥在走回卧室用力地关上门并反锁后，全身都瘫痪地靠着门往下滑坐在地上，他没开灯，其实他喜欢阳光，但他没有开灯。他怕看见狼狈的自己，即使镜子不在眼前，一开灯他的想象力便会丰富起来。他会觉得自己这张脸这副身体已经坏掉了。

房间里有怪怪的声音，其实那是历冥在哭。当眼泪流下来时，他含了一口进去，屎尿都比这好吃。他又要吐了。盛葵看着怀中的人变成手里的空气，她紧紧捏住。

在门外她试图转了一下门把手。她没有因为打不开就不停敲门，更没有大吼大叫历冥的名字，她没有哭、没有闹，她是一个乖孩子，她乖乖地用耳朵贴在了门上，她听到了怪怪的声音，于是她在门前蹲坐了下来，她用双手抱住自己双腿，把头埋在膝盖中。

你真残忍，她心想。我好痛啊，她一直企图更紧地捏紧自己的手掌，这样怀抱就不会散，手上的伤却痛得她要碎了。她想说，为什么她的不痛症不见了，该死的。是在历冥走出她的拥抱时她掉进了旋涡。可她还想看看他，她刚刚抱他的时候把他的背当成了一切，她没有看看他的黑眼珠，她想看看他，她无法停止，她还想，她要爱。

他们隔着一扇门背靠着背，一起从清醒跌落进了梦中，他们梦到了彼此。

她说："让我看看你、抱抱你、亲亲你，我想在梦里我们可以这样。"

他说："只有你一个人来了吗？"

她说："嗯。"

他说："你还是走吧，你会受伤的。"

最后她笑着说："可这个伤很美。"

以前到现在，他们到他们。他们的心脏激烈地跳动着，还在激烈地跳动着。这对他们都不容易，他们都还活着。他们还在继续苟延残喘。现实是一个残忍的游戏，谁也不能笑到最后。可他们明明本来都很好的，他们是好孩子。

# 8

地平线第一道晨光一出现，黑夜就迅速离去，像逃亡的罪犯遇到巡逻的警察。

历冥从睡梦中迎接到了第一道晨光，他并没有睡好，睡得全身酸痛发冷，他感到自己冰冷僵硬得就像一具无臭无味的尸体。他顺手从床上拿过毯子披上，打开房门，盛葵就倒了进来。

昨晚她也睡在门上。看着倒在地上的盛葵，他预感她再待在他身边一定会死，所以他决定随便她去，历冥从她身体上跨过去。

“麻烦！”

他又跨了回来。他说服自己她需要一张毯子，她看起来很冷，所以他给她披上了毯子。她还需要一张床，因为她一动不动，很硬，他抱她上了床。

他没有见过睡着的盛葵，盛葵醒得比他早，她像一只小猫小狗躲在家里的某个角落需要他这个主人寻找，盛葵有时候在他醒后还会抱抱他，就像撒娇的小猫小狗需要主人的安抚。

在清晨柔和的光线下盛葵像他雕刻的艺术品，很美，那是一种纯洁的美，盛葵是他见过的最干净的女孩。他不禁想多看几眼，他不禁想多摸几下。他坐在床沿替她捋遮住肌肤的黑发，这黑发真漂亮。

他想亲她，因为亲也分可以亲和不可以亲，这可以亲。他觉得不能控制自己，这到底是怎么回事？他的脑子真的坏了？手机铃声的响起让他没有做危险的事情。

盛葵在此刻突然张开眼，她没有表情，眼神在穿透历冥。历冥闪躲开盛葵的眼神想去拿桌上的手机却被盛葵环住了脖颈亲吻了脸颊，她喜欢亲他的脸颊，亲吻他嘴唇身体的女人那么多，亲他的脸颊，虽是没有了欲望的感觉，但看起来很纯情，不是吗？盛葵搂着历冥，她在撒娇。

历冥看着盛葵透明的肌肤，如果他现在伸手摸摸盛葵的脸，一定能像电影里那样直接穿透过去。

手机又响了。历冥从桌上拿起手机，那头是熟悉的发嗲，这份嗲劲如果用在抗日时期的打仗上一定战无不胜。

“亲爱的，你这几天为什么都不找人家了？电话也不接啦。”

“什么事？！”历冥和他的耐心告别了，不耐烦让他很暴躁。

“今晚来不来找人家，想你了，房间都订好了哦。”

历冥看了眼躲在门口探了半个脑袋的盛葵又把耐心召唤了回来：“房间号发给我。”

“2054，等你哦。”

“好。”

我们总是喜怒无常，我们总是多愁善感，然后我们就容易犯错，有时候我们还不相信命运，所以我们犯了错也不愿意纠正，不认命也是倔强中的一种愚蠢方式。

历冥看着盛葵，她在他眼前晃动，晃动到他看不清她的脸，而实际盛葵一动也没动。他很愚蠢，他改变不了什么，什么也改变不了。他还总在指望通过别人取代或者改变一些已经存在的东西，比如感情。再相似也不能狸猫换太子。

“走了。”

历冥筋疲力尽，他拿起桌上的车钥匙“砰”地关上门。

盛葵看着被用力关上的门，空房子把她狠狠困住。她走进房间，拿起历冥忘拿的手机，一看再看。为什么要那么用力地关门？太响了。她的手像是忘记了门把在哪儿，她的心忘记了脑的作用，而她的眼睛把一切都看得一清二楚。

在一段时间后，历冥扣上Jacob&Co的钻石袖扣从酒店出来。他现在很想回去雕塑，他的身体里有雕塑的材料，那和白泥看起来很像，有些黏有些滑。是的，还差一点点，还差一点点，他可以弄出一个完美的雕塑，因为盛葵的出现他的完美变得乱七八糟，其实世界上本来就没有完美，大部分的时候残缺就是完美。他每次都和自己说离完美只差一点点，所以导致他那个完美的雕塑到现在还差一点点。

当他看到盛葵出现在酒店门口，他的完美又一次乱七八糟。

“你这样和我认识的那些女人有什么区别？缠着我，黏着我，烦不烦？”

“我想给你送手机。”

历冥想要一个舒服的人，通俗点说，就是活儿好不黏人。

他伸手摸了摸盛葵被风吹得发红的脸颊：“冷吗？”

这张脸一点也不舒服，很冷，而他很怕冷。

盛葵摇头，历冥的热流穿进肌肤，她闻到了他的香水味，和他摸她的手一起留在她的脸上。她希望这个人的手真的能穿进肌肤，然后在神经组织里再也出不来，他们成了连体婴，他们只能同生共死，她说不清楚自己为什么那么想和他在一起，她就是想让他在自己的身体里。

“回家吧。”历冥收回自己的手叹气。

“嗯。”盛葵没有如愿。

一路上他们沉默，他们没有开口打破这气氛。历冥单手握着方向盘一口接一口地抽着烟，浓重的烟雾从嘴里吐出飘散在车中，双眼直勾勾地看着灰茫茫的路。人生从来不是授权游戏，来来回回只有ABC几个路线，掌握后便能通关打boss，城市一直都是在以最意想不到的方式有趣地展开，比如他们谁也没有想过，他们相处了一天，两天，三天……他们到最后也没有计算过究竟相处了几天，如果不是盛葵的父母通过警方搜索监控找到了历冥的家，盛葵天真地以为她和历冥能长相厮守下去。

在盛葵的父亲见到盛葵后，他对盛葵凶狠地袭来一巴掌，是的，关于她想把历冥留在身体里的这个想法在这个巴掌里彻底落了空。他们要把她抓走了，也许她将永远离开。

盛葵母亲冲上来把盛葵护在怀里。她很老，涂了口红的嘴上掀起一层层皮，如果刺啦一下用力一扯，她松弛的肌肤都会轻松地被扯下来。

她抽泣着要盛葵父亲住手。她说你住手吧，你住手啊，她是我们女儿，她再不好也是我们女儿，何况她很好，她受了很多伤，她很好……她只是没长大，因为她受了太多伤，我们为什么还要让她再受伤。

她很好，她只是没有长大。

“我不回家！我不！回家我会死的！我想活着！我也不画画！画画会要我的命！”

盛葵整个人都缩成了一团，她开始害怕，回家后她的一切都会毁掉。

“你从小到大除了画画还会什么！养你有什么用！你不画画你去死！”

盛葵父亲怒不可遏地如同野兽叫唤，去死吧，去死吧，去死吧。分贝传得很远很远，比大草原还远，手指对着母亲怀里的盛葵指指点点，他一直对着他的女儿说去死吧，你就该死。

历冥在旁边听得哈哈大笑，他笑得差点喘不过气来，他苍白地拍手鼓掌。他一点一点走近盛葵父亲，伸出食指用力指着盛葵父亲。

“你这样的父亲才该去死！你去死，你去死吧！”

盛葵父亲的情绪又被推到了一个更高峰。

“我教育女儿需要你指手画脚？！你拐卖我女儿的账我还没

有算！你等着去警察局坐牢！我要让你坐一辈子牢！”

“随便。这之前，把你女儿带走。”

历冥停下抑制不住的笑声突然变脸，他的脚步朝着盛葵，他卷起盛葵的衣袖，那是伤痕累累的手腕。

“作为父亲，教育的方式有很多种，如果你不是真的希望她去死。”

历冥说完就松手，却被盛葵反手抓住，盛葵死死盯着他，抓他像抓住最后一根救命稻草，她哭得很难过，她难过得紧紧咬住的嘴唇都渗出一道道血迹。我不想回家，你听到了吗？你说你要我，你说啊，你说的话我就留在这里。不管是我的身体还是尸体，都属于你，盛葵想。而有时候我们必须相信离开，也必须离开。

历冥甩开盛葵的手让盛葵的爸爸带走了她，他只做了带上门的动作。离开的是盛葵，但其实是历冥在离开。

# TWO

# 梦中的婚礼

# 1

“她的自闭症是我从小看到大的，曾经也有过好转，她起初画画那段时间是病情最好的一段时间，画画有助于她表达自己的内心，但现在已经适得其反，造成这样我有责任，我没有说清楚你们应该掌握一个度，但你们家长也有很大责任。”

盛葵坐在病床上，她的童年和青春期几乎一半的时间是在这里度过的。刺鼻的消毒水味，阴冷的风，被未知恐惧侵袭着的人，统统穿着苍白衣物的医生护士像是手握刀锋的刽子手连说话都是那么直接，不留一丝情面，这是一个灰蒙蒙的充满了绝望、几乎看不到出口的地方。她烦透了。

“我现在建议你们和她要建立起良好的沟通，其他先不要管，我会配点简单的药物给她。她想做的事情只要合理尽量不要反驳。让她慢慢敞开心扉，引起她说话的欲望，让她多接触外界，完全治愈的可能性不大，反复性很强，你们也要有思想准备。下午我给她办出院手续，你们明天来给她收拾衣物。一定要记住我说的！不要再让她三天两头这样情绪失控地送来医院。这样对病情非常不好！再这样下去真的只能送去国外治疗，有问题我们及时联系吧，还有……”

她能清楚地听到她从小到大的主治医生在门外和她的父母说着从小到大那来来回回的几句话，听着听着她就听不清了，她可能病着病着智力也有点问题了，她只记想记的东西。

她问妈妈为什么会这样，她有的东西记得特别清楚，比如今天是和那个抛弃她的男人分开的第几天。有的东西她根本想不起来，比如就在五秒前医生要她注意什么。

妈妈说重要的东西记得清楚，不重要的就会忘记，妈妈希望你把自己的身体看得重要些。可她认为她还是病了，因为她记得自己病了，难道病了对她很重要吗？所以她真的病了。

她反复来医院治疗，她身上的伤越来越多，她已记不起来每一次她是怎么把自己搞受伤的。她的神经脆弱，生命力顽强，所以她总伤害自己又总死里逃生，她为什么怎么都死不了？

妈妈总在病房抱着睡着的她说快点长大吧，其实她每一次都没有睡着，她听到这句话总会哭，带着她的伤哭，在哭中睡着。她突然想看看妈妈的脸，她从病床上爬起来透过病房门上的小方玻璃看了又看。

父亲说别出院了，让她留在医院，她有病，再不行就送出国，我没有一个有病的女儿。母亲说她没有病！她只是没有长大，明天她就要给盛葵收拾医院的衣物，她是她的孩子，她要跟她回家。

然后盛葵就又哭了，她用手擦了擦脸，她发现自己的手很冷、脸很热，一定是历冥摸过这张脸的缘故，她的脸愈发透红，她要出去透透气了。她逃到了天台，躺在天台上可以离天空很近，也离太阳很近，她想飞去看看，可惜她没有翅膀。希腊神话里有个Icarus，用蜡粘了一对翅膀，飞起来追赶太阳，最后坠落到海里，淹死了。如果她有机会得到一对翅膀，她会粘上试试看、飞飞看，也许她能成功呢，因为她不容易死，就算坠落到了海里，她也是认真地坠落，何况她的内心还在飞扬，怎么有人敢说她坠落。

护士：“喝吗？”

护士：“可乐还是牛奶？”

那是一名护士左手拿着牛奶，右手拿着可乐。

“不许喝可乐。”历冥的这句话对她的潜意识造成了伤害，如果她接过可乐她的脑子会喋喋不休反复播放不许喝可乐这句话，所以她只有选择牛奶。

护士：“果然选了牛奶。”

盛葵看着低头一笑的护士，表情漠然。

护士：“看你来过好多次了哦，今天又要出院了吧？”

盛葵：“嗯。”

护士：“进进出出的不累吗？”

盛葵：“你指什么进进出出？”

护士：“哈哈，没想到你会开这种黄色玩笑。”

护士挺吃惊的，她还把她当成一个小女孩呢？

盛葵：“我也不想来。”

护士：“那为什么总伤害自己呢？”

为什么总伤害自己呢？

她怎么知道？如果她知道她还会伤害自己？而且她们怎么会把她的所作所为认为是一种伤害，这真不可思议，你可以说是受伤，但不可以说是伤害，她没事为什么要害自己？

盛葵：“三个月了。”

这是和历冥分开的第三个月。她对时间有精准的概念，她也不知道她为什么要这么做，很多东西其实就不能记得那么清楚，护士倒也记得很清楚。

护士：“三个月，你还记得他吗？”

盛葵：“你在说什么？”

护士：“你是不是不太上网？”

盛葵：“嗯。”

她不玩手机，也没有手机设备，对于她这个年纪的人真是不可思议，但她没有可以联系的人。因此，她有手机的话是十分可笑的，为了不可笑她还是不要了。护士从口袋里掏出手机，把耳机塞进了她的耳朵里。

夜里我冰冷的汗

它说我在想你闭起眼睛才十分舒服

你进入我的生活

我知道

大概你也无处可去

我发现我们走过的地方都变得很漂亮

然后

你真可爱

我们真棒

我要和你说再见

我发现我有问题

我说因为我有病你得离我远点

你说我们都是人

我们真酷越来越酷

那我们就懒洋洋地说再见

来来来

不说就滚

其实我还是想你别哭我想你

“唱这个的人叫什么？”

盛葵明知故问道，她抛出了一个答案，一目了然的问题。可能是她疯了，这的确让盛葵疯了，你说她应该高兴？她分明被逼疯了！也许与她会画画有关也和她的病有关，她的想象力十分丰富，她能自己幻想出一个历冥，她的历冥不会离开她！历冥绝对不会离开她！而实际历冥就是个强暴犯，不停地强暴她的灵魂！他他妈就是个混蛋！

“历冥。这首歌上个月……喂！”

护士还没有讲完，盛葵就飞奔而去。她飞去的是一个错的地方，她精心设计的地方。护士留在原地打开易拉罐，可乐的气扑哧扑哧往外冒溅在她漂亮的护士服上，她看起来像个圣母。她擦了擦自己的护士名牌。

中文名：江可。

不是Coco。

三个月前的一个小时里到底发生过什么？Coco激烈地吻历冥，她的大眼睛和棕色卷发都很主动，她的身体被热浪翻滚，她看起来像个婊子。她的身体有欺骗性，她在做一个梦。历冥无端端地停下打断她的梦。

“宝贝，你怎么了，怎么不继续了？”

“你为什么要打断我的梦呢？”

她坐在历冥的身上关切地问，她关切的是自己的梦。他的下半身失踪了，历冥心想。他吻得很痛苦，他觉得自己很无耻，他的脸上变得湿湿的，他哭了，哭得湿漉漉的像来自远方森林的一场大雨。

Coco蜷缩在历冥的怀中，她用双腿纠缠着历冥：“你以前不是说人家是你灵感吗？所以，艺术家，你不要你的灵感了吗？”

历冥抬头看了看这美丽的身体，他的眼睛没有知觉，他又闭上眼睛，可他的下半身也没有知觉。

历冥系好皮带，他从名片夹里抽出一张名片递给Coco：“我们都应该好好生活，江可。”

实际上，在这一秒以前她还是喜欢Coco这个名字，因为Gabrielle Chanel也叫Coco，她希望和她一样漂亮有钱还有梦想。而这一秒她发现她永远成不了别人，可她也不想当自己，她不想当江可，所以她不想历冥当自己是江可，她需要有人陪她找不到自己，她抱紧了历冥。

“你变了，宝贝。”

“宝贝，你该醒醒。”

“你看你现在很憔悴，你玩儿完了。”

历冥摇摇头推开。

“我要走了。”

他要回去雕塑，只差一点点。

“那看来我不能再叫你宝贝了，你知道吗，你的样子看起来像为爱所困的男孩，你一定是有了新的创作灵感。”

他们处于城市中央酒店的最高楼层。落地玻璃外，往下看是深渊般密集的黑洞，往上看是不够透彻被雾霾笼罩的天空。

Coco有这样的想法，如果此刻的她是一只海鸥，她一定飞蹿出去，一路垂直着，把痛苦、落寞、失控、糟糕埋藏在深不见底的上空或者地面。历冥和Coco一起出了电梯，有时候，时间过得太容易了。

Coco：“你以前给我做的雕塑可以送给我吗？我想作为纪念。宝贝。这是我最后一次叫你宝贝了，我要从良了。”

历冥：“嗯，好。”

Coco：“那我们还能是朋友吧？”

历冥：“嗯。”

Coco突然停下来，她想：天哪，那这样说朋友根本没有任何意义！

她思索了好一会儿，那她为什么要这么说呢？难道是冠上一种可以留在彼此身边又不过界的身份？沉浸在思索里，直到距离历冥一段距离后，她才想起继续跟在历冥身后出酒店大堂，她想说那我们还是不要做朋友了。一个女人的出现打扰了Coco，她隔着玻璃看到历冥甚至摸了她的脸。

她想：他爱上了她。

这仅仅停在她想。Coco颤颤巍巍地从包里取出历冥递给她的名片，那是医院的联系方式。

她想：她要当护士。

然后她潇洒地扔掉了她的Chanel包包和她的Coco名字，她要重新回去当一名护士，之前她一直是一名出色的护士，她忘记了她怎么会放弃了她做得这么出色的事儿。她要继续当一名出色的护士，她这么出色，还这么漂亮，在死前一定能大干一场，她的意思是更出色。

“江可，该去病房了。”

她被唤回现实。

“等等。”她想她还有些事情没有完成。

她从口袋拿出手机，编辑了一条短信：她听了你写的歌飞去找你了。

收件人：宝贝。

后来，她总想起今天。她躺在病床上，穿着护士服，戴着护士帽。如果可以重来，她要堂堂正正地当一名正正直直的护士。也许会遇到一名医生爱上她，也许她会爱上她朝夕相处的患者。她不走弯路了。但现在，她累了。她要好好睡一觉。

## 2

盛葵飞奔出医院。她要主动献身去让历冥强暴她的灵魂！她的腿不长加上走路时总是很小步，跑起来便速度很慢，穿越医院走廊时差点打翻了护士的医疗推车撞倒病人。

愚蠢的是她忘记了打的，她跑了很久。与此同时，历冥收到了江可的短信。

他必须离开他家，盛葵能找到他的地方只有他家，然而他发现他无处可逃！他想那要不要躲起来，同样地，他也无处可躲！这时候他又觉得女人对他的伤害真大，她们总爱多管闲事！

他只能一个人上了路，你知道，他明明可以待在家里什么都不做，因为盛葵没有他家的钥匙，但他感觉那样他会变成关在了家里，他把自己关在了家里，万一盛葵在他的门口守候，一个月后他因为把自己关在家里断水断粮饿死了呢？又万一一个月后盛葵因为守候不吃不喝饿死了呢？那他就会被警察找上门送去警察局关起来。

当然，这两个结局不是不好，但是过程死气沉沉的。他只能上路，一边上路一边想想去哪儿，他想不到。然后上帝说不要想了，所以让他遇到了盛葵。历冥跑啊跑，盛葵追啊追。如果从上空往下看，他们仿佛正在玩一场猫捉老鼠的游戏。由于红绿灯盛葵终于隔了他一条街，历冥手撑在膝盖停下休息。

真搞不懂女人，为什么女人总容易爱上他？大概他是个坏男人，好女人坏女人傻女人聪明女人都爱坏男人。

“你唱的时候想的是我吗？”

“什么？”

“你唱的时候想的是我吗？写词的时候想的是我吗？”盛葵大吼大叫，她的自闭症非常默契地消失了。

“听不清！”他听清了，他心中有鬼。

盛葵闯了红灯。她朝他奔跑而来。她距离他，3米，1米，50厘米，10厘米，0。她用绸缎一样的舌头吻他，连着晶莹的液体。然后她慌忙地从口袋里掏出一沓十分整齐的钱，她偷了她妈妈的钱。

“鞋的钱全部还你，我不知道够不够，不够，你等我……我再去拿……去偷……去抢！你能不能不走了，让我看见你。你说鞋子会带我去我想去的美丽地方，那个地方就是你在的地方。”

她想她无处可去，他也无处可去，那他们为什么不能依赖彼此？她在他离开后老了，她想永远年轻，他难道不想吗？

“够了。”

这个“够了”说得很巧妙，一个意思是鞋的钱够了，第二个意思就是够了，可以终止这些行为了。

历冥推开盛葵，他走了。盛葵不吵不闹跟在历冥身后，直到历冥突然停下来，她直冲冲地撞上历冥宽阔的后背。

“你想做什么？”

“想……跟着你。”

历冥拽住了盛葵的手把她塞进路边的出租车：“滚回医院去！”

“你怎么知道我最近在医院？”

“你别自作多情！我他妈根本对你没兴趣，江可那个婊子总自作多情地告诉我你的一切！女人怎么都这么自作多情！”

他把盛葵给他的钱甩到盛葵身上，那无疑是一种侮辱。

“送她去华山医院。”历冥说。

盛葵再次拽住历冥的手。

“松手！”

“司机，有没有笔？给我笔！我要笔！”

盛葵一只手拽住历冥一只手伸向司机讨来一支笔在历冥手心写下了一排地址。

“你想就来找我，告诉我你想我，你不来我可能就被送去国外了。”

“你不来找我，我会想办法再来找你，但我害怕，你不要忘了我，不要和别人在一起。在我死前……求求你……我等你……或者你等我，我爱你，那么你能不能继续想我。”

她写得很用力，说得很混乱，哭得很伤心。泪水噼里啪啦地在历冥掌心像下了一场暴雨。

“这个世上，每个人都有自己的伤心事，你不该为陌生人流泪。”

历冥也开始很伤心，他污染了很多人，用他骗人的伤心。他要赶跑她们，因为他是伤心的，也是骗人的。在关车门的一刹那，他看着盛葵，他想到很多，他想他不能爱人，只能伤心与骗人，那是他咎由自取。

“姑娘，你看起来真可怜。”司机说，“你伤心的脸让我想起了我的老伴。”

盛葵看着窗外，听司机一直说一直说。

“我年轻的时候是个歌手，她第一次来酒吧，穿着通红通红的裙子，我唱了一首《灰姑娘》，其实我本来不是要唱这首的，然后我们迅速地相爱，她说她爱我的长发和声音，我说我爱她看我时眼里只有我的眼睛。”

“后来我用《美丽世界的孤儿》和她求了婚，我一无所有，她嫁给了我，即使我们领不了结婚证。她说我不会一辈子一无所有，你还有你的追求和自由，她唱了《一无所有》，我笑她五音不全。”

“后来我去了北京追求自由，她什么都没说，在火车站哭着送走我。”

“她说她等我。”

“我北漂了三年依旧一无所有，我那时候开始想念她的怀抱，我想抱着她告诉她我失败了，我不闯了，问问她等我那句话还算不算数，我要回来。”

“但她走了。”

“我真见不得你们这些姑娘哭，你们一哭我就想起我死去的老伴，在她送我到了火车站后她病着病着走了，我没勇气去那里找她。”

“其实那时候我什么都有了。”

“我开出租车，想带伤心的人远离伤害她们的人。”

“不过我也快开不动了，医生说我需要做手术，也许手术也做不了。”

司机捂着胸口。

“可能是她想我了。”

盛葵哭着哭着突然冲司机笑了笑，看着窗外，她含混不清地问道：“快到了吗？”

“到了。”

“别害怕，别难过，你该照照镜子，你很漂亮，还那么年轻。”

“再见了。”司机道别。

历冥抱着头蹲在路上。

“这个不是最近很红的那个历冥吗？”

“我现在有一个冲动，搭讪！”

“别闹了，遇到他比让我背下但丁的《神曲》还难。”

“让他用他的低音和我讲句话，哪怕是个‘嗯’字也会让人荷尔蒙上升。”

路人把目光统统投向他。

“不好意思……请问你是历冥吗？”

他是历冥吗？

他是。

“看嘛看嘛，就是历冥。”

“你看你看，他的脸怎么拍都完美。”

他是历冥吗？

他又不是。

“拍什么拍！滚！”

“统统滚！滚啊！”

他吓跑了路人。也许是因为思绪飞速地转动，他昏厥了过去。最后一刻，他只觉得眼前连晃了几下闪过一个人的身影他做了一场梦，梦里他前所未有地感觉自己很好。接着他醒了。

本我，自我，超我，逆我。一切皆有可能，他是这样想的如果他想，一切都可以改变，还不迟。

“我要去找盛葵。”

他穿着病号服，苍白嘴唇看着什么说道。She is the most appropriate.

# 3

林中、青苔、向日葵，那是盛葵的家。盛葵披头散发向历冥走来。她睁眼睛，用鼻尖蹭他的下巴。她闭眼睛，依偎在他的胸膛。历冥推开盛葵。

当你在林中遇到了那个少年。他的眼中已熄灭了青春的火焰。你可曾感叹？

历冥说：“你家真美。”

盛葵说：“只是离你太远。”

盛葵说：“我们都在地球。”

盛葵说：“好在你活着，我没死。”

盛葵说：“跟我来。”

盛葵把历冥带到自己房间，她穿着Ford裙和白球鞋走在前面转着圈晃来晃去，她看起来很开心。那儿只有一张全白的床，那张床染过红色。满地的画纸，有时候风太大，她不关窗，画纸会飞起来，飞走。她很喜欢那样的感觉，她还想如果画板也能飞走，她的世界会更大。

历冥注意到画板上的向日葵，如果现在画板里冲出一场大火，他一点也不奇怪，一场忧郁的幻觉强烈地给着他刺激。

“凡·高的向日葵？”他问。

盛葵摇摇头：“我想是你。”

“我？”历冥指着自己。

“你说我的名字是盛开的盛，葵花的葵，我的名字总让我想起你，我会想到我死为止。”盛葵盯着历冥。

融入敏感心灵的东西少之又少，所以自闭症的人常常生于忧患，死于执着。曾经她对画画执着，现在对历冥。如果历冥的眼睛是一池水，她会奋不顾身地跳进去，不，她早就进去了，何况她不会游泳，太致命了。

历冥用手指抚摸画纸像触摸女性的肌肤，感受颜料的触感。颜料积累得太厚，闭上眼睛都能摸出形状。下面是什么，这个颜色的下面是什么颜色，这个形状的下面是什么形状。他突然停止触摸，因为这是一个无底洞。他环顾盛葵房间：“拿吸尘器和抹布来。”

盛葵点点头乖巧地下楼寻找，历冥一张一张捡起地上的画纸，折叠整齐后想帮她放入抽屉。

在抽屉中，他发现了MP3和看似日历的硬板纸。

历冥惊奇地发现这款款式很旧的MP3还可以开机，这时他有两个选择，他完全可以说服自己这只是一个破MP3，能有什么呢？可笑。可这个破MP3还可以开机，他塞入了自己的耳朵，里面只有一首歌。

每次
有人正经
叫我名字
我总恐惧
早晨醒来
阳光消失
晚上除了热
就是孤独

12月31
累了昏了疯了
12月31
伤了病了死了
12月31
生命对于变坏的星球毫无意义
12月31
我们永远将去往一处单纯的生物
12月31
我不能消化身体的孤独
12月31
孤独是存在无法逃避的使命
12月31
我们永远将去往一处我们本是单纯的生物
我们本是单纯生物永远将去往一处

我们本是孤儿让一切回归安宁

摆脱光与时间的桎梏
我们本是孤儿
让一切永恒
让一切回归安宁
12月31号暴风雨都要过去了

盛葵再次回到房间看着历冥正听着自己的MP3，吸尘器一下子就从她手中滑落，她迅速扯下耳机从历冥手里夺走MP3。

“看着我，说，为什么只有这首歌，还有抽屉中那个纸，你计算的什么？”

历冥强行扳过她弱小的身躯质问道。

“说！”

“因为那是你的歌。”盛葵很冷静地重复，“是你的。”

“你怎么知道？”

“说话！这些都是什么！”

历冥疯狂地摇晃着盛葵的身躯，他再也无法站在制高点保持他的自我辨析能力。他害了人。他希望那天，12月31号，他们第一次相遇那天，盛葵绝对不是因为这首歌才有疯狂的行为。

“说什么呢？说是你，是你让我觉得世界上还有我的同类吗？说12月31号是我的生日吗？说你11月份发布《12月31号》这首歌时说的吗？说因为你我当时再也找不到活下去的理由吗？”

盛葵抑制不住地全身颤抖，“我该说什么？一切……都因为你太重要了……我已经太卑微了。你别离开我。”

她再无法把这个秘密包裹起来，她紧紧地投入历冥的怀抱流泪，泪的声音十分清脆。它落在地上会爆炸，流泪还有个词语叫留恋。

她有一段极其不幸的童年，病症和凌辱都折磨着她。这些在她遇见凡·高的向日葵后终于有所好转，她痴狂画画，她说离开向日葵她就要死，离开画画她就要死。她对画画是纯洁的爱，画画回馈她荣誉还险些治好了她该死的病。而这世界一切都在变，你在变、我在变、事物在变，连食物也会因为一天之隔陷入能吃和不能吃的境地。她又因为画画变得更糟。一个凌晨到另一个凌晨，她撕烂画纸，她想逃，她逃走，又被父亲抓回来。

她摇头说她真的不能画画了，她看不懂这个世界了。她说她头疼，她又说她好难过。自闭症不拥有普通人调节情绪的机能，她只能一直难过下去。她开始对自己进行厮杀，她不只恢复早期的轻微自虐，用圆规划上两刀或用开水浇灌在身上，这些统统都不足以满足她。她终于开始接触刀具了，那段时间刀是她的情人，刀刃对她纠缠不清，医生确诊她有死亡本能。她躲在角落看到妈妈收起家里所有的刀具。这些都是自欺欺人，她有很多方法，她露出诡异的笑容，她说了她有很多方法，所以她依旧三天两头被送去医院。她望着手术室的天花板，这一切并不会停，她想结束一切，她要结束，结束后她所有的画都会价值不菲，她会成为人们眼里的怪才，不是怪物。她在潜意识地把自己的行为重叠上凡·高，可这世上就一个凡·高罢了。

正如弗洛伊德认为人有两种本能，一种是死亡的本能，它必然设法要使人走向死亡，因为那里才有真正的平静，只有死亡。在这最后的休息里才能完全解除紧张挣扎痛苦难过不安。她根本无法停止。

阳光从窗外斜斜地射进房间。她从医院包扎好伤口回来，她躺在床上自顾自地拆开纱布，不屑地扔进垃圾桶。她把手腕放在阳光下，肌肤有透红的迹象，她眯着眼睛，楼下传上来若即若离的歌声。

我是黄色的
你是黄色的
你是火焰
我是你点燃

我与时间捉迷藏
我的时间在捉迷藏
我抓着时间
时间抓着我

浓烈不久存
久存不浓烈
死轻生重
生轻死重

下场我还是当一个活不了多久的葵
下落你们都会记住我

可惜一切来自虚无
好在一切归于虚无

盛葵微微睁开眼，从床底找出《向日葵传说》。很久很久以前，有一位农夫的女儿，她漂亮，她善良。她却总被后母百般凌辱虐待。一次，她在顶撞后母后被后母用皮鞭抽打，后母却一失手打到了前来劝解的亲生女儿身上，后母又气又恨哪，在一个夜晚趁明姑熟睡之际挖掉了她的眼睛。后妈哈哈地大笑。农民的女儿再也哭不出眼泪，她哭出来的都是血，最后终于死去。死后，她的坟上开出了黄花，黄花总向着阳光。很久很久以后，人们称它为向日葵。

盛葵又合上书，她对世人以为向日葵的乐观感到失望。那天阳光太过猛烈。她的心里出现星星点点的光。是他。他的声音像一个无形的气墙让她在难过里快乐了些，他渗进她的每一个毛孔，成为装点她世界的重要元素。她开始调查他的一切。他在网络上透露得少之又少。他除了放上歌曲什么都不透露。可只要知道这个人的存在，有他的声音，她的灵魂就变得不寂寞。她因此很平静。再次摧毁盛葵的时间是在11月份。他发布了《12月31号》并首次写下除歌词外的五个字：麦田上的乌鸦。

她耳边还放着《12月31号》！她为了他上网！每天刷新几百次只为第一时间听到他的歌曲！她宁可她瞎了聋了，她闭上眼睛捂住耳朵大喊大叫，她的情绪脆弱得不堪一击，脆弱到无法调整，崩溃到临界点。她要疯了。她叫到吵醒了她的父母，叫到停也停不下来。当历冥几乎成为她精神上那位不存在的恋人时，她只能嘶叫，嘶叫到呼吸都痛，她发泄着，她无能为力，他又要消失了。

凡·高，麦田上的乌鸦。分散的乌鸦，乌云密布的沉沉蓝天，金黄色的麦田，那是一封无言的绝命书，那是死亡前的预告。她极端的悲伤与极度的寂寞该怎么办？骨子里迸发的脆弱令她快要抓狂，复杂的情感，情感的病痛使她恐惧无助，她发现自己有画画的冲动，她用红色的颜料发泄她满腔的孤独。

她要陪他。她抱着这样的想法，每天死死盯住手表，她做了一个只有她看得懂的倒数存在时间表。

12月31号。

她在那天用忍受不了父亲的借口又一次逃出家中，她划掉存在时间表上的最后一天。她相信那是最后一次她逃离那个家，逃离整个世界。除了死亡，重生还有另外一种方式。

弗洛伊德认为人还有一种爱的本能，也可以粗鲁地称为性本能。性欲本能与个体生存本能无所谓区分。死亡本能只能摆脱痛苦，爱本能却可以令人追求到欢乐、追求到高潮。

人生总充满种种难以预料。sei alles Wirkliche vernünftig und alles Vernünftige wirklich。存在即合理，不合理的不存在。盛葵是合理的，她又因为历冥活了下来，令她寻求死亡本能的人是他，令她产生爱本能的人是他。那晚的遇见是爱令她重生了。

# 4

音乐是一个奇妙的东西，它能暴力地进入你的身体，进入跟你有共鸣的人的身体，最后连人都揉碎成沙子飘散在风中，无畏又美好。

历冥疯了，盛葵爱上他的声音。那他需要负责吗？他不就是来负责的吗？他在动摇什么？他感动了？他罪恶了？他不忍心了？他到底在想什么？

历冥是一个孤僻的人，不管他多么融入这个社会。他是孤僻的，真的，他不是装，摆脱开他的外表他的金钱，他只剩下一颗病态的心，所以他无法爱人，他觉得爱情触不可及。

“我有病。”

“什么……”

“我大脑有病！你也有！那种歌就是垃圾！我他妈当时就是不想再唱歌随口一说，你有病啊！”

“你的声音有温度，会发光。在照亮我。”

“那种歌你说温度？我他妈自己都不想听第二遍。”

“你的温柔我一直都记得啊。”盛葵握住历冥的手，手指一根一根穿过历冥的手，她深情的样子看起来很美，像一个天使。

历冥把盛葵的手按在自己的胸口，胸口下面是心脏：“我死前你别死。”

“你在我就不死，你不在我就去陪你。”盛葵的大脑和触觉融合在一起，现在的她正徘徊于死亡本能和爱本能之间。她看着历冥心疼的眼神又看了一眼桌上的倒数存在时间表和MP3露出一个匪夷所思的笑容。

历冥撕烂了硬板纸和MP3一起投入垃圾桶：“我再说一遍，你死我不阻止，但要等我死了，也不会太久了。”

然后他们缠绵着贴近彼此的身体，他们相交相依。

人生短暂，春天来了。坠坠其中。春天来了吗？人生等得来春天吗？惴惴不安。

吱嘎——

开门声破坏了暧昧的气氛。

“爸爸妈妈回来了。你躲我柜子里。”

她没有想到她的父母会从医院这么早回来。上楼的脚步声越来越近。

“求你了……你躲起来……他们会让你走的。”

盛葵抓着历冥的衣角，她是虚弱的，她害怕。历冥无动于衷。一切皆有可能，他为什么不能趁此给自己退路呢？他的目的非常明确，所以他直勾勾看着房门打开后的盛葵父母。

“我想带走盛葵。”

这就是历冥的目的，他不拐弯抹角，他不喜欢。

“你说什么？找死！你再说一遍！”

“我要带走盛葵。”

历冥把想换成了要。他无法好好说话，他只知道他要做这件事情，那就要不择手段。盛葵父亲骨子里的暴力倾向开始发作，他的情绪需要一场大爆发，他的拳头要落在历冥身上。

“爸爸！不要！”

盛葵立刻护在历冥身前，父亲的手还在空气中。盛葵父亲眼里的怒不可遏又一次被燃起。

“我们不在家你就偷男人！你去死吧！”

“想带走她，要么我死！”

盛葵的父亲气喘吁吁，他把狠话对盛葵和历冥都说到了极端。

“爸爸，求你！我真的爱他……我想跟他走，没他我会死。”盛葵说道，“爸爸，我发现我最近又能画画了，因为我爱上了他，你不希望我画画吗？求求你……让我跟他走吧，我会好好画画的……”

“好，你走了就不要回来。”

“走了就不要回来。”

“走了就不要回来！我没你这个女儿！”

盛葵父亲重复说着走了就不要回来，走了就不要回来。盛葵父亲的手在抖，脸看起来十分疲倦。

“对不起爸爸，我必须跟他走。”

盛葵始终选择要这样做，她这样为了男人抛弃父母的女人大家说得好听点是傻女人，难听点就是狼心狗肺。可大家都不是她，大家以为她想吗？因为大家都不是她，谁也不知道她的爱与追求。

“这里的东西都是我给你的，一样也不许带走。”

“你走吧。”

他不再暴戾，他显得十分平静。父亲转过身，只留下一个背影。《目送》里说：我慢慢地、慢慢地了解到，所谓父女母子一场，只不过意味着，你和他的缘分就是今生今世不断地在目送他的背影渐行渐远。你站在小路的这一端，看着他逐渐消失在小路转弯的地方，而且，他用背影告诉你：不必追。

老师说，长大后才懂。

# 5

一切来自虚无，是否意味着这世上所有的事情都是无意义呢？那历冥现在在做什么。你问他吗？

他不知道，他也许会回答你，并不重要，因为并无意义。一切来自虚无。那历冥为什么还要做。你问他。他还是不知道。但他有一个大胆的想法。除了有意义与无意义，还有我们看不到摸不着的。我们难以想象，但并不代表不存在。

你只能想象两条直线相交或者平行，但当它们是异面直线呢？它们还能重合。历冥对重合惶恐不安。

如果直线是人，平行他们将无法相交。相交他们会错过。浅薄地比喻它们就是有意义与无意义。

如果重合呢？不平行不相交，那就既不是有意义也不是无意义了。或者我们再用一个疯狂的想法。直线并不是永恒，它可以变成曲线，当直线出现在CorelDRAW，直线可以拖动成曲线。把人生最初路程比作直线。CorelDRAW是特定的环境，直线拖动成曲线是配合一个人的出现。

那么直线就脱离了仅有的相交与垂直。人生就脱离了有意义与无意义。不过鼠标在你自己手里，如果想，你，也只有你自己可以使它变回直线。所以历冥还是做了一些事情，因为他不做就更糟。而实际上，并没有几个人的人生是直线。历冥的人生是弯曲的断点。他知道，没人懂。

“会舍不得吗？”历冥单手握着方向盘，另一只手牵住盛葵，他用这双手把盛葵的人生拉成了曲线，他为了自己的直线，十分自私。

曾有人对他说：“你真残忍。”

他笑着道：“我承认。”

那个人还问他：“你会爱人吗？”

他仍然笑着：“无时无刻。”

他说了无时无刻。

“无时无刻”这个词特别奇怪，细想想它是一个双重词语，因为“无”既可以从字面意思理解成“没有”，如果是“无时无刻”历冥便是真的不会爱人了。而“无”似乎也能理解成“每”，当“无时无刻”成为“每时每刻”，历冥绝对地变成情种。

盛葵不点头不摇头不望着历冥。淡淡地凝视着车窗外，那是一整个新世界，她向往很久了。她把这一切看成新起点。朝光明处发射，落在身体的刀片，遍体鳞伤的肌肤，绝望的自暴自弃，千方百计寻求解脱的心，统统说再见了。

她还能看看蓝天，看看白云，看看大海，看太阳。看他。她不再紧张，不再慌张。她一定是重生了。盛葵把手放在胸口，扑通、扑通、扑通，活着真好，存在真好，世界真好，时间真好。

现在一切都很好，都是她要的。她的快乐漫溢出胸腔、脾肺、肾脏。她梦寐以求的爱，她得到了。她绝不能轻易放手。千辛万苦得到的，不能给它溜走的一点点机会。

历冥带着盛葵回家。这是一个新家，盛葵抛弃了她20年的旧家，当时她以为这是快乐。晚上休息的时候，他们躺在床上，望着天花板。历冥的手臂被半侧的盛葵枕在颈下。他另一只手从床头柜夹起一根烟放到舌尖，闷了许久才吐出一串长长的烟圈，接着又是重重的一口还未来得及吐出就被盛葵堵住了双唇吸了过去，烟的香气在身体中走了一圈从盛葵的口腔吐出。

历冥看着主动坐到自己身上的盛葵，手指抚摸她每寸肌肤，从面孔到脖颈到手臂到手腕到无处不在，最后停留在手腕，那只手臂的沧桑用伤痕在印证。

历冥："这里，当时什么感觉？"

盛葵："这个伤口帮助我，我很喜欢它。"

历冥："帮助什么？"

盛葵："让你爱上我。"

历冥："看起来很痛。"

她不痛，她的身体不会痛，她的心才容易痛呢。历冥用力抽了一口烟，把烟头按进了自己的手腕。没有麻醉，那是立竿见影的疼痛令他变得很紧张，他的心突然跳得很快，他忍不住倒吸了一口冷气。

"看着我这样，还是不痛？"

历冥举起自己的手腕直逼盛葵双眼。

盛葵：“痛，很痛，求你不要再这样。”

历冥：“我去给你拿止血贴，医药箱在哪儿？”

盛葵：“不用，我很自私，从今以后，你的行为让我痛一次我就会让你痛一次。”

历冥：“我唯一能和你兑换的，就是教会你只爱自己。”

我给不了你爱。历冥没有说出口。

盛葵：“其实我很爱自己，只是缺少人爱我。”

我要你爱我。盛葵也没有说出口。

穿过夜晚的幕布，划开黑暗的中心，冲破旋涡的边际。迎来白昼，一如往常。当阳光落在历冥脸上的瞬间让人明白了一个词：无瑕。这个词在他的身上被印证得活灵活现。

当历冥醒来时，盛葵又不在了，他掀开被子在腰间裹上白茫茫的浴巾，映入眼帘的是赤裸裸的饱满肌肉。

他走进书房。盛葵坐在地上抬头冲他笑，盛葵举着画纸。

“你看，我终于画得出眼睛了。”

她说，她终于画得出。其实在最早以前她说她不画眼睛是因为害怕画了眼睛会飞走，她骗了人。

“嗯。”历冥欣赏她的才华与个性，喜欢她的种种像喜欢一个人，否则他并不会选她。

聪明人总爱给人遐想无限，有些话不用说得太明白。历冥拉起盛葵，取走了她破旧的表。

“你……做什么？”她的手表陪伴她很久，她是一个傻女人，她的表这么破了，皮都裂开了，这块表已经不是她最初因为爱选择的那块表，但她还是不愿意换，她自己也很清楚。

“戴着这个铃铛让我知道你活着。”

“好响哦。”

盛葵摇了两下，这声音让人很兴奋，她甘愿沦为他的物品。

“嗯。”

实际上这是个旧铃铛，甚至他还做过不会响的木铃铛，坦白地说，这种行为很匪夷所思。他不会再做第二次了。

盛葵：“我们分开后你看过吗？”

历冥：“书？”

盛葵：“嗯。”

历冥：“很久不看了。”

书房也是历冥心爱的地方，盛葵不知道这里藏了一个怎样的秘密。盛葵随便抽取了一本书递到历冥手中。历冥随意翻了两下，一张白纸从书中掉落。这是一张A4大小的白纸被折成了正方形，打开后无眼的脸庞跃然纸上，盛葵不画眼，她总说画龙点睛，龙会飞走，人也一样。

历冥：“我？”

盛葵：“嗯。”

盛葵又抽出一本书递到历冥手中，同样是一张没有眼睛的脸庞。紧接着，历冥自己拿下书架上的书，几本再几本，书中全是他。重复的是盛葵笔下抽象的他，不变的是没有眼睛，变化的是几分神态。

盛葵：“我现在好像会画眼睛了，以后我要给你画眼睛。”

历冥："你不是说害怕画龙点睛吗？"

盛葵："我不会画眼睛，但我看得懂眼神啊。"

盛葵："你的眼睛那么好看，我喜欢你喜欢到见不得你残缺。"

我日益重复你的脸庞，我最爱你原始的脸庞，我为此十分努力复原你原始的脸庞，而你呢？盛葵心想。

历冥："知道什么是喜欢吗？"

盛葵："我爱你。"

历冥："知道什么是爱吗？"

盛葵："肾上腺素水平上升使心跳加快，兴奋不已，出汗，脸红的外周神经兴奋说明你可能对异性产生了爱的感觉。苯乙胺使男女产生狂热之恋，心跳感觉是PEA的……"

历冥："谁允许你翻这些书！"

盛葵："你以前没有说过，我以为我都能看……对不起。"

历冥知道自己情绪失控了，他以为盛葵不过随意翻翻，她竟然背出来了，这样的感觉就像是把过去从坟墓里强行拉出来。历冥揉揉盛葵的头发表示歉意。

"饿了吗？我给你做吃的好不好？"

盛葵点头后，历冥准备牵她去厨房，手机响起了。

于湛："冥。"

历冥："有事？"

于湛："我们现在沦落到有事才能找的程度啊。"

于湛："有路人把你晕倒前失控的视频传到了网上，现在都在议论你。"

历冥："那又怎样？"

于湛："他们都是坏人！我担心你被伤害！"

历冥："你管好你自己吧。"

于湛被历冥挂断了电话，他踹翻了茶几，茶几的玻璃碎成一片一片。于湛踩在碎片上，他的脚开始流血，听说白色和红色是绝配，他的白色毛衣和红色血液十分般配。最后，他晃晃悠悠地一下子倒在地上，他侧着环抱住自己。历冥啊，你根本不需要任何人的保护。你一直都是。不需要保护不代表不脆弱。我一直都知道。脆弱的人一定需要保护，不需要保护的人不一定不脆弱。是的，我这么脆弱，我需要保护。你不需要任何人的保护你也脆弱，我想保护你，即使我这么脆弱。

因为我们是朋友，你知道吗？他的上身在哭，下身在流血。愿上帝保佑认真的人，他们的心都是碎的。历冥打开手机，热门是历冥失控视频。

"怎么了？"

盛葵抚平历冥的眉头。

"不是饿了？先去厨房把碗洗了好吗？我处理一些事情。"

历冥掩饰着把手机放回口袋。

"嗯。"

盛葵点点头乖巧地离开。

尼采说："对待生命你不妨大胆冒险一点，因为好歹你要失去它。"如果这世界上真有奇迹，那只是努力的另一个名字。生命中最难的阶段不是没有人懂你，而是你不懂你自己。

历冥依旧不懂自己。

尼采也说："离每个人最远的，就是他自己。"

历冥不明白自己，他真的搞不懂，局面到不可收拾的地步不都是自己做的吗？不管其他的，他一定要好好爱自己。他的父亲在临死前戴着氧气罩虚弱地告诉他：你要爱自己比爱任何人都深，那样你才会产生欲望看见明天的太阳。他告诫自己，到死的一刻他最爱的都只有他自己！所以他很坚强。他不需要任何人的保护，否则他会爱上保护他的人。他自己保护自己所以他才爱自己。不过或许他本质是一个太善良的人了，他总忍不住救人，比如盛葵，比如……

以前他可一点也不相信什么天道有轮回，不信抬头看苍天。去他的轮回。后来他渐渐发现他这个唯物主义者被打败了，唯物的确败给了唯心，当然，这仅仅是他短短人生路得到的一些自我观点。

历冥又拿出手机看着一排排的陌生号码，他拨通了其中之一，他说："我答应采访。"

历冥和盛葵热爱艺术，不热爱语言艺术。如果不是必须讲话的事情他们都不太想说些废话。例如，吃饭的时候他们彼此沉默了十分钟。直到盛葵先吃完看着还在细嚼慢咽的历冥慢慢悠悠地道来一句她认为十分有必要讲的话。

盛葵："我们交配。"

历冥："你说什么？"

盛葵："交配。"

历冥："你知道什么是交配？"

盛葵："交配指的是生物的生殖细胞进行结合，导致受精和繁殖的活动。"

历冥："又是在我书房看到的？"

盛葵点点头，历冥摇头。

历冥："动物才叫交配，我们是人类。"

盛葵："那……叫什么？"

历冥："单纯的女孩不该问这些。"

书上说，由于本能、性欲，相应诱发因素会引起交配，他一定不爱她，不然他会和她交配。盛葵心想。

"过来。"

历冥拍拍自己的腿命令着盛葵坐过来，盛葵跨坐上去，短小的双腿几乎着不了地。历冥把盛葵乌黑的长发撩到耳后亲了一下她的左脸颊，接着是饱满的嘴唇。

历冥："接吻会交换40000多个细菌。"

盛葵歪头又把舌头顺入了温暖怀抱。细菌？甚至炸弹又怎么样呢？一个甜蜜的樱桃炸弹，她还是想触摸想深入，想更近，更深。

灵魂的反应无限上升，仿佛进入一个虚无空间，一切来自虚无。吻是世上唯一让人情不自禁要闭上眼睛的事情。只要闭起双眼，你不可抑制地想起不可抑的人，他或许在你眼前或许在你心中，你想起来，又想笑又想哭。

很奇怪，我们不屑与他人为伍，却害怕自己与众不同。

——保罗·柯艾略《维罗妮卡决定去死》

# 6

时间如同Henry Van Dyke所说是一种奇妙的存在。

对于等待的人，太慢。

对于忧虑的人，太快。

对于悲伤的人，太长。

对于快乐的人，太短。

对于相爱的人，永恒。

对于不爱的人，早已死去。

不论你处在什么地方，也不论你是什么人，不管是在此时此刻，还是在我们生命中的任何一个瞬间，有一件事情对你我来说是恰巧相同的：我们不是在休息，我们是在一次旅途中。

我们的生活是一种运动，一种趋势，是向一个看不见的目标稳定而不停地进步。每一天我们都会赢得某些东西，或者都会失去某些东西。甚至当我们的位置和我们的性格看起来与以前完全相似时，它们事实上仍然在变化着。我们做的每一件事情都是朝着一个或另一个方向前进一步。甚至“没有做任何事情”这件事情本身也是一种行为，它让我们前进或后退；拒绝也是一种接受。这些都是二中择一的选择。

你今天比昨天更接近你的港口了吗？

是的。

你必须接近某一个港口，或者其他港口。

自从你第一次被抛入生活大海，你的船连一分钟都没有停止过。海是如此之深，你也不可能找到一个抛锚的地方。于是你不可能停下来，直到你到达自己的港口。

你今天比昨天更接近你的港口了吗？

不论你是等待的还是焦虑的，甚至悲伤的，或者快乐的，所有的时间流逝，所有的自我存在，令今天的你比昨天更接近你的港口了吗？

盛葵说是的，她比昨天更接近她的港口：历冥。

为了留在现在这个目的地，她答应历冥：继续上学。

她总说她是一个傻女人，其实她还是一个坏女孩。好女孩应该是在校园和家度过二十年的青春直到嫁人生子。她的二十年前只有五分之二的时间在校园和家，她常常自虐，她表示自虐是她唯一自由选择的事情，所以她五分之三的时间在医院或者在去往医院的路上。现在她为了爱抛弃父母又和男人跑了。但如果她不跑，她会游离在社会边缘，最后在医院度过余生——不是在医院就是精神病院。

学校充斥着她的不快乐，但她希望得到历冥的爱，抉择之下她来了。现在她想在学校睡一觉，醒来就能重回历冥的怀抱。

“盛葵，可以向大家介绍一下自己吗？”

介绍是一种蠢钝之至的行为。老师没有叫醒她。直到下课，这一切没有结束。

“不认识我了？”

盛葵抬头，是她的老师，她盯着这张脸有几秒。

“于湛，历冥的好朋友。”

于湛露出八颗牙齿的笑容，那是一种看似很近却又很远的距离。

“你不知道吗，我和历冥都上的这所大学，毕业后我被留职当老师。我是你的老师，我会好好照顾你的。”

盛葵点点头以示回应。

“带你去一个地方。”

于湛拉起盛葵冲出教室拖进琴房，他拉上窗帘。于湛在学校偶尔会戴眼镜，那样的他像极了一个温柔的好老师。而此刻，他死死拽住盛葵的手腕，另一只手摘下镜框插入口袋，露出了高挺的鼻梁，眼神又肆无忌惮得有些令人毛骨悚然。

他变了。他仿佛有两个自我，并且正在逐步瓦解掉真实的自我。他……一定有病。

于湛把盛葵拽在钢琴前的座位上自己又坐到盛葵的身旁，手指划过钢琴键盘。这是于湛最爱的曲子。盛葵只觉耳朵“轰”的一声被什么尖锐的东西刺痛了般脸色铁青地看着于湛。这是一首感人至深的世界名曲。于湛突然掐住盛葵的脖子，整个手用力到青筋暴出，眼圈泛着红，瞳孔在可怕地抽缩。

“我告诉过你的，我喜欢的人花心我会杀了她。”

“可我真想杀了你！”

直到盛葵喘不过气来，于湛方才松开盛葵被掐红的脖子，他像极了一只随时可以咬人的美洲豹，最后选择收起锋利的牙齿。他的心思如网般越缠越紧直逼心脏。重新戴上眼镜，他竖了竖白衬衫的领子，他依旧是一个好老师。

放学，历冥来接她回家，当历冥问她今天是如何的一天，她说，我想上厕所。上厕所是逃避所有话题的最好借口。

一个星期过去了，于湛对她表现出了种种亲密行为。他是一个好老师，他的脸那么漂亮。所以她成了全校口中勾引老师的小骚货。盛葵感到奇怪，我就是我，她欣然接受自己的存在，管你们怎么看我呢。

盛葵闭着眼睛躺在操场上。MP3循环放着历冥的歌曲，以往她听历冥的歌都觉得非常平静，今天却不知怎么越听越烦躁。

“做我女朋友不好吗？”

于湛拔掉了盛葵的耳机突然出现。

“有时候啊，我真的很想杀了你。”

这句话出自这样一个长着少年脸庞的男人嘴里十分苍白，他看起来人畜无害，干净的脸像青春的花儿。在此后于湛对盛葵一直做着匪夷所思的事情，这使得学校漫天遍地都是他们的传言，盛葵视而不见。

于湛：“做我女朋友好不好？”

盛葵：“你应该去医院看看，你可比我还有病。”

于湛一会儿露出丝绒般柔软的笑容，一会儿又狰狞地瞪大双眼，再一会儿又收敛。他说他喜欢的人花心他就要杀了。他说要杀了她。而她并不认识他！悖论！

于湛：“北冥有鱼，其名为鲲。鲲之大，不知其几千里也。化而为鸟，其名为鹏。”

盛葵：“你到底想做什么？”

于湛：“其实很多东西都是假的。”

于湛：“晚上9点来琴房，我告诉你。”

说完他就从草坪上起身，拍了拍沾上青苔的裤子，背对着朝盛葵挥挥手：“等你哦。”

他走起来仿佛有些左摇右晃飘忽不定，他看起来十分缺爱。他一定很久没有爱过人，被人爱过，或者与爱的人骨肉分离。

于湛的话令盛葵无法入睡。她的眼睛很困，心无法入睡。历冥今天不在家。她要去看看于湛。在打开琴房门的一刻，她想，这是她做过的最错误的决定。

普希金曾爱上被称为莫斯科第一美人的娜坦丽。娜坦丽容貌惊人，但与普希金志不同道不合。当普希金每次把写好的诗读给她听时，她总是捂着耳朵说：“不要听！不要听！”

她总要普希金陪她玩乐，普希金为此丢下创作，最后为她决斗而死。心理学叫作晕轮效应。

她不要听！

# 7

“醒了？”

历冥坐在床畔替盛葵擦着额上的汗。盛葵到现在还只觉喘不过气，不知怎么开口。她现在看起来不妙极了。历冥把替盛葵擦汗的毛巾放在床头柜上，手掌抚摸上盛葵的脸庞。

“你睡到现在，你做了噩梦，我很担心。”

盛葵按住历冥停留在她脸上的手。她主动投入了他怀中，这个胸膛有烟草味，混杂着Clive Christian的香水味道，盛葵闭上眼睛整个身体都靠在历冥身上贪婪呼吸着。

“不要离开我，好不好？”

“我只有你。”

“最需要你的人是我，你也需要我。”

荣格认为梦是无意识心灵自发的和没有扭曲的产物，梦给我们展示的是未加修饰的自然的真理。阿德勒认为梦是自我欺骗和自我催眠。梦是什么？她做了一个梦。

那天以后，于湛消失了。在一个寻常的周末，历冥把她带到电视台，她在观众席随便找了一个座位坐下。大约过了两个小时，她周围座位的位置开始满了起来，她开始瑟瑟发抖，浑身起鸡皮疙瘩。不知道从什么时候开始，她十分怕人，密密麻麻的人都是心理阴影。一切准备就绪，主持人开启话筒。

“这个人这段时间非常红。”

“他的雕塑得过许多奖，他是界内有名的年轻雕塑家。”

“这是他为人熟知的一个身份，他还有一个神秘的身份。”

“那就是歌手。”

“让我们欢迎历冥！”

映入眼帘的是她爱的男人。他无瑕空虚。他自由自我。他像一条虫钻进了她的肉里滋长出大大小小的脓包。她完了。除非死亡，并且是他们一起死。否则脓包就去不了。

“历冥你好，请坐。”

“在我印象里艺术家都较为随性，而你十分不同。”

“不同？哪里不同？脸？”

他的身体里有本能的对不赞同事物的对抗力。

“哈哈，您真幽默。”这让主持人十分为难。

“嗯。”

“你会雕塑会弹吉他会唱歌会作词作曲。”

“我们还打听到除了你自身条件十分优秀外，您当年还以第二名的成绩考入艺术大学。”

“您还如此年轻就如此成功。”

“现在电视台这么无聊啊，用年龄证明年轻，用成就衡量成功？”

“其实我当年考试是作弊的，你不是说我是第二名吗？我抄的第一名的。老师也知道我抄袭却没有为难我，为什么？因为我很有钱。”

“我觉得我没有什么想说的了。”

“我知道，你们的流程在花言巧语后一定还会问千奇百怪的问题。”

比如他为何在街上失控？他不会给他们问的机会的。你们凭什么以为自己有机会插足我的人生？他想。

“我答应录制节目只有一个目的。”

他把吉他放在修长的腿上，解开白色衬衫的第一粒纽扣。

时间还在走我们都活着时间快了停了
我们病了好了
地球还在转人会跟着转天亮了黑了
人醒了睡了
你常低着头我看着你你笑了我哭了
我疯了疯了

你要看云我背着你爬到最高的地方
你要看海我就带你去最美的海边
你要快乐我想陪你一起慢慢变老

你眼里有才华都是关于我的

我手指有音符都是你的
我希望你是我的

全部的我我要走向你
所有的你我想要你
你知道我爱你

时间还在走我们都活着时间快了停了
我们病了好了
地球还在转人会跟着转天亮了黑了
人醒了睡了
你常爱说话我看着你你笑了我哭了
我疯了疯了

你要看云我背着你爬到最高的地方
你要看海我就带你去最美的海边
你要快乐我想陪你一起慢慢变老

你眼里有才华都是关于我的
我手指有音符都是你的
我希望你是我的

全部的我我要走向你

所有的你我想要你
所以我好难过
我好难过
我好难过

历冥觉得自己疯了。他不为自己扰乱直播节目感觉疯狂。他为他临时改词感到疯狂！

“全部的我，我要走向你。所有的你，我想要你！所以，嫁给我！”

他为什么说了“我好难过！”他说了三遍！但他应该说嫁给我，这句才是歌词！他是来求婚的！给所有人看！他的心不应该再动摇！

王家卫在《重庆森林》里就告诉大家了。其实了解一个人并不代表什么，人是会变的，今天这个人喜欢凤梨，明天他可以喜欢别的。其实了解一个人并不代表什么，人都是会变的，今天他喜欢这个人，明天他可以喜欢别人。就是这个意思。

人是动荡的。生活是动荡的。七情六欲是动荡的。

历冥直勾勾地盯着镜头说：“我要结婚了。”

他难过极了。他爱自己为什么要让自己难过？他开始有些懊恼了。可他再也不会受伤了。或者他会在今天所做的选择里伤心一辈子。

# 8

《东邪西毒》里的林青霞扮演的角色既想爱人又怕受伤。后来她终于人格分裂。她也终于不会再受伤。

“对于太荒诞的东西，我向来没有兴趣，所以这个匣子我一直没有打开。”

后来她叫独孤求败。和金庸笔下的独孤求败同名。他们如此了不起也如此可怜。独孤求败，孤独败求。

从寒风刺骨的冬日到温柔细腻的春天，再到窗外布满茂盛香樟的夏季。太阳高高悬挂。这是充满一整片阳光的夏季。充满热情的季节即将迎来的是盛葵和历冥的婚礼。

当晚历冥靠在沙发背上，手中举着酒杯晃来晃去。那天的录制反响很好，电视台还要采访他，说他是一个有个性的年轻人，现在观众视野里就缺少这样有争论性的小鲜肉。他拒绝了，他说那将是他人生最后一次。

“咳咳……咳咳……”

他喝了不少酒所以开始咳嗽。盛葵替他轻抚背部。

“来，你也喝。”

历冥给盛葵也灌了不少酒。历冥眯起眼睛突然从沙发上跳起来，他打开留声机把盛葵从沙发上拉起来。

“我们跳舞。”

历冥搂住盛葵的腰往上一抬，盛葵的双脚踩在历冥的脚面。

历冥：“你说，我们婚礼你有什么害怕的吗？”

盛葵：“害怕说不好誓约，害怕你会逃跑。你呢？”

嘘。历冥做了个安静的手势。盛葵眼里的光像夏日的星辰熠熠生辉。历冥眼中像夜色沉得只剩灰蒙蒙的黑。今晚情绪发酵得特别快，一种情绪刚刚散落在风中，另一种就酝酿。

这是一个平凡的世界。你以为痛苦是永恒的。你以为快乐是永恒的。蹉跎的岁月中痛苦像鱼，快乐像水。你沉浸在快乐中无法意识快乐为何多么缺少。当你脱离快乐你会发现痛苦令你无法喘息。当你曾拥有快乐又脱离快乐你会发现生不如死。

历冥消失了。活生生的一个人蒸发在滚烫的夏季。盛葵顶着炎炎烈日在这个城市奔跑寻找。小小身躯要奔跑多久才能停歇？她一秒也不能停，如果她停滞不前就无法追求到她的爱。她要跑快一点再快一点，流很多的汗，直至她头发像刚刚被一场倾盆大雨淋过般潮湿，直至她湿漉漉的脸上分不清是泪水还是汗水，直至从白天到夜晚光线渐渐暗下去后，直至心跳从急促猛烈的曲线被拉回平稳漫长的直线。

她异常冷静，看着镜子里的自己已经十分狼狈，她要去参加一个人的婚礼。这是一场历冥亲手操办的婚礼。他说他不会看婚纱。他说他要在所有空地铺满向日葵。他说他要在婚礼现场放他要放的钢琴曲。

她看着默默抹眼泪的母亲和狠狠痛骂的父亲，她的手里握着等会儿要交换的对戒，嘴里背诵着誓约。她背诵誓约的同时想象着历冥穿着比模特效果更好的充满光泽质感的定制西装和崭新的意大利皮鞋以及身上的Clive Christian香水味道。

上帝把这一切当成一场电影或者一个玩笑。他把历冥藏起来了，因为他想看看接下来的剧情，就和观众一样期待跌宕起伏的剧情。当钢琴曲响起的时刻，钢琴曲和盛葵想象中的吻合。她一点也没有哭，一滴泪都没有落下。历冥没有出现。她是一个狼狈的新娘。全世界的人都同情她，全世界都痛斥历冥。

“我们婚礼你有什么害怕的吗？”

“害怕说不好誓约，害怕你会逃跑。”

她跟着钢琴曲走到了牧师面前。

“无论贫穷或富有，无论顺境或逆境，无论他此时年轻或岁月使他苍老，无论他生或者死，我都始终与他相亲相爱，相依相伴，相濡以沫，一生一世，不离不弃。我愿意。”

她说得很好，没有破绽。他不在，也不能影响这是一个温柔甜蜜的时刻。然而就在一瞬间，盛葵摘下头纱，拎起长长的裙摆冲出了酒店，后面是追上来的亲戚，是端着菜的服务员，是不知情的人流。

她什么时候变得如此擅长奔跑？奔腾的眼泪在她的沉默之中顺着她奔跑的轨迹拉成长长的线丝，划出了一条一去不返的路。一个悲怆的画面，一定需要一首曲子来烘托气氛，太隆重的钢琴曲像歌剧，这样细腻的悲怆好像有这样一首历冥曾弹过的la catedral恰如其分。

盛葵拼命地奔跑，洁白的纱裙布满了灰尘，她穿过熟悉的街道冲上了天台。这是一幢要拆迁的危楼，空旷的天台离毒辣辣的太阳很近，刺骨的风吹着她的裙摆，像白色的旗帜向上帝宣告着投降，不知道历冥会不会还记得这个巷子，一群乌鸦从巷口飞涌而出直直撞上天空。

他还会记得这个巷子吗？就是这个巷子。他抢走全部的美工刀又甩到她身上。他们的相遇，夹杂太多东西，夹杂的东西太多就成就扭曲，成就畸形，成就变态，成就差的结果。疯狂已经冲昏了她的头脑，她闭上眼睛，铃铛声顺着风轰隆隆地作响，爱是错，恨是错。她要一错再错。她诡异地笑了。

“为什么！”

人类常常好奇天堂是什么。地狱又是什么。人间不就是天堂与地狱吗？活着的人真是傻瓜。

# THREE

# 幻想

# 1

那个夏天，很热，和欲望一样热。又无比短暂，好像永远不会结束。它会和以后的每个夏天都不同的。

于湛身上好像被系了一条无形的线，无色无味地拉扯着他。他不曾这样拼命追赶过一个人，生怕这次也赶不上。他跑得比巷子里的猫还快，他是用双手在奔跑还是用双脚呢，他只知道，他向来除了追赶别无他法。

盛葵穿着婚纱坐在天台边上，光看背影就构成了簌簌的颤动感。于湛深吸了一口气，这一口气令他煎熬已久。他冲上去扑通一声跪在天台上拥住盛葵，天台的地面不平坦，布满了大大小小的石子像一个个刀尖刺伤了他的膝盖，天空咔嚓一声被关上了电源，什么也看不见。

“你不能走！你要活着！你听我说，历冥会回来的，真的，你相信我！相信我！一定会的！他一定会回来啊。”

于湛用手臂围成了一个很小的圈把盛葵拥抱得很紧，他又开始头痛了，如果可以看见他的脑内，此时应该已经经历了一场岩浆四溢的火山喷发达到了极限。于湛听到盛葵在哭，盛葵没有动，泪水滴滴答答地落在于湛环住她的手背上再从手背狠狠降落到3.5米下的路面，于湛把盛葵颤抖的背影拉下了天台边倒在坑坑洼洼的地面。

于湛看着盛葵。我救下了一条人命，他想。

学校是一个充满年轻身体和新鲜血液的地方。在无情的时间里，生命最后会老去，会死去，会消耗殆尽，会变成灰烬，没有痕迹。而在学校，在学校的几年几乎是所有人一生中最旺盛的时光，在此时他们往往一无所求也一无所有，但依旧拥有嚣张的资本。

在陪盛葵休养了几天后，于湛带盛葵回到学校。他劝她这儿很好，大家都很年轻，所以他留在学校当老师。

她哭着问："那冥呢？他什么时候会回来？"

他替她擦了擦眼泪："别哭，要不了多久，你要好好的。"

盛葵又做起了倒数时间的玩意，365天，每天划掉一天，这听起来很无聊，但其实并不。盛葵说我给自己一年，给你一年，也给他一年，说是给，起码摆出了一个架势。比等可好多了，给是主动，等是被动。

于湛说好。他好像很有把握，他也不知道他为什么这么有把握，盛葵也不知道他为什么这么有把握，他们都不知道，就是漫无目的的。

一切发生改变是在几天以后的一个清晨。于湛领来了一个叫黎明的男生。这是一张年轻男孩的脸，穿着洁白的衬衫，阳光顺着他的眼睛鼻梁唇线锁骨一点点往下爬，他被沐浴在晨光之中。

他是历冥吗？盛葵死死盯着，他从站在讲桌前很远的距离到她座位旁坐下很近的距离，她的眼光未曾能离开这个年轻的男孩。他是历冥吗？

“我很好看吗？”

他关节分明的手指一页一页地翻过书本，他的眼光从书本缓缓落到盛葵脸上。盛葵的眼神颤动了下，一片平静的湖面被投入了一块石子掀起波澜，这个人就是这块石子。她躲开对视，不作声响。

于湛看在眼里。

午休的时候盛葵习惯在操场边的香樟树下靠着树干躺一会儿，她在这天的日期上又打了一个叉。

“为什么非死不可？”是黎明。他坐在树干的另一面，笔直的黑色西裤起了褶皱，这样材质的裤子容易沾上灰尘，他的却一点也没有，可见他是一个干净的男孩，声音也干净。他们背对背靠着树。

“一个人怎么存在？”

盛葵的回答是一个反问。背后久久没有传来回应。黎明拍了拍沾上树叶的西裤走到盛葵面前挡住了身后的整片阳光只留下一片他的阴影。

“为什么你会认为你是一个人？”

这样一个硕大的影子覆盖住盛葵眼前的阳光，画成了一个牢笼。书本被盛葵环着手臂拥在胸口，压得心脏难受，她好想哭。

起身时她撞上了黎明的肩胛骨，书洒落了一地，手掌传来肌肤的温度，只是几秒钟的事情，她被黎明拉着跑了起来，她下意识地缩手却被这阵肌肤的触感握得更紧实了些。

盛葵：“你干什么……松……”

黎明：“别吵！逃课！”

那就戴顶金帽子，如果能打动她的心肠；如果你能跳得高，就为她也跳一跳，跳到她高呼：“情郎，戴金帽、跳得高的情郎，我一定得把你要！”

托马斯·帕克·丹维里埃，这是作者的第一部小说《人间天堂》中的一个人物。

如果有奔跑的能力，就要牵住她的手一起跑，跑到她说：“我们不是奔跑，是私奔，去吧，去一个没人找得到我们的地方。”

黎明笑得十分猖獗，他怎么会如此年轻。盛葵神不知鬼不觉地被他拖着跑了很远。他步子很大，一步的话盛葵要两步，两步盛葵就要四步。望着这样的背影，阳光洒落在肩上，她怀念这样的背影。一切好像都还不算太糟。他把她带到公交车站，掰开她的手指往她手上放了两枚硬币。

“干什……么，要去哪儿？”盛葵没来得及说完。

“怕被我卖了？”黎明挑眉。

盛葵垂下脑袋摇摇头，黎明顺手揉了揉她低垂的脑袋。

“总低头会错过很多，看不见太阳也看不见你身边的人。”

盛葵感到有些突然，她抬头看了看天空，被层层叠叠的云朵交织着像被一场大雪席卷过的地面，仔细看，天空又像海，像很深的海。

云像扬帆的船只，一只、两只、三只。一群飞鸟划过天空。太阳屹立不动。她很少注意到头顶的风景，也许这才使得她常常孤单。公交车到站，不少人流涌上，盛葵的身体起了微小的过敏颗粒。她怕人，讨厌人。

人类是一个时髦的存在。时间是T台，滚动了一场又一场人生。人类是奢侈品，每年都以新取代旧，年轻取代衰老。唯一不同的是人类的心很难看。

黎明余光瞥过盛葵，他把盛葵拉到怀中，盛葵一口一口吐出的热气全部吐落在黎明炙热的胸腔。她企图用手掌推开，结果以失败告终，双肩不舒服的扭动并没有使得他们隔离，黎明拉着栏杆把盛葵护在怀里弯下腰让盛葵的躯体填满怀抱。

> 我们最接近的时候，我跟她之间的距离只有0.01厘米，57个小时之后，我爱上了这个女人。我和她最接近的时候，我们之间的距离只有0.01厘米，我对她一无所知，六个钟头之后，她喜欢了另一个男人。
>
> ——《重庆森林》

其实，说这段台词是有意义的。当时的现在是他们最接近的时候，他们的距离只有0.01厘米。当时，他爱上了这个男人。他对他一无所知。后来他喜欢了另一个人，他以为。现在就当它是一段屁话跳过吧，等到后面会倒过来再看的。其实，如果能这样飘下去也未尝不好。他们都不要变，永远活在年轻的时候。

他把她带到了一条小吃街。

黎明：“10根羊肉串1碗粉丝汤，你吃什么？”

盛葵：“不了……”

黎明：“也10根羊肉串1碗粉丝汤？”

盛葵：“就一串金针菇吧。”

黎明朝老板递了一张百元票，钱包里是一沓一沓的百元，黎明朝盛葵挥挥钱包：“方便。”

他们随便找了一张桌子坐下，盛葵低着头，那实际是她特有的一种表情。东西上来后，黎明吃得很快，盛葵看着泡沫饭盒上的金针菇，翻来覆去没有入口，她又开始紧紧盯着黎明。

一个人的改变能到什么程度？历冥不会吃这些。历冥总刷着可以透支的金卡。所以他的钱包看起来瘪瘪平平。所以他不可能带她来这种地方。以及他吃东西总是很注意拘束，他……他太活泼了。

黎明：“有过喜欢的人吗？”

盛葵：“嗯。”

黎明：“还记得你喜欢的人是什么样的吗？”

盛葵盯着黎明的脸庞看了一会儿才开口说：“不记得。”

黎明：“现在还喜欢吗？”

盛葵：“不喜欢。”

黎明：“那就不要想起了，以前喜欢的现在能不喜欢，现在不喜欢的以后搞不好会喜欢。人一直在改变，别把自己逼进角落，会崩溃。”

“我不怪你，我永远不舍得怪你。你该放过自己了。”

“我会看着你，陪着你，你要好好的。”

黎明用一张苍白的脸对着他。也不知道从哪里传来一声叹息，因为不是冬天没有长长的白气，在夏天叹一千声一万声也不会有人注意。但其实没有关系，从现在开始这只是一场心灵的解救。

# 2

上帝给了他们灵巧的手，令他们与众不同。与众不同的人都很固执。时间让他们的固执根深蒂固。于是他们变得更与众不同。

他们觉得自己的存在与众不同。可他们又如此害怕与众不同。究竟是什么时候开始这样的恶性循环的。

上帝轻轻地说："不该两人苟活，该一人燃烧。"

上帝温柔的一刀告诉他们，他们之所以一个人是生性孤独。

如果害怕孤独该怎么办？如果可以，他们都想死在胚胎里或者用最平凡的方式相见。

不知不觉走到了教学楼的最尾端。这里有一间小小的房间，透过门上的正方形玻璃可以看到空荡荡的房间里有一张大大的木头桌子铺满了长长短短的刀子，粗粗细细的凿子，大大小小的弓把。地上放满了各种各样的材质，比如黏土、比如木头、比如石膏、比如象牙以及颓废的烟头。总爱穿着白衬衫、黑色西裤的少年坐在木头桌子前用硕大的手掌包裹着小小的雕塑刀一下一下塑着木头。偶尔他会皱眉。

窗外透进的光忽亮忽暗地打进来，每一帧都是一幅油画。早有人说学艺术的人都是有钱人。他穿着Dior的衬衫，Prada的西裤，连擦木屑的手帕也是hermes，标志的橘色像浓烈的凌霄花，当它抹上清冷单调的木头似乎不那么匹配，可是握在他白皙且骨节分明的手里又没有那么违和，男生有那样的手，握什么都是美妙的，有钱人做什么事情都理所当然。

“不进来吗？”

他的双眼没有从手中的木雕挪开，甚至没有停顿。盛葵意识到自己在门外失了神。本能地一低头落下一滴泪，泪落在地上溢成一摊水迹。它好像会漫延开来，仿佛整个学校都湿漉漉的被淹没了。

这个十分悲壮的世界是一片大海，所有人的泪都只是一滴水，最终汇入悲壮世界的大海。而流泪太多的人，他们伤心的地方会变成他们的小海。他们最后会变成鱼，在自己的小海里出也出不来。

黎明说得没有错。下次要不要试试抬头？然后还不应该眨眼，可能是要练习一下这些，绝对不是为看云、看太阳、看月亮、看星星，那是开心的人做的事情。难过的人抬头是为了哭得不明显，不眨眼是为了泪流不出眼睛，哈哈哈，还应该多笑笑，他一定不爱你现在这副模样。

离去总是容易些。盛葵在转身的片刻被一双固执的手拽住。

人的正常温度在口腔舌下是36.3℃~37.2℃，直肠是37.5℃，腋下是36.0℃~37℃，如果把手的温度算成三项平均值也不滚烫，可实际他们的手在碰到的那段时间热极了，就像一壶烧开的水浇在脑袋上令人生痛。

盛葵被黎明拉进了房间按在木桌旁的沙发里，他从角落里拿起吉他，又把木桌下的椅子搬到盛葵面前，随手扫过弦发出几声音符，看样子他真的喜欢这调调。这很好，很令人欣慰，但这绝对不是他的水平，如此面目全非。在黎明手指停下的一刻，他看了一眼盛葵，他把椅子拉到盛葵身旁和她并肩而坐并将吉他轻轻放在她的腿上。

“教你弹。”

“这只手压在指板，这只手……”黎明双手覆盖在盛葵的左右手上替她纠正。

如果“神魂颠倒”还有近义词，那就是“半梦半醒”。

“不用，我会。”

盛葵猛地站起，吉他从她膝盖上滑落到地上摔开了一条口子，对于学艺术的人这一点不亚于身体的伤口，它会流血的。盛葵踉踉跄跄，没有回头看黎明，她几乎是逃亡着离开的，是的，足够狼狈地逃亡。

那天过后，盛葵有好几天没有看到黎明，她在学校晃来晃去。终于在一个下午，一个十分漂亮的女孩挽着黎明的胳膊随他一起走着，直至黎明越走越近，他们的目光相交，从狭长的直线变短。

“怎么了，是朋友吗？”

女生的声音像《了不起的盖茨比》里说的一样机灵而自信。

他们目光短暂相交，然后擦肩而过。在当时看来，黎明宽阔的肩线，延伸开的背影十分孤独。现在他再也站不起来留下这样一个令人孤独的背影了。

“幼稚地问你一句，如果有下辈子，如果我们可以去一个只有我们的地方，你会跟我走吗？”

# 3

泰戈尔说，有一个夜晚我烧毁了所有的记忆，从此我的梦就透明了；有一个早晨我扔掉了所有的昨天，从此我的脚步就轻盈了。

上着选修课的盛葵在书本上一遍遍重复地写着历冥。这个人啊。他乌黑的发丝，精致的下颚线，干净的皮肤，白皙的手指，修长的双腿啊。既无法烧毁，也无法扔掉。

“知道吗，冥王星是离太阳平均距离最远、质量最小的行星。”

盛葵停下手中的笔，“冥”字的最后一笔还没有写完。黎明无声无息地坐在她旁边，盛葵用另一本书覆盖在写满历冥的满满一整页上，小动作并没有影响黎明继续诉说。

“冥王星距离太阳太远，接受太阳的辐射太少，所以表面温度很低，表面平均温度大约低于零下200摄氏度，低温使大部分物质凝结成固态、液态，只有氢氦氖是气态，如果冥王星有大气，也是稀薄又透明。”

他用一种微小的声音诉说着专业词汇。

“冥王星被发现的时候发生了原子分裂，法西斯主义，强权兴起，国际恐怖主义，组织犯罪，所以冥王星代表黑暗世界的神秘力量，代表毁灭及黑暗，毁灭及再造，听说过冥王星性格吗？”

他并没有等盛葵的回答。

“宁为玉碎，不为瓦全。”

黎明直直地看着讲课的教授。

“常经历绝望，也常绝处逢生。”

盛葵低着头。这是一个教室也是一个三维空间，他们被上锁的门关在一个立体的正方形中。这是一个教室，是空间，是地球。冥王星距离自己多远呢？5763520000千米。当然，这些是后来企图对它更了解去翻书查阅的了。

“冥王星代表人事物的死亡与毁灭，代表隐藏及消失。”

听到这句盛葵把手里的笔握得紧了一些。

“也代表再生。”

黎明说这句话的时候，跟盛葵凑得近了一些，他朝盛葵的耳朵吐了一口非常之长的气。

“我不怪你，如果不是你，我还在煎熬。”

“虽然我很难说，生与死哪一种幸福。”

“因为我一无所有，也一无所求，我迟早该死，何况在哪儿我都如此动荡。”

“所以我不怪你，我重生了。”

“咳咳，刚刚我说的听懂了吗？下面我请一个同学来总结一下。”教授拍拍手中的粉笔灰指着盛葵的方向，“第五排第二座的女生。”

盛葵眼神左右徘徊了一下教室，她慢慢站起。

“我不……”

“文学家以抽象化了的既有观念表现自己。但是画家以素描和色彩把自己感觉和知觉到的具体化，毕加索曾说艺术是一种使我们达到真实的假想……”

黎明替盛葵解围，他好听的声音环绕在教室，他的声音像极了太阳与大海，如此自然又未知。

让人真想听他轻轻哄人入睡，让他在讲完一个故事后留下一个额头的晚安吻说道：“睡吧。”

“这位同学你叫什么？”

教授十分欣赏的模样。

“我不是这个专业的人。”

“没关系，没关系，哪个专业不重要，只要是人才。你周末和我去趟外校听课。”

在学校这无疑是一种极大的肯定。

“抱歉。”

“我要去医院。”

“陪我去。”

黎明拽住了盛葵的胳膊离开教室。

“你怎么什么都会？”

出了教室，盛葵忍不住问。

黎明耸耸肩，飞扬跋扈地靠到盛葵的身躯。

盛葵吃力地扶着他到医院，医院空荡荡的。

咳咳咳。黎明坐在病床上咳嗽。

盛葵替他拍了拍：“还好吗？”

病房除了刺鼻的酒精味道，就是白的主色调。白色的云，白色的桌子，白色的药柜，白色的床单，白色的窗帘，还有黎明的白色衬衫像白昼一样白。床靠在窗户下，被微风吹过的白色窗帘浮动起来，隔开坐在床沿的黎明和站在黎明面前的盛葵。

其实一个人的消失，真的很简单。就像这样一帘窗布，他们就看不见彼此。

盛葵任由窗帘的雪纺布料刮在侧脸。黎明在停留了几秒后用手抓住窗帘缓慢拨开。

“其实我快死了。”

“其实没有你我已经死了。”

他和她这段对话后想要疯狂地抱紧彼此。

“我为什么什么都会？大概不是，是你眼中的我什么都会罢了。你会的比我多得多。”

“我曾经真的希望为你多做些什么，可我并不能，我已经尽力了。”

“原来我不是那么爱自己。”

“我的肉体不允许我爱人，我会比你早消失几十年。”

“等我消失了，你会抓狂，可是要不了多久，你就能慢慢地平静，你告诉自己我只是幻象，最后便把我遗忘。”

“当然，我也会将你遗忘。”

世间本无物，而后才有世界万物。

“好吧，我最爱的还是我自己，我忍受不了被你突然间的遗忘，你知道，死亡的瞬间谁也不知道会发生什么，也许在那么一个瞬间所有的记忆都会消失殆尽，我害怕你忘了我，我要你记得我一辈子，所以我先走一步，挺好的。但你不能怪自己，因为我没有怪你。”

万物有爱恨，始于万物空前。

# 4

我们都曾告诉自己："坦率、公开地宣布你的自我。"

然而我们又知道一切来自虚无，归于虚无。生命是幻象，思想是幻象，肉体是幻象，灵魂是幻象，情感是幻象。这样你还会认为有必要强调自我吗?

那天后历冥去哪儿了？不知道，也许是消失了吧。他们都太年轻还需要成长。好像这样一句歌词：走吧，走吧，人总要学着自己长大。

如果不是突如其来的一件意外：铃铛掉了。盛葵拼命地奔跑去学校寻找，一定是落在学校了。

他该死。铃铛是母亲留下的，母亲死前说铃铛响的话就是我在想你，你永远是我的宝贝。

从正门是进不去学校的，盛葵翻外墙。翻墙需要两到三人叠罗汉，这时候她对自己瘦骨嶙峋的身躯感到吃力。

历冥还在的时候她的矮小也曾是优势。在家的时候她够不到顶端的柜子，他会站在她的身后轻而易举地给她拿下她拿不到的东西。他把头抵在她的肩上凑在耳边唱"可惜不是你"。

盛葵有次调皮地拿出卷尺量了量他们的身高差，30.5厘米，

她说："比想象中多了0.5。"

历冥说："多好。"

她说："有什么好的呀？"

"你到的这个位置叫胸骨的剑突，是心脏区的胸壁，前下端有一剑突软骨，用来保护心脏。如果被击打这里会直接压迫心脏，也直接刺激胃上中枢神经，使人产生胸闷、气短、呼吸困难，如果这里的软骨骨折，那么软骨茬会刺破心脏。"

实际上这是温柔的编造。走吧走吧，人总要学着自己长大，走吧走吧，人生难免经历苦痛挣扎。盛葵尝试抓住树干往上爬，却从墙面跌落到地面，伤痕累累，气喘吁吁，却还是继续摔倒。

"上来。"是黎明，他蹲在旁边看着她，他拍拍自己的肩膀示意她上来。

"你怎么会在？"

"不是想找铃铛吗？"

"你怎么知道？"

"于湛告诉我的。"

然后他们再没有说话，越过了外墙。夜晚的学校像峡谷，风忽大忽小地吹动。料想铃铛是校园活动时她在仓库帮忙搬东西时落下的，到了仓库，盛葵打开仓库门，他们一言不发地搜索着，直至黎明踩到了什么发出声响。

"是铃铛吗？"

“不是。”

他骗人向来面不改色。

“摔坏你的吉他……对不起。”

“以前也有个人摔坏过我的吉他，我们冷战了很久。如果还有一次机会，我想我不会生气，我们为什么要生爱的人气呢？”

“还有，我想告诉他，无论任何事，我永远不怪他。”

There is nothing either good or bad, but thinking makes it so.（莎士比亚《哈姆雷特》）

仓库门被风吹关，钥匙还在门外。他们今晚都出不去了，但他们谁都没有在意。

“为什么那么在乎铃铛？”

“那是妈妈留给我的。她已经死了，死得很惨。她说铃铛响就是她在叫我。”

“我告诉过自己如果我爱上一个人，我要他死得比我早。”

“为什么？”

“那样他将永远不知道我死时的模样，他不会难过。”

他们安静地坐着，他们没有再找铃铛。

“看来我们今晚，需要留在这里。”

“嗯。”

“睡吧。”

“嗯，晚安。”

“嗯。”

这是一片全黑暗的封闭环境。唯一虚弱的光芒来自远离地面的一扇小小窗户。那里看得见稀稀落落的星星。星星很远很远，眼前的人很近很近。其实那些星星啊，都是人的灵魂啊。

灵魂的光从地面迸发到天空变成星星的光。每一个人都有一颗星星代表着自己的灵魂。活着的时候那是灵魂的光，人死了就会彻彻底底变成星星。

他们最终都将成为一颗星星。在那遥远的天空看着人类生活，就像自己现在这样生活。当天空泛起光亮，一层一层的色彩晕染而开，从紫红变成白色又变成金色。他们醒来了。在几天后，黎明送了她一个木铃铛，木铃铛不会响。他说，爱人都放心里。

# 5

没有一个幻象能够抵挡真实的存在，真实的存在迟早会将幻象压碎。

——奥修

那为何世界存在如此之久。

于湛时常会捏着盛葵的肩膀说，我会帮你的。我要弥补你。你们都会好好的。只有我该死。

每到这个时候盛葵就会意味深长地注视着他，有时会注视很久，有时会摸摸他的脸，有时会抱着他哭。

在他们的奇奇怪怪反复发作下，一年过去了。

毕业的一天，黎明再次出现，在这之前盛葵已经一个星期没有见过他了，他和六月的天一样让人捉摸不透，但他依旧那么讨人喜欢。他清瘦冷峻的身材，放荡不羁的眉眼，不可一世的下颚，冷冷清清的模样足以融化夏日的炎热。他一个眼神便是一场瘟疫足以使人类与昆虫统统被碾压，她看着他身边围满了仰慕者像高高在上的王者，而他朝她径直走来。

他朝她敞开怀抱，说："我们在一起吧。"

盛葵笑了，她拉着黎明穿过人群越过校园的铁门走啊走，像漫无目的地走往天堂。

他们花了一两个小时走啊走，跑啊跑，走走又停停，跑跑又歇歇，就那么一整天，直到一条条充满光亮的路变成黑色的轨迹。天暗了，盛葵把黎明拖进酒店。

酒店其实是一个有很多可能性的地方。你曾试过无数次贴近酒店的墙面吗？你会听到呻吟，争吵。笑，哭。欲望，人性。在酒店自杀的人其实都是傻子，因为那里一点也不清净。酒店的床是kingsize，透明的落地窗。往外看，可以俯视整座城市。盛葵朝黎明指着下方的一处，她在窗前站了会儿又坐上床，她看着黎明。

"一起睡吧。"

"我想好好看看你。"

房间微弱的黄色灯光照得气息暧昧。盛葵侧过身看着平躺的黎明，伸出手摸上他的脸颊。

"做什么？"黎明抓住。

"想看看你。"

"开灯看得比较清楚。"黎明想起身开灯。

"如果开灯才能看得清，盲人怎么办？"

盛葵把黎明再次拉回了床上，她闭上眼把手放在了他的手臂上。

"我偷看过一本日记，上面说盲人总会像这样摸手臂，所以如果男生手臂厚实声音好听，盲人就会觉得他们很好看。"

"1，2，3，4，5，6，7，8，9……真高。"

盛葵一直闭着眼用手的宽度贴在黎明的侧面测量着黎明的身高，量到十几的时候她笑了。接着盛葵的手还在顺着黎明的趾、腿、腰一点点往上游走。

“1，2，3……肩膀也很宽，你爱的人可以躲在你怀中避风。”

“锁骨曲线像一条直线。”

“下巴弧度摸起来很流畅。”

“鼻梁高高的很好看。”

“嘴唇很薄，听说嘴唇薄的人绝情。”

“眼睛……”

盛葵又笑了笑，眼睛只能用看啊，怎么靠摸呢?

“睫毛很长很长很长。”

盛葵又躺进温暖的被窝。

“如果不用看就能辨别人的容貌，那么不用视觉也可以画画吗?”

黎明出了一个难题，这是一句有逻辑的反问。

“不可以，所以我一度怀疑画龙点睛是故弄玄虚。不过在遇到你后，你的雕塑不刻眼睛，我是真的相信了这个成语。为了让你注意到我，我这样说。其实我什么都知道。”

“可他并不知道。”

“我雕塑，我刻他的模样。”

“有次他问我能不能给他做一个，我说不能。”

“我刻过太多的他，他会发觉，我不可能被他发觉。”

“我刻过太多的他，可是没有一个是完美的。”

“起初我把他的雕塑统统扔掉，可我舍不得，我又不想看见他那张脸我就藏起来，藏在一个屋子里。”

“这并不能解决什么，他爱白色，石膏是白色，我总想起他，然后我就送他更多白色的衣服。”

“时间一久，我怕他会走，我就不刻眼睛。时间一久，这成了习惯，我所有的雕塑都失去了眼睛，‘习惯’是多么可怕的词。”

“可是你家有一个雕塑有眼睛。”

“那是我。”黎明极长地舒了一口气，“睡吧。”

我知道，我都知道。盛葵背对着黎明。眼神直线放射到落地窗外，那里是一片无穷无尽的欲壑，那是又冷又孤独，那个地方是孤独却又自由。盛葵又回头看着黎明。张爱玲说，今天不成功，也许以后不会再有机会了。

她说，再见了。风把黑发纠缠起来，长裙遮住她满身的伤。她疯狂地跑到天台。站在边缘往下看，天台是一个黑色的深渊。

“如果有来生，要做一只鸟，飞越永恒，没有迷途的苦恼。东方有火红的希望，南方有温暖的巢床，向西逐退残阳，向北唤醒芬芳。如果有来生，希望每次相遇，都能化为永恒。”

她说，她再不相信活着是永恒。

“扑通”一跳，她将会变成一只鸟，再无痛苦。

“不行，救救她，她不能再死一次！”

“我想他们在一起，我不拆散他们了。”

“我希望他快乐。”

“我错了。”

盛葵听到有人在哭。这不是黎明的声音。然后盛葵被拉了回来，她睁眼，是黎明抱紧了她。他只说了七个字：让我们重新开始。这不亚于当年《春光乍泄》里何宝荣说的：黎耀辉，让我们重新开始。

她恨不得和他走在一起。不管曾经将来乱七八糟的时间。不管真实或是预谋。

盛葵靠近黎明，解开他三颗衬衫纽扣，拉下来正好可以脱到肩膀以下。她在黎明的肩胛重重咬下，那是一个很深的咬痕。盛葵摸着黎明赤红的肌肤，傻傻地笑。

“生理上说，从昨天到今天每个人体内都会不断地进行新陈代谢，细胞组织等等，都进行着更新换代。”

“经历上说，从昨天到今天每个人无时无刻不在经历着大大小小的事情。”

“这些事情对心理、思想和情感等方面，都让人有不同的感受，不同的认识。”

“所以每个人每天都是新的个体，今天的你不是昨天的你。今天的我不是昨天的我。”

“我们重新开始，忘记一切，你让他也忘记你重新开始，好吗？”

“好。”

“他是该醒了。”

喂。醒醒吧。你爱的人走了。什么？你说宁可见他独自快活，也不愿他从此消失？你说让你再做会儿梦？

# 6

一个明朗的白日。盛葵和黎明趴在木桌上。他们像同桌两小无猜，彼此对望沉默。

王小波说，一个人只拥有此生此世是不够的，他还应该拥有诗意的世界。

宁静像毛毛虫破蛹为成千上万只蝴蝶般从心里跳跃了出来，充满诗意。教学楼是粉色的云彩，材质柔软，趁着二人风花雪月，黎明挪近盛葵，好看的脸被阳光折射得闪闪发光，盛葵忍不住闭上眼睛换来唇间的触碰，黎明的唇离开后她又缓缓睁开，看着他白皙的肌肤波光粼粼。

黎明突然站起来拉住盛葵。盛葵愣了下。

“怎么了？”

黎明嘴角燃烧起笑容。

“我要带你到处去飞翔，走遍世界各地去流浪！”

他们是最年轻的模样。黎明带盛葵到摩托车前，轰隆的马达声一响整个人飞了出去，迎面的太阳晒得脸刺痛，但风吹进嘴里的感觉又像吃了薄荷糖般清凉。摩托车越跑越快，前面仿佛有一场梦。

I had a dream
我做了一个梦
Strange it may seems
尽管看起来很奇怪
It was my perfect day
这是属于我的完美一天

Open my eyes
睁开双眼
I realize
我发现
This is my perfect day
这是属于我的完美一天

Hope you never grow old
愿你永不老去
Hope you never grow old
愿你永不老去
Hope you never grow old
愿你永不老去
Hope you never grow old

愿你永不老去

Do-do-do-do

Birds in the sky

鸟儿在空中翱翔

They look so high

它们飞得好高

This is my perfect day

这是属于我的完美一天

I feel the breeze

微风轻拂

I feel it is

我安闲自在

It is my perfect day

这是属于我的完美一天

Hope you never grow old

愿你永不老去

Hope you never grow old

愿你永不老去

Hope you never grow old

愿你永不老去

Hope you never grow old

愿你永不老去

Forever young

永远年轻

I hope you stay

我希望你

Forever young

青春永驻

Do-do-do-do

如果他们的爱是一场电影，一定会反复出现对比蒙太奇与平行蒙太奇。他们反复来到那条小吃街，他们握紧双手，温度从指尖的湿热传到耳根发烫再流到血液进入心脏，这感觉像奔腾不息永不流逝的青春，像一场冒险的梦。

他们迅速到达恒隆，他们走到哪儿都引人注目，他不同常人，全身都是钻石的质地，昂贵无比，夺人眼球，也凌厉冰冷，坚不可摧，他是钻石的来源——金钱堆砌出来的。他甚至什么都不做，满脸写上了高级。他带她来买衣服，黎明狭长的双眼掠过一件又一件。

“你喜欢什么颜色？”

“白色。”

“保罗奥斯特说，对于这个世界而言，你太好了，正因如此，世界最终会碾碎你。白色也一样。”

“对于这个世界而言，我太烂了，正因如此，我需要白色。”

黎明用手捏住她的下巴把她的脸扭向镜子方向。

“你看看你，你再也别戴眼镜，你现在很好看，你还有钢琴和才华，谁敢欺负你你就杀了他。”

“那如果是你欺负我呢？”

“你当然可以杀了我，可是，你舍不得。”

希腊有一个神话叫作阿喀琉斯之踵。阿喀琉斯是凡人珀琉斯和美貌仙女忒提斯的宝贝儿子。忒提斯为了让儿子练成刀枪不入，在他刚出生时就将其倒提着浸进冥河，遗憾的是，乖儿被母亲捏住的脚后跟却不慎露在水外，全身留下了唯一一处“死穴”。后来，阿喀琉斯被太阳神阿波罗一箭射中了脚踝而死去。

他曾问她为什么这么自我。她回答的是因为你把我看得太重要。她就是他的阿喀琉斯之踵。

“你怎么知道我一定舍不得？你太自信了。”

# 7

当黎明宁愿用这一叠纸钞结账也不刷卡时，其实盛葵的心情很复杂，当他们坐在摩托车上，盛葵产生了更复杂的视觉感受，而坐上摩托车看到黎明宽阔的背影，她的感受又变得简单了些，他们疾驰……

他说要带她去今天的最后一个地方。这是最后一程了。这里是一间病房。

“她的身上满是伤痕。”

“她的头部流了很多血。”

“她的五脏六腑。”

“救她，别让她再死一次。”

“她好冷。”

他们弓着身子紧抱彼此。

“好的，如果这是你的最后愿望。”

耳边响起一个声音，像《了不起的盖茨比》里说的一样机灵而自信，她游刃有余地回答道，她仿佛用着主宰者的身份模拟他人的人生。他们把彼此抱得更紧。

黎明卷起袖管，绿蜥蜴一定藏在血管里，这是布满青筋的手臂。他的手夹起一块酒精棉球划在盛葵的肌肤上。

“你在乎这些伤口吗？它们看起来很丑是吗？”盛葵问。

黎明看着盛葵，扯掉衬衫。那是一排牙印。

“人新陈代谢的是细胞，身体和心理却不会。”

黎明又扣上衬衫纽扣，磁性的声音不断吹进盛葵耳中。

“不是要重新开始吗？心我会治，身体只能交给医生，来，脱衣服，让医生看看还有哪里要消毒。”

黎明敞开怀抱。当盛葵投入他的怀抱，他拉开她的拉链，脱掉她的白裙，棉球抚摸过她每一寸伤口，她被涂满了酒精，她身上是长期生活在医院的人常带的味道，那是死去活来的味道。

她靠在黎明身上，越靠越近，她眷恋他，疯狂地。接着他们撞击着，像撞击一块又一块礁石，头晕目眩并不断下陷。

黎明书架上的书里写过这样一段话：在人的潜意识里，人的性欲一直是处于压抑的状况，社会的道德法则等文明的规则使人的本能欲望时刻处于理性的控制之中。

人是一种受本能愿望支配的低能弱智的生物，欲望时刻都在寻求着解放，这一刻他们大汗淋漓地冲破压抑，冲破控制，冲破理性。

他们躯体摩擦的火焰。燃烧吧。在黑暗中燃烧自己。当他们变得湿湿黏黏，性欲因爱而变得不再可耻。结束吧。

在黑暗中结束自己。黑发比夜更漆黑，眸子也一样，映得脸庞苍白得和太平间的尸体没有什么区别，那是一种冰冷而决绝的美。他们再也开心不起来。

“给我讲个故事吧。”

黎明吹着盛葵湿漉漉的头发，她躺在他的腿上说。

“好。”

黎明关掉吹风机，把盛葵的头从腿上挪到枕头。

“从前有两个男孩。”

“当时他们还很年轻。”

“他们的名字，一个像太阳，像白昼。一个啊，像水，因为有三点水的偏旁，又暗，又深。”

“他救了他，但其实他们是在互相解救。”

“两个男孩在一起的那段时光绝大部分都于沉默中度过，或者吵架、争辩、摔东西，在最后一刻总是被救的男孩先低头，也不管是不是他的错，他都会说对不起。”

“虽然令人愉悦的时刻少之又少，但着实无法割舍，再怎么逃，绕了一圈却回到原点。那份狭隘的爱只能在两人中兜兜转转，圈不进第三人，这大概是逃不出去的原因吧。”

“他们说要做一辈子的朋友，被救的男孩总试探性地问我们能不能是亲人？是家人？一份稳定的关系对他们来说，弥足珍贵。那太不容易了。”

黎明说不下去了，他摸了摸脸，原来他哭了。

“他也很爱哭，想起他哭的样子，还是当初那张脸。”

“如你所见，长大后的两个男孩都再也开心不起来了。”

是谁在病房门口纹丝不动看着，于湛觉得自己有些恍惚，他是当事人，他感觉现在应该是他躺在病床上。他一定需要他，他好想替他擦擦眼泪抱抱他，他很少哭的。可他站在病房门口看着他们，他又成了一个旁观者，他该给予祝福，他该说：亲爱的，祝福你幸福。

他也哭了。爱是一场革命，他不再想胜利，他害怕鲜血淋漓。到最后还是只有投降成为获得安宁的唯一方法。他想起一些。想起爱想恨，想起恨想爱，想起坚持想放弃，想起犯罪又想原谅。矛盾地自我拉扯，既求生也求死，既追逐光明也追逐黑暗，既渴望爱也近乎自毁地浪掷手中的爱。

人的心中排去所有，最后能容纳下的不过只有幽暗又寂寞的自我，自我世界会使自我沦为liar，人生是一场盛大的liar game。在最后将被自我压得喘不过气，就像被水淹过头顶拼了命喊救命却被水呛进气管，你听到的只是这样的声音：game over。于湛转过身，医院走廊的灯闪了又闪忽明忽暗地打在这个不堪一击的脆弱背影上。

“可是亲爱的，现在，我想祝福你永远幸福，在那里。”

# 8

“有一回他杀了一个人，那人打听出他是兴登堡的侄子，魔鬼的表兄弟。递给我一朵玫瑰花，宝贝，再往那只水晶杯子里给我倒最后一滴酒。”

盛葵终于被消毒药水味呛醒。于湛说，她常从医院逃亡，她一定会被这鬼味道呛醒然后继续逃离，她的一生都在逃离。我们错了，她的一生都在追逐。他也是，他们都是。只是方式不同，目的不同。

盛葵望着，望着这一切。外面下起了雨。黎明在白色墙壁的病房里，躺在白色的床上，窝在白色的枕头中，还穿着宽敞的白色衬衫。他闭着眼睛，十分安静，他搂在她腰间的手臂像树枝蔓延的青筋。他不像人类，像来自另外一个世界。

假如这个世界不存在这个人呢？她想。想着想着她要下床，打开窗，驱逐病房内浓烈的消毒水味也好让她的沸腾降落。而她的一动，换来把她搂紧的双臂，这双手臂寻欢作乐，拥抱过无数人。

“我不该和你做。害了你，害了他。”

黎明露出了一副懊恼的表情，盛葵懂得他的心思。

“没关系，你知道我不介意，到这个时刻了，我们把一些不好的情绪抛诸脑后好吗？能和你一起很幸福，不管在哪儿。”

这个世界假如不存在这个人呢？这是一个没有答案的问题。她深知，他存在而她存在，存在即合理，她爱他时的能力超乎天际，而一切又来自虚无。随后黎明便用那双手臂把她圈在怀中动弹不得。

“告诉他，原谅他。”黎明的话像催眠。

“我从来没有怪过他。”她抚摸黎明破碎的脸。

# 9

他们挤在小小的床上。那是在很久很久以前，他们有比床更温暖的彼此怀抱，怀抱是用笑用泪堆砌的小小城堡。小小城堡里有着这样一种超能力，可以使人变坏或变好，可以控制人的生或死，可以让时间消失或永恒，这是叫爱的超能力，不过，它还有一个近义词：恨。

因为爱才有恨，恨终归于爱。于湛恨过历冥。

# 10

沉淀的氧气洗刷掉尘埃的悬浮物，洗刷掉医院的消毒水味，洗刷掉苦与痛，紧密怀抱着，好像诉说着我会永久陪伴你，这一切仿佛还是昨天的事，仿佛是一场幻觉。

“想我了吗？”

“嗯。”

“想我吗？”

“想。”

“还在想我吗？”

“你问了好多遍。”

“我想你在我身边。”

“我在你身边。”

“我不骗你，我在你身边。”

“你常骗我，我总分不清你的真假，你搞得我连自己的真假也分不清了。”

“我在你身边，路上的每个人都是我，你要好好找找看啊。”

他的声音带着粗暴的细腻，冰冷的温柔，令人欲罢不能。于湛用力地冲下楼，冲破他们的阻隔，冲破梦境与现实。他到处寻找他的身影，高的、矮的、胖的、瘦的，那些都不是他。于湛绝望地蜷曲起身体，成为一个被世界抛弃的婴儿。

“你又骗我……骗子！你不会回来……你再也不会，留在我身边。”

说来说去，始终欺骗是世界上最真的，我们骗人又骗己，我们不厌其烦地在欺骗里兜圈子。

“我不是说了吗，我在你身边，傻瓜。”

黎明正站在阳光中，他的表情淡然，修长的身躯有明亮世界的全部美好，他的美好能驱逐少年的任何情绪。

# 11

这次黎明没有骗他，是他自己在骗自己。他站在病房的镜子前，看着自己。人常说时间会改变一切。他觉得是的，所以他逆来顺受。后来又有人说，真正能改变一切的是自己。他又开始改，他终于改掉了自己。这些天游离在似梦非梦的边缘，他已经疲惫不堪，却也掩盖不了他五官的端正程度。

那像《了不起的盖茨比》里说的一样机灵而自信的声音又一次在耳边响起：

“从来没有人怪你。”

“但你要承担你的罪，都是你的错！”

# 12

我的爱人是如此英俊，他的皮肤像黄金般闪耀着光泽，他的双颊如香草台般迷人丰润，他的眼睛如鸽子般明亮，他的身躯如同雕刻的象牙，他的双腿如大理石柱般坚实。总而言之，他是那样可爱，可惜他永远是个一无所有的小混混，所以他永远不会是我的爱人，多么可惜！

——《美国往事》

这双动人的手从第一次见面开始便为于湛破碎了许多年，她还在妄想得到于湛，此刻她摸摸于湛的脸颊，用破碎的手摸他。他是如此拼命地变成这样美丽的脸蛋。她忍不住用手掌覆盖在他滚动着的喉咙，她一定疯得很彻底，她想知道什么后果她都可以承受。谁让他永远不会是她的爱人呢？多么可惜。

没过一会儿她又哭哭啼啼地松开，看着他皱着眉沉睡的模样，他梦到了什么？怎么看起来这么痛苦？于湛的眼角一直是湿漉漉的，她抽了一张纸巾替他擦干眼泪，却顾不上自己泪流满面。她摸摸于湛的鬓角抚平他的眉心喃喃：“你乖啊，别哭，我心疼死了。”

# 13

于湛的表情又平复下来，他呼唤着别走，别走。他的脑海总有这样低沉的声音和他说着话。

“从小到大我都是一个万分放荡的男人，我随意跟着自己的脚步走，不管有没有人跟着我，或许根本没有，我就自顾自地往前走，往前跑，从不回头或停留。”

“当某一天开始我想做些什么都希望可以两个人时，我还不觉得自己有什么问题，大概是寂寞太久需要有人慰藉，这没什么。过段时间就厌倦了，好了。”

“可很长一段时间后还是不好，为什么总不好？我思索了许久，我才知道，原来我拥有爱人的能力。我恐慌，我这样的人除了自己怎么还会爱别人？”

“我又思索了许久许久，我认为那种爱不仅局限在爱情、友情的某种定义上，甚至跟性别都无关。我不是寻求生理上的刺激，不需要两肋插刀。它和亲情那么类似，可又少了一份‘不得不’的责任和义务，我们是心甘情愿的，所以我从不配合你认可那是一份亲情。何况我的亲情并不美好，而你是美好的。”

“那份爱是在成长过程中慢慢滋长出来的爱。它很幽暗，随时随地都会坠落，除了我们二人谁都不能触碰，它很危险。可我还是想捧它在手心，它在我的手里就会发光，告诉我这个世界我还有所企盼。在我找不到光亮的时候，它会引导我，让我看到隔天的光明。”

“我吃惊我竟会如此爱你，过去的你，在过去那段时光，我愿意每天醒来就是为了看看你，看你的每一秒我都用我那颗不堪一击的心，我的能力有限，只能尽力而为。我还有太多原因告诉我别这样，我对爱避之唯恐不及。”

“我想，我赶紧找一个爱我，我却不爱的女人结婚吧！这样总可以彼此解脱，好过互相折磨。过段时间就习惯了，就好了。”

“这样做，很自私又无情。”

“这样做了，依旧在很长一段时间以后，我还是不快乐，为什么呢？”

“我伤人伤己，害人害己。原来是那份爱太特殊了，无法被取代，而我在指望做出改变的过程中被搞得心力交瘁，我和我的坟墓又拉近了些距离。”

“女人们啊，总这样，爱到淋漓尽致，不惜让自己鲜血淋漓，所以我多么害怕女人啊！”

“我感谢你把我留在过去，这未尝不好。”

“我唯一后悔的是，好多年了，我都不曾动过和你好好相处的念头，时而对你热情，时而又冷落你，这只是我一个人在挣扎的过程罢了。你那么沉闷也不愿开口多问我两句，你习惯温柔地顺着我。你看，我们有过那么多的时间都被我们摧毁。”

“你十分愚蠢，折磨得自己精神失常。”

“所以我也为见不到现在的你而感到快乐，否则我必然十分痛苦，因为现在的你狼狈至极。”

“让我飘零，就让我们的过去飘零吧。”

“请你让你自己降落。”

“好好照顾自己。”

如果他还在，他会这样告诉他。于湛想，这个他认识了这么久的男人，现在说话时的脸怎么会比第一次见面时又冰冷了许多？于湛常说他是一个人，说的次数多了他也说他是一个人，他是一个人活着，他还要一个人死去，他万分希望和全世界两不相欠。后来他又告诉于湛他不想一个人死去了，因为他依赖上了一个人。可他预料到，死时他必然还是一个人，谁死时不是一个人面对死亡呢？但就是因为这个人他不只再是一个人，还是孤独的一个人。

他把一个人和孤独像绕口令一样说来说去。他会孤独地死去，因为于湛。他打心眼里希望于湛不幸福，至少别比他幸福。可没一会儿，他改口，他说，他太不幸了，于湛应该幸福，连带着他的一起，可是至少别忘记他，偶尔看到路人也能想起他。没一会儿，于湛又哭了。

# 14

她反复用手替于湛擦眼泪。他怎么又哭了？他怎么还在哭？他却没有为我哭。这双手还在摸这张美丽的脸，还有一滴滴美丽的泪水从美丽的脸噼里啪啦地落啊落，落在这双手上的心里变成致命的伤。于湛没为她流过一滴眼泪，他决堤的眼泪到了她面前就成了旱地。她想起于湛对她充满防备心的眼神。

他警告过她，他有毛病，如果有人破坏他们，他就要破坏她。他还烧过她的头发，丢掉过她的作业本，还把她关在厕所里。比起现在，那是在很久以前发生的事，他竭尽所能地破坏她。而他却又会在她病入膏肓时救她。

她醒来，望着这张脸，这张脸也望着他。他说，真是一报还一报。过后他还是继续破坏她。他们在破坏与被破坏中成了朋友，而他戒备的眼神分明一丝一毫没有让步。他的破坏性愈发强烈，她不由得带着伤口说，我会成为一名医生的，我要治好你，否则总有一天我会被你害死。

他问：“你怕死啊？”

“你不怕吗？”

“我怕他死，他说因为我从一个人成了孤独的一个人。其实他要死了，我才是真真切切的‘孤独的一个人’。”

“我怕死啊，我怕我自己死，也怕你死，我要死了那就如你所说你成了孤独的一个人了。”

“你在不在我都是一个人，关键在于他在不在。”

“我爱你，于湛。”

“你爱上一个伤害你的人，你完了。”

“你伤害我也拯救我，除了爱你，我只有恨你，爸爸妈妈从小告诉我好女孩应该宽容，别人伤害你的时候你应该想想他对你好的时候，我的软心肠啊！令我恨不起，所以我只有爱啊，其实你能理解的，我们都一样。”

“不，我们不一样，我爸妈用实际行动教会我人不为己、天诛地灭。我离开他的话我好孤独，我无法承受，而且他让我光芒万丈，我不再像一个小丑，所以我宁愿顶着恨留在他身边，也许有一天，等我忍受不了，我会杀了他，谁知道呢？”

“你这话说得可真违心。好吧，那如你所说就是性格决定行为，那只要我还有一口气，我就想拯救你，我总想拯救你，我不会动杀你的念头，因为我觉得那很痛，我们怎么能对爱的人做让他痛的事情？也许你永远不会被我治好，但也许你哪天莫名其妙地就开了窍，谁知道呢？”

他们坐在天台，他们晃动着双脚，他们保持缄默。这天他们的对话在将来狠狠地抽了他们自己一个耳光，他们说反了，人真的是口是心非的家伙。

# 15

在毕业那天，她发了疯，她昏死过去，昏死过去了。她感觉到自己做了一个很长的梦。在梦中，她牵着于湛的手走过稻田，穿过森林，畅游海洋，去了一切她想去的地方，她看见于湛终于笑了，在无忧无虑地奔跑。

她也笑了，笑着笑着哭了，因为醒了，她以为她不会醒来，最终她还是醒来，然后她说：

“死了也挺好的。这样我就可以变成厉鬼缠着他，用吓人的模样胁迫他和我在一起。如果人鬼殊途，他看不到我，我就一直陪着他，我可以躺在他的床上和他一起睡觉，可以陪他吃饭，可以听他弹琴。他常常难过，其实他不是一个人。”

后来她变了模样，她疯疯癫癫，她常说：“他人笑我太疯癫，我笑他人看不穿。”

# 16

这双手几近痴迷地摸着于湛的脸这样想，她一定要亲手编造最美的结局给他。

“你爱我有多深？”

“大概有120分钟那么深，于湛，我是那么爱你。”

“为什么是120分钟，如果你只花2小时爱我，我会很伤心。”

“1个小时有60分钟，我每个60分钟都在爱你，而实际这远远不够，如果我的一天有24小时，我就爱你48小时，我想这个世界再不会有比我更爱你的人了，你为什么还不爱我？湛，我的湛。”

“我想我把我的120分钟给了他，再挤不出任何一分钟容纳你，可你是这世上唯一爱我极深的人，你一定要爱我，继续爱我，不然我太孤独了。我不管你是不是真的爱我，你要爱我。”

“好。”

这双手希望把一切捧给他，想把那年他还弹不成调子的旋律，想把面容发红的自己，想把残忍得很光滑的回忆，统统给他，再狠狠摔碎。

# 17

黎明挺拔的身躯伫立在阳光里，看着白衣的她。他们望着彼此，久久地，久得遥远，久到快乐得难过，甜得伤心。黎明揉了揉盛葵的脑袋。

“怎么这么慢。”

他变温柔了。可他带来的伤痛、激情、遗憾、割舍、孤独呢？他望他一眼，他的眼眶就湿润了。

“我曾等你那么久，你等我一会儿不行吗？还是等你的人太多了，你才对等待变得不厌其烦。”

“你现在越来越会和我顶嘴了。”

“我什么时候敢和你顶嘴，你知道的，向来你说什么就是什么，我只是想和你多说说话，如果我不和你顶嘴，我怕你沉默。我想你和我多说说话，我害怕醒来我们就连对话的权利都丧失了。”

黎明一定没有看到她隐藏在眼角的那滴泪，他开心地抢走老人为了赏花遗落在一旁的轮椅，并把她按在轮椅上。他用力一推动，轮椅的轮胎便飞速地转动起来，像小孩放飞的风筝迎着阳光与风穿梭，它飞起来，飞过高山与大海。

“知错没？”黎明大声问道。

“别，老爷爷会生气的！”她双手紧握住轮椅把手，双眼直直看着转动得越来越快的轮胎像钟的分分秒秒。

“那你说我错了？”

“不要！”

黎明把轮椅越推越快，时间转得越来越快。他们终于引起老人的注意，老人愤怒地吼叫。

“臭小子们站站……站住！你们……咳咳咳，欺负老人要死啦！要死啦！”

他们拼命奔跑，他们活力四射，咯吱咯吱笑得洁白的牙齿被太阳照得像钻石闪闪发光。他们想回到过去。那时候他们还有梦。

“你的梦想是什么？”

“我想弹钢琴！想到维也纳金色大厅演出！我要弹琴给你听！你呢？你的梦想是什么？我想听。”

“我想看到每天的天亮。”

“那你一定要实现才好。”

因为我也想看到每天的天亮，看到每天的黎明。

你说，这一切毫无逻辑可言。我说，这本是梦一场。

# 18

生从何来，死往何去？我们来自母亲的母体，最后归于宇宙的母体。可母亲的母体从何来，宇宙的母体往何去？未知生，焉知死？我们无从知晓生前的感觉，就像无从知晓死后的感觉。

我们只知道，倘若我们死了，全身所有的器官都会停止运行，我们的所有感觉、听觉、触觉、视觉，都会由于机体死亡后中断所有神经联系。

我们只能猜想，也许死后没有感觉，与生前一样。没有感觉也令人恐惧，我们的思想与意识都无从留在这个平行世界中。想到他在这个平行世界已经遗忘了他，他就好难过，他不能死，他不想也忘了，他说："活着至少还有做梦的权利，死了谁还能想起我们的快乐呢？"

永远回不来的人啊和那去不了的地方啊。

"没有我你怎么办？"黎明闭着眼睛躺在望不到尽头的向日葵田中问道。

他们从医院逃到无人之境，黎明深邃的眼窝与凸出的眉骨年轻精致，非常能融入这样的画境，偌大的田中，明黄的色彩热烈得不闭上眼睛就能流入眼中。他们躺着，他们睡着。

“没有你我怎么办？”

生长的向日葵一片一片，飘过了他们的身躯，梦在召唤他们，他想起她不曾快乐，他想起她还在不快乐。她想起她不快乐，但为他曾快乐后继续不快乐，她想起她一直很快乐直到遇到他后如此不快乐，他们四个人是怎么了，他们是碎了吗？他们像置身在汪洋大海中，用直升机轰隆轰隆地在他们头顶飞过也寻找不到他们。阿基米德说过，给我一个支点，我可以撬起地球。给他们一片无人之境，他们可以睡到天昏地暗，睡的时候大家都一样，可有的人还要醒来，有的人永远不可能醒。

“你说都见不到黎明怎么活下去？你告诉我。”

“可你现在活着。而且是你使你自己再也见不到我。”

“不，这不是我的本意。”

“你杀了我！于湛！”

“我没有那样做！”

“开玩笑，你别紧张，我从不怪你，否则我是在否认我救你的行为，如果我不救你，我还可以活久些。但我总告诉你，我是历冥，你总记错，你的记忆里怎么还是黎明？我不太喜欢。”

“你觉不觉得我们三个人有种莫名的契合感，你叫黎明时，我的名字和你的名字才是反义词，如果你叫历冥，你只能和盛葵是反义词了。我也不太喜欢。”

“近义词不好吗？我们近一些。”

“我们已经如此遥远，再也近不了。”

“以前，我说我常与黑暗为伴，所以我要叫历冥，我要比历冥厉害许多，你告诉我黑暗就是深，而你叫于湛，所以我们要常伴彼此永久。后来，我说我虽常与黑暗为伴但我喜欢光，她告诉我光即太阳，向日葵也叫向阳花，而她叫盛葵，我应喜欢她。我说，其实我是幸运的，深陷黑暗有黑暗陪伴，在黑暗中要光就有光，不过你们不该如此，因为我是一个自私的人，我太爱自己了，我只爱自己！我一直说，我这样说了，你们还要想方设法得到我，我已经半只脚踏进坟墓，另外半只也随时要踏进来。我们到这种地步，都怪我。”

“其实你是一个善良的人，你为什么总要这样说自己？”

“善良是一种什么样的质感，它能否使我活得久些？”

突然他们握紧彼此的手，当他们的手覆盖在一起就像珊瑚绒材质的毯子使得妖魔鬼怪速速离去，他们终于停止了言语。他们闻到了过去的味道。

他们又躺着，他们又睡着。他们碎了，梦碎了，时间碎了，一切都碎了。

“如果有一天我也敢破窗而出，从房子里出去，往下跳，往下坠，或者在病房里痛快地选择死亡，我再也不管了，不想了，我是否还能重获快乐？”

黑暗中的行者，何时能找到出口。

# FOUR

# 深水白昼

▶ ▶ ▶

# 1

我们生活的世界血肉模糊。这一秒有人被宣布死亡送去太平间，下一秒又有人停止呼吸，紧跟而来。当存在不在，时间就如期停止。这些被送往一处的人会存在另外一个世界吗?

那个世界存在吗?是空虚还是实体?在这个世界，只有于湛睁开了眼睛。他像一个导演，也像一个观众。他有点孤独，也有点阴魂不散。

他觉得他看到了历冥搂着盛葵离开的背影。他用尽了全力，用每一个细胞每一滴血液去看最后一眼这个背影。

这个背影瘦了，真的瘦了。陌生得让他感觉见他是上辈子的事情。

我将真心付给了你，将悲伤留给我自己。

我将青春付给了你，将孤独留给我自己。

我将生命付给了你，将岁月留给我自己。

我将春天付给了你，将冬天留给我自己。

我将你的背影留给我自己，却将自己给了你。

接着历冥回头了，他看了他一眼，他的眉眼冰冷。于湛好想哭，这么冷的眼能让人心里结冰，可他又好想笑，这个眼神好像当年他第一次叫他的名字他回头时的眼神。这一切，熟悉得让他感觉一切和第一次才过去了一分钟。

# 2

“黎明！”

“是历冥。”

这是他们第一次对上了话，于湛跟在历冥身后叫住历冥，他的背影变成回眸，他的声音充满磁性，低沉得久绕耳畔，沉闷的空气中弥漫着他的味道。他像一片毒药，令他白天昏昏沉沉，夜里难以入睡，终日心痒难挠。

“没事，我走了。”

历冥从手、头、足到眼、耳、眉、鼻都冷冷的，他一定被悲伤囚禁了。于湛追了上去，往历冥手里塞了一沓钞票。历冥皱了皱眉，带着疑惑，他的黑眼珠和黑眉毛硬朗极了。

“你不记得了？”

于湛不敢想象自己当时的表情，他慌了手脚，因为历冥不记得自己了，他以为他会记得，他凭什么忘记他？他救了他一命，每个人都是英雄。如果他有能耐救人，他一定感慨自己的了不起。

他没有把他放在眼里。他惊讶什么？他就是一条贱命，没有人会把一条贱命放在眼里。他的每天都过得生不如死。有的人是多愁善感，他的生活是真的像被逼到了小巷子里一面无处可逃的墙上。

他的父亲欠下一屁股的债，他的母亲疯了，听说痴呆会遗传，他也想疯了拉倒吧，他也疯了多好啊，这个世界，他真想让这个世界毁灭，因为这个世界令人发疯，而他只能在这发疯的世界逆来顺受。

“你们看，就是他，学费都交不起才被叫去校长办公室劝退。”

“听说他爸借高利贷跑了，他妈是个傻瓜。”

“哎哟，那还上什么学？”

“别说了，说得我恶心，离他远点好了。”

总有人说，校园天真烂漫，孩子们都是天使。去他妈的，人性本恶。

他低着头，他穿过议论，他的眼镜和刘海挡住了他的眼睛显得死气沉沉。

“他怎么那么丑啊！”

“因为穷呗，没钱打扮，你看他一年四季就那套校服。”

他用力地拧紧衣角，他在心里说：“关你们屁事儿！”

他深知他只能在心里说，他不能说出口，因为别人在说事实，他没有权利责怪别人诉说事实。他拧着衣角，拧着拧着，他又想……不能太用力了，校服挺贵的，坏了怎么办？然后他又抚平了衣角，握着空拳头，把指甲抠进肉中，只有他自己不要钱，校服比他贵。

他看着校服，他想起校服的钱是他从家里搜出一堆硬币买的，硬币在床下在冰箱上在鞋子里，当最后他还差十元无计可施时，他偷了妈妈的钱包，然后他跑出家里放声痛哭。想必他与贫穷的决斗得至死方休。

他想起《这个杀手不太冷》那场对话。

“Is life always this hard,or is it just when you are a kid？”

“Always like this.”

“人生总是那么痛苦吗？还是只有小时候是这样？”

“总是如此。”

他不知道是不是所有痛苦的人都是因为很坏、很坏才痛苦。他经常想杀人，但他只是想想，他不敢。这说明他除了心理扭曲还懦弱胆小，同时他还是一个嫉妒心极强的人，他嫉妒脸精致又虚假的人，也嫉妒生活奢侈又虚假的人。他们简直像一个个长生不老、永葆青春的怪物，他恨不得把他们统统杀掉，让世上只剩下穷人和丑八怪，只剩下比他更糟糕的人。

他记得有次看到电视里在播电视剧出现这样一句台词：“我除了钱什么都没有，我的人生真可悲。”这台词着实令他发疯，他无比想拽出电视里的人大吼：“那你知不知道，有一类人什么都没有，连钱也没有，那就是我！如果你的钱能给我百分之一，我愿意跪下来喊你爹娘！”

哦，是的。如果你问他是否有钱都可以不要自尊，他一定告诉你：“哦，是这样的。”

他还希望自己有张漂亮的脸，为此他也可以不要自尊。这世上不只女人拜金，穷人更拜金。也不只天使爱美丽，丑八怪都格外爱美丽。

# 3

于湛的垃圾人生发生质的转变是在被高利贷的人追赶的这天，他被逼进一条小巷，他的身后是一堵墙，那是一条死路再无处可逃。他被束缚了，他估计自己死定了。

“父债子偿，今天要么给钱，要么老子要你的命！”

“我贱命一条！你们拿去啊！拿去啊！”

他死定了，他很累。

当粗暴的棍子朝他身上砸，他的身体被打出了无数个窟窿，血稀里哗啦地往外流，而脸上，那止也止不住的，不是血是泪，在血肉模糊之下十分模糊，泪在血液里冲刷，血液里的泪消失不见，他的泪不见了，他的血还在，那很脏。

他安静地躺着，任人宰割，躺在腐烂发臭的小巷子里。他开始不觉得痛，不觉得疼，他沉寂在沉闷的空气里。距离他不到十厘米，那是人们投掷垃圾的地方，他的眼神安静地落在那儿。

后来这个巷子被禁止乱扔垃圾，干净了许多。只是偶尔还是有野猫乱窜，可是怎么办。后来他看到这个巷子还是想起这天，还是觉得那么脏。他流的一整片血一定是当年被垃圾覆盖或者被雨水冲刷了，怎么那么脏呢？怎么这么脏啊？

在于湛要断气前，有一个人出现了，他几乎改变了他的一生，他就是那个脸精致又虚假，生活奢侈而虚假的人。他如此完美，我们都应该远离完美，可我们都做不到。

这天的感受于湛还能想起，比如人死前会怎样？一个人的死亡，对世界而言是失去一个人，而对死者本身而言是失去整个世界。他最后一个念头是：诀别了，这个世界。他被悬浮在一个黑暗的维度，他那么舒适，从未有过的舒适。他感到棍子没有再砸下来，仿佛自己是一片羽毛那么轻。

# 4

再后来，在于湛变成血浆前，棍子不再往下砸，因为历冥。到现在于湛都在问自己，他碰到这个人，是好是坏？历冥凶狠极了，他几乎把那两个人的头皮都要掀开，他把他们拖到了垃圾堆面前，把他们撞在墙上，摁在垃圾里面，直到失去了喘息的声音。他的粗暴对待像捏死老鼠一样简单。

他的表情写满了他的高高在上，他的行为诉说着他从来没有输过，那一刻他像一块干冰、像刽子手、像死神。后来他蹲了下来，蹲在了于湛面前，最后一抹黄昏照在他的脸上，这一刻他又像个天使。

一个人不是在该死的时候死，而是在能死的时候死的。于湛不知道死后会怎样，但活着他记得他过的是怎样的生活，在学校他无法抬头，走路上他害怕遇到追债的也无法抬头，到家于湛更无法抬头面对痴呆的母亲。他怎么不死，怎么还不死？难道真的应了那句话，祸害遗千年。

于湛意识到自己渐渐恢复知觉，他有点儿恐惧，因为当他醒来，他的身躯一定还贴在巷子粗糙的地面，野猫野狗路过会舔两下他，闻一闻这腐烂的滋味。他置身在废墟中无处可逃，终身如此。所以他昏迷了很久，因为他不想醒，否则他可以醒得很早。直到他做了一个噩梦，救他的人死了，死在医院里、死在生活里、死在他眼前，唯独没有死在他心里，他被吓醒了。不，他不能一直睡下去，他也不能死，他发现他还没有见一见这个人。然后他睁开了眼睛。这里很白很安静，他以为他进入了天堂。当他看了一眼自己，他穿着白色的病号服，他的右手还挂着透明的点滴，那是营养液，也是钞票。他知道他在医院。

于湛坐起身，掀开被子，拔掉了挑进血管的针，针管被甩在地上，点滴顺着针头流在地上，流成一片，像没有关掉的水龙头，也像流不完的眼泪。于湛脱掉病号服，露出瘦骨嶙峋的上身，那是副能看到骨骼的身躯，被纱布缠绕着还有斑驳的血迹。

他寻找到校服。校服，他的校服呢？于湛目光变得紧绷起来，眼里快憋出泪。听过皇帝的新衣吗？如果校服消失不见，他只能像皇帝一样假装穿着校服裸奔。

“于先生，您总算醒了！”

“您才康复，还需要休息。”

于湛“嗯”了一声却走来走去。

“别多走动了，不利于康复的。”

“需要我叫医生来看一下吗？”

护士一而再再而三地靠近。

“不用，我命硬。”

于湛一而再再而三地忽视。

护士叹了口气便要离开，当时于湛想，她为什么要叹气呢？因为他住着特护病房？她觉得他是一个有钱人？何况又如此年轻？如果摊上了他，可以摆脱护士的职业，摇身一变变成大少奶奶？而他的态度打断了她的梦？

他脑海浮现他带妈妈来看痴呆那次。

“不好意思，医疗费能分期吗？”

“配点安眠药回家去吧。”

“这病吃安眠药有什么用！”

他气得拍桌子发疯。

“你是医生还是我是医生？发起疯来吃一粒，平时没事别吃，反正也吃不起。”

他忍着怨气咬牙切齿地拿着单子去交费。

“113块。”

柜台里伸出的是双布满雀斑的手。于湛皱了皱眉，掏出口袋里所有的钱，一块一块一毛一毛从口袋噼里啪啦地掉在地上，他蹲下身去捡。

柜台里那双手敲了敲桌子，夹杂着方言对于湛发出警示：“这么多人排队都等你啊，小赤老，你帮帮忙哦，快点好不啦！没钱看什么病哦！”

世上没有无缘无故的好，穷人没有做梦的权利。

“你看见我的校服和书包了吗？”

看着护士离开的背影，于湛再次开口。

“哦，有啊。送你来的那位先生给你放在了这儿。”

护士兴奋地再次走进病房打开衣橱，她还想说些什么，被于湛无情地打断了，于湛说：“你走吧。”

快走，我讨厌你们这样的人！于湛心里愤愤地想。

“不要怪我过分热情，我不过替你高兴。”

护士走了，她最后说了一句。

于湛“砰”地关上病房，按下门把的按钮，把门反锁上。

在很久以后，他再次遇到这个护士。他们坐在咖啡厅。她穿着黑丝和短裙，跷着二郎腿点燃一根寿百年。

“抱歉，我当时的热情吓到了你，你昏迷时一直是我照顾你的，你醒来我替你高兴，你出院我替你高兴。”

“我不知道你是一个受伤的男孩，天知道，那时候我以为我是全世界最惨的人。那天是我护士生涯的最后一天，我可以在离职的最后一天看到你醒来我真的很高兴。”

“因为我得了艾滋病。”

“但你当时关上门以及反锁的态度让我十分受伤。为什么这个世界总充满恶意？如果当时你知道我也是病人会对我温柔些吗？”

“说起来挺可笑的，是我前男友传染给我的，我那么爱他，他只给了我病。”

“我现在做了小姐，除了可以惩罚坏男人还可以角色扮演，我对护士情有独钟。”

“哦，不、不。不，我不惩罚所有男人，我总主动要求戴套，其实我是惩罚贪欲。”

“不过说起来很不可思议，我在这个途中爱上一个男人，我觉得他救了我，他是第一个主动要求戴套的男人。他和我说他有病，那一刻我爱上了他。”

“好了，不说了，我的名片，你可以叫我Coco，有需要可以找我。当然，我希望你不要找我。找我的人无非都寂寞。”

“哦，还有，你比当年英俊了很多，当时你看起来很可怜，现在一定不会有人再那样看你，你成了一个漂亮的男孩，遥不可及。虽然这让我觉得自己老了，可还是替你高兴，恭喜你，宝贝儿。”

她一个人自言自语了很多就离开，于湛没有打过那个电话，她也没有出现过，她还活着吗或者死了？

他们都不知道。

# 5

于湛在反锁门以后尽全力深吸了一口气，他用手抚摸着校服，有什么不同了？它被套上了干洗袋，袋子上面写着英文，看起来好像橱窗里的当季新品，主题是昂贵。

于湛的眼睛开始泛起雾气，他需要这样的雾气使自己看不清现实，看不清生活，让世界模糊，让他对未来还有些祈望。他多么害怕未来这个词语，他多么害怕下一秒这个词语。虽然总有人说你不知道未来会发生什么，下一秒会发生什么，实际这不是绝对的，这是由我们的过去决定的，由我们掌控的。

因为他只有76块5毛钱，下一秒他将拿着76块5毛去承受侮辱。钱其实是一把枪，富有的人有黄金甲可以刀枪不入，而他这样的穷人已经挨过无数次子弹，早晚他会被命中心脏的。

看着收费处三个大字，他又深深地挨了一枪。

“我缴费。”

这句话其实只是个摆设，于湛已经准备好在听到天价的费用后冒出下一句：能不能分期。这句话才是正题。

“几号病房？”

柜台里的中年妇女瞥了一眼于湛。她大概是一个四十来岁的女人，她有很大的颧骨，颧骨凸出听说是克夫的标志。她面色黑红，穿着老式的套装，看上去像一个劳动妇女。于湛看懂了那个眼神，那个眼神的潜台词他听过。“小赤老，没钱看什么病哦！”

“1007。”

他报出房间号。他知道下一秒将会迎来新一轮侮辱，他真的不希望他的未来也如此。活在鄙视里令他非常不好受，他语气里的颤抖和紧张的眼神，那是隔着眼镜看不见的。

“于先生，你的医药费已经有人给你付清了，这是单子。”

柜台中的中年妇女从病恹恹的样子突然精神抖擞起来，竖直了身子用布满皱纹的笑脸相迎。

真恶心。他接过单子。7600！七千六。滚烫的眼泪从眼里滑到睫毛，掉在镜片上最后落入纸上，恰巧落在7600上。一下子模糊掉了2个0。那才是他现在的身家，76块，还少算了3毛。单子在他的手掌中被用力挤压，仿佛下一秒就会被捏成灰烬。他渴望自己也有人来捏碎，捏得四分五裂、血肉模糊，张牙舞爪地吓跑这里的所有人，然后在医院门口插上旗帜宣告自己的胜利，所有人都需要他的同意才能进来。哈哈哈哈哈哈。虽然，他讨厌这个地方，恨这个地方。

# 6

于湛回到家里，他还在看那张单子，他把它蹂躏得皱皱巴巴，又把它铺平，把它蹂躏又再次铺平，来来回回。他盯着几个小时，他无心做其他的事情，他要看清签下这笔钱款的人的名字。

黎明、黎明、黎明、黎明、黎明。

这个名字反复徘徊在他的脑海。他还隐约记得他的脸，像匕首一般的眉，比冰川寒冷的眸，如同山峰高挺的鼻梁。于湛闭起了眼睛，他幻想起他的所有，他还有不带一点弧度的唇线，还有还有，胡茬、下巴、喉结、锁骨、手指……

他真像一场海啸，来势汹汹，去却匆匆。那什么时候还能再来一场？于湛蜷缩着坐在桌子前，他摘掉了眼镜，揉了揉眼睛，昏暗的台灯打在了他的侧脸，其实他并没有他想象的自己那么普通。

米兰·昆德拉说，我们每天的生活充满了各种偶然性。确切地说，是人、事之间的偶然相遇，我们称之为巧合。两件预料不到的事，同时出现在同一时刻，就叫巧合。比如又遇到历冥，在学校遇到。而当时他忘了，《Ｖ字仇杀队》也讲，根本没有巧合，巧合只是一种幻觉。

# 7

那是在几天以后的一个清晨，历冥被领到教室。一张迷倒众生的年轻脸庞，金灿灿的阳光洒落在他的脸上与身上。就像那天的黄昏，那样的光线把影子晕得很浓、很浓，浓得把于湛都覆盖了进去，于湛在黑暗里望着像团光的他。

人类总会对难以企及的人和事物产生不可名状的想法。当历冥一步一步地走向他，拉开了他身旁的座位。于湛知道他的身体里就在此刻起了化学反应，扑通扑通冒起一个个小小的气泡，开始翻江倒海。

他那么显眼，他望了好久好久，久到忘记时间的存在，忘记他是否有资格，忘记他的嫉妒心。这是一张怎样的脸，每个棱角都是雕刻的弧度，直到很久以后都刻在于湛的心里。

“我很好看吗？”

历冥的眼神定定地落到于湛脸上，几乎吞没于湛的思考能力。于湛赶紧低下头，刘海遮住了半张脸。

“渴望和这个人做朋友，让他治愈自己”，他的脑海浮现出这样的话，真荒唐。而在他们成为同桌的一个星期中他们都没有任何特别的语言交流。于湛总看历冥，因为于湛总看历冥，历冥经常会察觉，然后他们的眼神就会对视，最后都以于湛低头终结。但这让于湛找到了其中的乐趣，他更放肆地看他，他渴望被他发现，渴望那样几秒钟的对视。他在这个自娱自乐的途中发现历冥的小动作少之又少，历冥在听课时总会挺直着背，双手交叉，他一个动作可以定格很久。

回到家后于湛常学历冥的模样，学着学着会笑，这也导致了后来他不大爱动，爱看着一处，一看就很久，他可以想象历冥在他看的每一处存在。而在历冥的完美中也有一丝缺陷。他不爱笑，他的双眼总布满了血丝，让他的冰冷有些走火入魔。

虽然他们不说话，对，他们都不主动开口，他们不像别的同桌那样，他们的气氛有些诡异。不过于湛已经快把历冥的模样印在了心里，在模样看久了后，他开始记他的气味。当时于湛还不知道那是CliveChristian香水的味道。黄金的瓶口，钻石的瓶身，复杂的合成方法，维持长久的香味。命运就是这样明码标价，历冥用CliveChristian的时候，他在用廉价的肥皂。而当他后来买得起这样一瓶香水的时候，他开始真的只能依靠这个气味想他，他们再也不能靠近彼此，因为他们都长大了。

# 8

在于湛打工了一个月凑满1000元整的时候，他把钱紧紧攥在手里，开心得像个孩子。一年内可以还清医药费，然后互不相欠地问问他我们能不能做朋友，他想。他望着历冥穿着白衬衫的背影，鼓起全部勇气叫他的名字。

“黎明！”

他转过身，他说：

“是历冥。”

于湛当时以为是自己太紧张了导致发音不标准。阳光笼罩下来，他又冷冰冰地说：“没事我走了。”

于湛追上去把钱塞给历冥，而历冥的脸上却浮现出那个疑惑的表情。

“你不记得了？”他明知故问。

他猜他忘记了，这个忘记好像绷紧了他的一根神经，这根神经布满了历冥的一切，而很显然历冥却没有一根神经带上他一丝一毫。

# 9

其实人生真的是有很多选择的。一个选择会决定下一个是什么样的选择，而下一个选择又影响了下下个选择，每个选择都衍生到未来。

如果历冥没有救于湛，于湛的时间在那时可能就停止了，此刻他这个个体或许就不会存在。

如果历冥没有救于湛，不知道他们会是怎样的存在，或许是毁灭。

脑海浮现起一句适合的歌词：如果那天病了，约会换了，我们就遇不上了。有些爱像开车危险又快乐。而一样的，只有发生的条件：存在。然后衍生救，也衍生旧。得救后，在未来，现在都会变成过去，过去是旧，未来是新，存在产生了旧与新，死亡将终结一切，一切都将变成不在。

于湛——于代表在。湛有两个含义，一个是深，一个是清澈。既深不可测又清澈透亮。这是一个极端的名字，像极了他。于湛蜷缩在操场的香樟树下，在他心里历冥也像香樟树一样具有不会凋零的超能力。于湛这样想着靠在坚实的香樟树上，偶尔树上也会落下几片叶子在他的校服上。

“你叫于湛？”

沉在喉咙的低音唤醒了于湛，这样的低音只属于历冥。于湛望着历冥像瓷器一样无瑕的脸。他站立在光里，望着好一会儿，缓缓恢复心跳后点点头。

“其实，我记得你。不过……”

历冥挥了挥被于湛卷成一卷拿橡皮筋扎着的1000块钱，脸上浮起少见的笑，接着说：“你觉得这些会够？”

这两句话，第一句足以让于湛雀跃，第二句又让他自卑到骨子里。

“我……分期……”他无力地作答。

历冥眯起眼睛抬了抬下巴，把一卷纸钞扔进了于湛怀中。

“就当我养了只猫。”

“你……”

于湛瞪大眼睛，历冥像阳光照进了他的眼里。那么再次把时间倒回去说，人生有很多选择，如果历冥没有救于湛，于湛的时间在那时可能就停止了，此刻他这个个体或许不会存在。

如果于湛在更早以前没有救过巷子里的流浪猫，他不知道他为什么会救一只猫，他还救过无数只猫与狗，或许他觉得只有动物不会看不起他，他们是平等的。他救了猫，历冥发现他救了猫，在后来历冥又救了他。他和猫都没有死。

历冥拉起坐在地上的于湛，带他翻过学校的围墙。他说，要带他逃课。于湛从来没有逃过课。逃课，逃课属于美好的人，大家总觉得逃课是给叛逆的孩子的，其实不是这样的。美好的孩子才有勇气逃课，因为他们不担心未来，他们另类，他们自由地飞翔。

于湛看着历冥的背影，美好的背影令人迷恋。如果你问于湛，在当时的年纪想做的事情，他会告诉你做历冥的朋友。

于湛："你想去哪儿？"

于湛："嗯……我是说，我们去哪儿？"

于湛："这里拦不到出租车，你告诉我去哪儿，我们可以坐公交去。"

于湛："如果你不嫌弃的话。"

他们站在十字路口，于湛一直企图打破沉默。

"你好烦。"历冥说。

"对不起。"

我可能高兴过头了，我高兴的时候很少，所以一旦高兴就会不知所措。于湛低着头反思。

历冥："怎么坐公交？"

于湛："嗯……啊？"

历冥："坐公交。"

于湛："哦，好，好，你等等。"

于湛打开书包，他要找到四个硬币。其实这轻而易举，因为他没有钱包，他不需要在打开钱包上花时间，并且他极少有纸币，他的书包里充满零钱。但尴尬的状况发生了，他由于紧张，他的手在颤抖，于是零钱掉了一地。

“对不起，对不起……”

有时候越害怕什么越发生什么，他的贫穷被历冥尽收眼底，他蹲下的同时不停地道歉。

“为什么要说对不起？你做错了什么？”

这引起历冥的不快，于湛总低人一等的态度让总高人一等的他无法理解。历冥把硬币捡起，展开于湛的手，把硬币放在于湛的手中。整个过程耗时三秒。

历冥又把于湛的眼镜摘下，他把于湛的眼镜放在自己的口袋，揉了揉于湛的脑袋。他对于湛说：“你偷看我时我发现你有双漂亮的眼睛，不要遮掩它，它很美。”

整个过程耗时九秒。加起来总共是十二秒。当时时间过得极慢，而我们都知道时间不生不灭，不增不减。可当时于湛切实地感受到时间在变慢，极慢。于是他想时间是不是能由人决定，时间能超越生死，由人决定。后来他把硬币重新放到历冥手中，他们投了硬币坐上了公交车，他们靠得非常近，他们最接近的时候，他们的距离只有0.01厘米。

于湛：“你总是一个人。”

历冥：“你也一样。”

于湛：“我们都是一个人，可我们如此不同。”

历冥：“哪里不同？”

于湛：“你一定看不出我是这样的人，我动过杀你的念头，因为我的嫉妒心。”

历冥：“哦？”

于湛：“嗯，但你救了我，我的命是你给的。”

历冥：“所以你又决定不杀我？”

于湛摇头，他望着历冥，他一直觉得历冥的身子白得发光发亮，他说：“你很白，和白昼一样的白，白昼驱散黑暗，你足以驱散人心中的阴暗，面对你时我的阴暗面就魂飞魄散。”

历冥：“我喜欢有意思的人，你就挺有意思。”

于湛：“啊？我？你不觉得我变态？”

历冥：“我们或许可以慰藉一下彼此，我们这么无聊。”

历冥说了慰藉。他们都渴望被救赎，历冥却只说慰藉。他最多只有慰藉历冥，他们在肮脏中慰藉，慰藉孤独，慰藉时间，慰藉光明与黑暗，把延绵不绝的痛苦慰藉成稀稀疏疏的美好。

历冥只要于湛的慰藉，他不需要于湛为他做得更多，和他讲讲话，陪陪他，记得他就好。当时他们都还活着。其实如果能这样飘下去也未尝不好。他们都不要变，永远活在年轻的时候。

# 10

年轻的时候，大家都很喜欢用一个词：后来。因为所有人都觉得他们会有后来。

后来，他毕业了。

后来，他离开了。

后来，他结婚了。

后来，他死了。

后来，后来的都是坏的、烂的、臭的。

后来的后来，再后来没有后来。

后来，他把他带到了一条小吃街。

历冥：“10根羊肉串1碗粉丝汤，你吃什么？”

于湛：“我不吃了……”

于湛：“你喜欢吃这些。这些对身体不好。”

历冥：“你很烦，不吃你可以闭嘴了。”

历冥非常爱说于湛很烦。这表面上是一种嫌弃，但暗地里是一种任性，他对于湛常常用奇奇怪怪的态度，于湛不会因为任何事情离开他，只要历冥需要他，于湛会马不停蹄地出现在他面前为他上刀山下火海。历冥开始对于湛越来越任性。当然，他对所有人都是这份态度，他不在乎，他不在乎大家会不会因为他受伤然后离开。但有一点他得承认，他让于湛受伤的同时，他其实自己也是会痛的。

于湛看着历冥打开钱包，那是一沓沓的钞票，红红的，很漂亮。他又看着历冥把羊肉串混着粉丝用红红的舌头卷入口中。依旧很漂亮，他做什么都很漂亮。

在那天以后，于湛每天都在想历冥，他在时想，他不在也想。有时候历冥不来上课他感到失望，他一来他又难以按捺自己的快乐。他的情绪每天都落差极大，这全怪历冥。他甚至在放学后舍不得离开学校，他想象历冥出现在每一处，每一处。当他真的出现，他又差点以为一切都是幻觉。在教学楼的最尾端，于湛透过正方形的玻璃看到了历冥，历冥在雕刻，他雕刻的材质很难说，他什么材质都用，他还会混合着用，这全凭他的心情，当时的他手里包裹着一块木头，不知道他出于怎样的心情雕刻一块木头。于湛伸出手指在玻璃上画历冥的轮廓，他感觉像在画一幅油画，他以为他在画他的幻觉。

历冥："不进来吗？"

于湛："啊？我？"

历冥："不然呢？"

这一刻于湛有种美梦成真的感觉，他蹑手蹑脚地打开门，脚步声放得极低，他坐在边上像欣赏一幅油画，欣赏一种将来迟早要散的幻觉。

于湛："你能刻一个我吗？虽然我很丑，不，我是说我不出众。"

"不。"历冥在拒绝后又反转地问："你觉得这像你吗？"

历冥放下雕刻刀，他捧着木头摇摇晃晃。他的人没有动，他的眼神摇摇晃晃，那感觉像在飘。

"不，他好看。"

"世有一等流，悠悠似木头。出语无知解，云我百不忧。"

"你在说我迟钝吗？"

"木头活得很长，随着时间的流淌它会老，它会长皱纹，它没有情绪又有情绪，它没有生命力又有生命力。等我死的时候它也老了。我死了会一直是年轻的模样，它却变丑了，到时候我觉得这世界公平些。不过木头能维持很久，希望他活很久。"

于湛听不懂，他还在想历冥为什么说他是木头做的，每当他们起争执，历冥都说你就是个木头做的，你很烦。但他又没有问，他一直没有问，毕竟历冥使用的雕塑材料花样百出，如果历冥只是无意那么一说，他却当真去一问，问得不好就太自作多情了。

"你觉得我是什么材质？"

历冥看着于湛问道。于湛没有办法回答，并不是因为他想不到好的词语去形容，他脑海里浮现不出一种材质，那是一片空白。

历冥："你觉得你是什么材质？"

于湛："烟火的尘埃？哈哈哈，我想知道你眼中的你是什么材质。”

于湛还是觉得他无法用一种材质形容历冥。

于湛：“你觉得虚无的材质行吗？但我觉得不确切，你的一切常常干扰我的思想，不，我是说干扰很多人的思想。虚无的材质并不会这样扰乱人心，你是无处可寻又无处不在，是近在咫尺又遥不可及。”

他们又沉默了好一会儿。沉默，还在沉默，他们还在沉默，他们掉进了沉默的深渊，出也出不来。

# 11

于湛躺在床上，他一直在沉默，他还在回想这些画面里沉默。画面都是货真价实的存在，怎么过了那段时间就成了幻觉呢？他想历冥了，枕头湿了，裤子湿了，整张床都湿了。

你消失了好久，你去哪儿了？你怎么跟死了一样？你是不是爱上了其他的女人？你爱死了。而这不能阻止他闭上眼睛继续想历冥。

# 12

“我教你弹吉他。”

于湛被历冥按在沙发里，他整个人都陷进去了。

“为什么喜欢《卡农》？”

历冥哗啦啦地扫过弦，哗啦啦地发出于湛喜欢的调调，那一刻他知道他再也出不来，所以后来他一直没有出来。历冥和于湛的回忆里充满了《卡农》，《卡农》无处不在，在历冥的家里，在于湛的家里，在他们的青春里。这个世界可以没有音乐，不能没有《卡农》。

“说起来很可笑，我挺讨厌我爸爸的，因为他除了债什么都没有给我。我恨他，但他在我小时候教我弹《卡农》，他说我极其有天赋，以后一定会成为一个出色的钢琴师。当时他给了我一个梦，我信以为真。而到现在我依旧只会一首《卡农》，所以我依旧恨他，他真不该给我一个不属于我的梦，他该死。”

“可你依旧爱他，就像你爱《卡农》，你无时无刻，每时每刻，你画《卡农》的谱，你偷偷溜进琴房弹，你在怀念他，你在想他。”

于湛变得气愤，他的心是灰烬，他的人是阴暗，历冥真的不该说出来。父亲是击溃他的关键。他不想说他依旧想他的父亲，那个不负责任的男人，他一边恨他一边爱他。他自己知道但他不想被人知道！他很气愤！

“你为什么要说出来！”

于湛气愤地站起来，他摔碎了历冥的吉他。他发誓他绝对不是故意的，他的气愤冲昏了他的头脑，他的眼睛瞎了，他没有看到吉他还在腿上他就站了起来。看来他和音乐和乐器始终无缘，爱音乐的人的乐器是连在身上的，他们不会掉。他们自己掉了乐器都不会掉，因为乐器是他们的一部分。

后来，好长一段时间里，历冥都没有出现。于湛想，他总在不该说对不起的时候说对不起，在该说对不起的时候却不说。他突然害怕以后都没有机会。

在于湛眼里，历冥是一名浪子，他比普通的浪子还要浪子，普通的浪子如果有才华就长得不怎么样，而长得英俊的是一个草包。他们通常把浪子当成一个让自己发光的名词，显得很桀骜不驯，历冥从来不说，但他的确是，他跟着风走，跟着浪漂，你不能指望他是一个风筝被你拽着或者让他成为一艘船希望他有停靠的一天。

他行踪不定，捉摸不透。用一生去追逐，还是追不到。

# 13

“怎么了，是朋友吗？”

这个声音的出现打扰到于湛。他终于再次见到历冥，这本该是一件高兴的事情。但历冥的身边却多了一个女人，漂亮的女人。她的声音像了不起的盖茨比一样机灵又自信。

于湛的这天十分安静，没人知道他在想什么，其实他是一个没事会想很多，有事就什么都想不了的人，他听《卡农》，把情绪放在《卡农》里回旋，回旋后他就变得安静，他有时候觉得《卡农》其实是致幻剂，听《卡农》时他变得安静又安静。但他没法24小时听《卡农》，于是在洗澡时他情绪又开始不稳定，他努力深呼吸，深呼吸，但显然没有什么作用。他还把自己浸泡在淋浴头下面，让自己在水中淋漓，他发现温柔的热水也没有起到什么作用，他调到了冷水，这显然让他变得更糟，因为浴室的雾气散去，他发现他能把自己看得一清二楚。

他站在镜子前，他摸自己的脸，他哭了。是不是因为他长得不漂亮，所以他才做什么都不如意？他痛恨世上有镜子和眼睛的存在。他不能挖自己的眼睛，他下不了手。于是他光着身子跑出去拿了一块石头砸在了玻璃上，玻璃碎成一片片，他笑了。但当他望着地上的玻璃碎片，他还能隐隐约约地看到自己的脸，不，这不够，他又有点生气，他把玻璃碎片抓在手里，他企图捏碎，玻璃碎片全部陷进他的手掌中，当血肉模糊，玻璃碎片还没有碎，他还能看到他的脸。

“不！不要！我不要！”

他把碎片扔到了自己脸上，他的脸划伤了，他用手摸了摸，手上的血抹到了脸上，这下他开心了。他通过这种手段看不到自己了。他没有收拾自己就摇摇晃晃地走出浴室，他像刚刚经历过一场灾难。他看到他的妈妈正拿着铃铛在玩耍，他妈妈突然站起来。

“宝宝宝宝，水没关……”

他妈妈是个傻子，傻子什么也不懂。于湛视而不见。

“宝宝宝宝，水……水……”

“关水……”

“水……水要钱……隔壁的阿姨好吓人……”

他妈妈在说房东，而房东比他妈妈还小五岁。

“我怕……宝宝……”

“你烦不烦！就是你和那个男人！你们为什么要生我！”

“宝宝……对不起……铃铛给你……”

“对不起……”

“对不起……”

于湛的妈妈把铃铛伸向于湛，那不是铃铛，是在提醒他他的妈妈不正常！但他终于开始不得不承认他是亲生的，他总爱说对不起一定是遗传的。

“对不起……”

“对不起……”

Nirvana乐队有张专辑叫《In Utero》。有些人，是长不大的孩子。有些人，受到了伤害。母体是最安全的地方。

Queen乐队在《波西米亚狂想曲》中唱道：“妈妈，我不想死，有时我宁愿我从未出生。”

“妈……你为什么要生我……你们为什么要生我？！我活着毫无意义！我还胆小得不敢死！你们为什么要生我？！”

于湛越想越气愤，他冲出家门。

“宝宝……宝宝……”

他的妈妈在后面追他，他在前面跑。

小时候我们特别爱和父母玩游戏，我们常叫父母来抓我呀，你们来抓我呀。长大以后我们不能这样做，因为我们都长大了，我们也不再愿意这样做，我们更想展翅高飞，把他们甩得远远的。

“宝宝宝宝，等等……等等妈妈……”

我们不想再被他们抓到。

砰！

当于湛回头，他发现妈妈将再也抓不到他。他的妈妈撞在了卡车上，他的妈妈是个傻子，傻子连红绿灯都看不懂，她只知道她的儿子在前面，她追啊追，于湛跑啊跑。她是个傻子，她什么都不知道，她只知道她的儿子，她叫她的儿子宝宝。因为他是她的宝贝。

“妈……妈！你醒醒！你不要睡着……我送你去医院，我答应你我以后天天陪你玩好不好？”

“宝宝不要哭……铃铛给你……它会响，它响就是在叫宝……”

父母是隔在我们和死亡之间的帘子。

你和死亡好像隔着什么在看，没有什么感受，你的父母挡在你们中间，等到你的父母过世了，你才会直面这些东西，不然你看到的死亡是很抽象的，你不知道。亲戚、朋友、邻居、隔代，他们去世对你的压力不是那么直接，父母是隔在你和死亡之间的一道帘子，把你挡了一下，你最亲密的人会影响你的生死观。

死亡离我们很远，又离我们很近。于湛握着铃铛，他突然发现，父母活着，他就是得宠的孩子。于湛的妈妈没有说完宝宝，但宝，也是宝贝。我们永远是父母的宝。

# 14

于湛知道，他的母亲死了，他的父亲其实也和死了没有什么两样，不知道他的父亲会为了躲债逃到什么时候。所以他基本成了一个孤儿，实际这有利无一害，他不用为了痴呆的母亲感到负担，可他为什么这么难过，谁来告诉他。他因为这份难过甚至想过辍学，但他知道不行，如果辍学他将永远无法翻身，如果他好好学习、天天向上，也许以后有万分之一的出人头地的机会，那样他至少可以过得比现在好。

他不得不万分煎熬地坐在教室的椅子上，那把椅子像钉满了洋钉，扎得他溃不成军，好几次他都在教室放声痛哭。在学校的时候，于湛还会想起历冥，他开始反复在书本上一遍遍写历冥的名字，这也好，这一瞬间至少他的父母从他脑海消失了。

历冥，历冥，历冥。

为什么不是黎明？他的真名是黎明，是清晨，是白昼。当时医院的单子上分明写得清清楚楚。这个名字寄托着美好，令他认为睁眼看见每天的天亮人生就不算落到谷底。

“你为什么说自己叫历冥，我想了很久也想不通。”

他看着座位旁的历冥说。

“算了，我知道你不会回答我。”

他猜历冥这会儿坐在他旁边一定又是他的幻觉，他太想他了。历冥一定还因为他砸坏他的吉他在生气。于湛不是没有想过要偿还，可是很抱歉，目前的他无能为力，他欠的医药费还没有还清，他不可能再说分期还债，何况他觉得如果他说吉他的钱他会还，这也是一种侮辱。如果我们爱一样东西，就不会喜欢别人用金钱衡量。

历冥：“黎明，太柔软了。就和白昼、清晨这些有气无力的词一样。”

于湛停下手中的笔，冥字的最后一笔还没有写完。

他看着历冥，他企图去触摸这张脸。

于湛：“可是，它是太阳，是光啊。”

历冥：“知道吗，冥王星是离太阳平均距离最远质量最小的行星。”

历冥：“冥王星距离太阳太远，接受太阳的辐射太少，所以表面温度很低，表面平均温度大约低于零下200摄氏度，低温使大部分物质凝结成固态、液态，只有氢氦氖是气态。如果冥王星有大气，也是稀薄又透明。”

历冥用一种微小的声音诉说着专业词汇。

历冥：“冥王星被发现的时候发生了原子分裂，法西斯主义，强权兴起，国际恐怖主义，组织犯罪，所以冥王星代表黑暗世界的神秘力量，代表毁灭及黑暗，毁灭及再造，听说过冥王星的性格吗？”

他并没有等来于湛的回答，于湛还在思考，这张脸是真的假的？

“宁为玉碎，不为瓦全。”

历冥的眼神一直落在正前方，漫无目的。

“常经历绝望，也常绝处逢生。”

于湛：“我还是不懂。”

于湛终于意识到他竟把真正的历冥当成了幻觉，但他不懂，后来他查了很多关于冥王星的资料。

冥王星距离自己多远？5763520000千米。

他和历冥离得好远好远。

历冥：“冥王星代表人事物的死亡与毁灭，代表隐藏及消失。”

历冥：“也代表再生。”

历冥说这句话的时候凑得于湛更近了一些，他朝于湛的耳朵吐了一口非常长的气，感觉像一口十分长的叹气。后来于湛知道了历冥的秘密才知道历冥的意思。他却想自己宁可不知道，因为知道那天他哭得撕心裂肺，他永远忘不了当时他流的眼泪绝对不比妈妈死时的少。

他想，他不可能再放过历冥，他的妈妈死了，他的爸爸不知所终，只有历冥还在。他绝对不能再失去历冥。

# 15

在一个机缘巧合中，于湛再次遇到那天站在历冥身旁的女孩，这个女孩总缠着他。女孩笑嘻嘻地朝于湛伸手，她真漂亮。

“我叫钟情，我听过你弹钢琴。”

于湛认为这一定是嘲讽，他打算一走了之。

“我们能不能做个朋友呀？”

钟情锲而不舍。

“我挺喜欢你的。我以前一直觉得我喜欢的人会弹钢琴，爱穿白色的衣服，我观察你很久了，你现在一天比一天好看，你越来越吸引人，这让我忍不住和你来打招呼，我还问过历冥……”

当历冥的名字从钟情嘴中蹦出，于湛又开始无法克制自己。

“我有毛病，如果有人破坏我们，我就要破坏她。”

他在警告钟情离历冥远点，越远越好。她又毫无恶意，于湛是个有意思的人，她想起爱应该勇敢追求。于是她开始纠缠于湛，她有时候觉得这是一种命中注定，她叫钟情，他叫于湛，钟情于湛。钟情于——湛。她此生非他不可，她相信终有一天他要被她的诚意打动。当时她还是太小，太天真了。

于湛：“你能不能不要缠着我？”

钟情：“不能。”

于湛：“怎样你才能不缠着我？”

钟情：“怎样都不能。”

于湛：“即使我破坏你？”

钟情：“是的，即使你破坏我。”

于湛：“你给了我一个破坏你的理由。”

钟情：“你愿意破坏我，至少好过无视我。”

感情是一报还一报的。那天以后于湛烧钟情的头发，丢掉钟情的作业本，把钟情关在厕所里。钟情却还看着他傻笑，从来没有人这样对待过她。这搞得于湛抓狂，他求钟情放过他，放过我吧。

钟情：“那你愿不愿意和我做朋友了？”

于湛：“你和历冥什么关系？”

钟情：“我们是朋友。”

于湛：“那如果我和你做朋友，你要让他也做我的朋友。”

钟情：“我想他一直把你当朋友。”

于湛：“为什么这么说？”

钟情：“你看过他藏起来的雕塑吗？”

于湛：“没有。”

钟情：“如果你愿意做我的朋友，我想等我愿意说的时候我会说，否则我一辈子也不告诉你。”

于湛：“好。”

于湛只是象征性地答应，他为什么不答应呢？历冥经常和这个女人混在一起，他见不到他的时候可以通过她见到。他真是一个聪明的人，当时他这么想。

# 16

这个世界巧合很多，巧合之后又一个巧合，太多的巧合令巧合看起来不像巧合。于湛的铃铛掉了，他妈妈死前给他的，然后历冥出现了。他再想与历冥单独相处也不可能利用妈妈作为巧合。可历冥就是出现了，他要帮助我一起找铃铛，当时于湛在难过中获得了兴奋。他相信这就是巧合。可这真的不是巧合，其实历冥也常常躲起来欣赏他，这世上哪有那么多巧合？只有预谋。爱也是一种预谋。

我们渴望获得对方的爱，把自己打扮得像一只发情的火鸡，有的人想方设法，无所不用其极，有的人忽远忽近，若即若离，这都是预谋。

他们在仓库一言不发地搜索直到于湛听到历冥踩到了什么发出了声响。

于湛：“是铃铛吗？”

历冥：“不是。”

历冥说了谎。其实，当时历冥藏在了口袋里，他不知道他为什么要藏起来，像一个小孩子。后来，历冥又把这个铃铛藏了起来，藏在了地里、藏在了脑里、藏在了心里，后来他还把铃铛系在了一个叫盛葵的家伙身上。

于湛没有发现，当时他的注意力都在历冥的脸上，其实仓库很黑，什么都看不见，他却想方设法窥视他，他让他觉得很快乐，哪怕什么都不做就看着他都很快乐。他真的病入膏肓了。

仓库门被风吹关，钥匙还在门外。他们今晚都出不去了，但他们谁都没有在意。

历冥："为什么那么在乎铃铛？"

于湛："那是妈妈留给我的。她已经死了，死得很惨。她说铃铛响就是她在想我。"

于湛："我告诉过自己，如果我爱上一个人，我要他死得比我早。"

历冥："为什么？"

于湛："那样他将永远不知道我死时的模样，他不会难过。"

历冥："真是个好主意。"

他们安静地坐着，他们没有再找铃铛。

于湛："看来我们今晚，需要留在这里。"

历冥："嗯。"

于湛："那……睡吧。"

历冥："嗯。"

于湛："晚安。"

历冥："嗯。"

他们以为他们能一直这样睡下去，睡得见不到明天的太阳。在后半夜历冥的瞳孔开始散大，心律不齐，他大口地吐气却不吸气。这引起了于湛的注意，他开始惊慌失措。

"怎么了？！你怎么了？你说话啊！不不，你……"

于湛也说不了话，他抱着自己的头痛哭，这到底怎么了？他能做些什么？曾经历冥救过他，现在轮到他救他！他居然无能为力！

"来人啊！这里有人！有人生病了！救救他！有没有人！"

他又站起来砸铁门，铁门像一扇通往拯救的渠道。他们被关在地狱，得不到拯救。

"别喊了。"历冥白着嘴唇，苍白是他的注解，"今晚死在这儿我觉得也没什么可惜的了。"

于湛冲过去抱住历冥，他轻缓地拍着历冥的后背，他让他在自己的怀中，温柔又凄凉。

于湛："你从不告诉任何人关于你自己，答应我撑过今晚然后告诉我好吗？你可以只告诉我你的身体怎么了，你知道我不是好奇的目的，是我想照顾你。我想你好好活着，我爸妈都死了，你不能死。"

历冥："嗯。"

于湛："你不要闭眼，不要睡，我乘人之危地问你，如果你明天还活着，这说明是我救了你。你救我一次，我救你一次，我们扯平了，我们做朋友好不好？"

历冥："嗯。"

很多人说的话，很多人写的文章，很多人拍的电影。

他们总把爱中的人写死，以前他会想，是因为这些人无法继续编下去了，爱该是永恒。后来他知道，死亡让爱走了却留下了念想，没有人爱柴米油盐，大家都爱生离死别。

# 17

历冥得救了。醒来时于湛握着历冥的手在床沿沉睡，迷路的人闭上眼睛。

王朔有这样一句话，我们东方人从来都是把肉体和灵魂看成反比关系，肉体越堕落灵魂越有得救的可能。

这句话真是太对了。

当历冥昨晚差点死过去的时候他觉得他发现了真正的自我。而就在现在他安然无恙了，他又开始摒弃自我。他觉得他要死的时候其实反而活着，活着却像死了。怎么会这样？是不是人类都这样？

历冥看着于湛什么也不做。他就看着，不哭、不笑、不吵、不闹。

“看”是一个动词，也是静态。他突然发觉于湛为什么总看自己，就像现在他看他时，这里面有乐趣。看的时候时间都断了，当你察觉它它已经“嗖”地过去。

于湛蒙蒙眬眬地醒来，历冥发觉到了，于湛眼角的泪还没有干，他湿漉漉的眼睛眼泪还很充分，他的眼泪让人想舔一舔，因为像一片忧郁的水。

当他们对视，于湛再次痛哭，他责怪历冥为什么不告诉他他有心脏病，他的心有病，他的胃也有病，他的秘密是这么简单与粗暴。历冥对此只是给予沉默。

于湛："我要把我的心，我的胃给你。没有你我早死了，我要为了你死。"

于湛像极了一个要去英勇就义的男孩。

历冥："你动为我死的念头，我立刻死在你面前。"

历冥像极了一个发号施令的严厉军官。

然后他的语气又软了下来，他叹了口气。

历冥："痛挺好的，痛的时候想不了其他事。"

于湛："你答应我！我们做朋友！可你都快要死了！你快死了！"

历冥："冥王星代表人事物的死亡与毁灭，代表隐藏及消失。也代表再生。我没那么容易死。我是历冥。"

黎明，历冥。于湛真想夸他一句改名的技巧高到无人能及，但他无法说出任何夸奖的话语，他撕心裂肺，他再次感受到妈妈死时的绝望！他歇斯底里："你想一直这样下去？抽烟喝酒泡吧吃些垃圾食品，再整晚整晚地不睡，做遍所有对身体不好的事情。你是不是打算这样下去？！"

历冥："我打算就这样去死。"

于湛："我不准！"

于湛："你这个骗子，你答应我不死！你是个骗子。骗子！"

历冥："我是说，我没那么容易死。"

于湛："你无药可救。"

历冥："你是医我的药。"

于湛："你这个骗子！"

你休想死得这么容易。

于湛看着历冥心里想。休想让他再次难过。

# 18

历冥送了他一个木铃铛，木铃铛不会响。

他说，爱人都放心里。

嗯，他知道啊，爱人都放心里。

# 19

在接下来很长一段时间，于湛改掉了历冥很多恶习。那时历冥已经很久没抽烟了。但是突然间他禁不住又拆开了一包烟，当他抽完一根烟，烟头扔在了地上，他说：“关你屁事？”

于湛看着历冥离场的背影，又低头看着没有灭掉的烟头，感觉要燃起一场大火。

# 20

忘记他

等于忘记了一切

等于将方和向抛掉

遗失了自己

忘记他

等于忘记了欢喜

等于将心灵也锁住

同苦痛在一起

从来只有他

可以令我欣赏自己

更能让我去用爱

将一切平凡事

变得美丽

忘记他

怎么忘记得起

铭心刻骨来永久记住

从此永无尽期
忘记他
等于忘记了欢喜
等于将心灵也锁住
同苦痛在一起
从来只有他
可以令我欣赏自己
更能让我去用爱
将一切平凡事
变得美丽
忘记他
怎么忘记得起
铭心刻骨来永久记住
从此永无尽期

他们都知道他们欣赏彼此，然后他们又在欣赏中忘记彼此，其实人为什么烦恼？因为大家记性都太好了！如果你能说忘就忘，我也能记不起昨天、前天更早以前的事情，我们擦肩可以而过，我们相遇可以不识，那人生就会美很多。

“可是没有故事的人生，再美也不动人，活着也像死了一样，真的好吗？”

于湛小时候很喜欢一个人躲在柜子里。当爸爸妈妈找到他时，他会问你们怎么找到我的呀？爸爸妈妈说，因为你是我们的宝贝呀！你在哪儿我们都会找到。

长大后他再也不躲，因为他知道没有人会找，他害怕躲着躲着他这个人就真的消失了，他会被全世界遗忘，他会被全世界杀害然后死在柜子里。所以全世界都不爱他，他不能再不爱他自己。

历冥小时候其实很爱哭的，他还很爱吃冰激凌。他是一个贪吃的孩子，每次哭着哭着递给他一根冰激凌他就会笑。历冥小时候的头发有点发黄，看起来像混血，他一笑，像一个小天使。可不知道从什么时候开始，他再也不会因为一根冰激凌就笑，他会把别人递给他的冰激凌扔进垃圾桶，因为冰激凌不能适应他的身体，他不想说是他的身体不能适应冰激凌，给他吃冰激凌的都是害他的，都想要他的命。他开始无论什么时候什么事情都不哭，他能害人，别人不能害他。

他们都开始变了。以后他们还会变的。在变的过程中，他们忘记彼此也是迟早的事情。难道你死了或者我死了还能记得吗？忘记他，等于忘记了一切。

于湛："好看吗？"

历冥："你穿白色都很好看。"

历冥看着于湛穿着白色的衬衫在他面前晃来晃去，这是他给他买的第二十六件白衬衫。其实这没什么，只是历冥每给于湛买一件，在结账时于湛都会告诉历冥这是你给我买的第几件，数字并不能代表什么，他也不想表达什么。但数字这种东西有时候很直观，时间也是数字，钞票也是数字，年龄也是数字，数字代表了一个段落，人生的段落。

在于湛获得第一件历冥给的衬衫时，他还是一只丑小鸭，现在是第二十六件，他变成了一只白天鹅。他们还常常在买衣服时进行一些谈话。

历冥：“你喜欢什么颜色？”

于湛：“白色。”

历冥：“保罗奥斯特说，对于这个世界而言，你太好了，正因如此，世界最终会碾碎你。白色也一样。”

于湛：“对于这个世界而言，我太烂了，正因如此，我需要白色。”

历冥用手捏住他的下巴，把他的脸扭向镜子方向。

历冥：“你看看你，你再也别戴眼镜，你现在很好看，你还有钢琴和才华，谁敢欺负你，你就杀了他。”

于湛：“那如果是你欺负我呢？”

历冥：“你当然可以杀了我，可是，你舍不得。”

于湛拍掉历冥的手笑了笑：“你怎么知道我一定舍不得？你太自信了。”

历冥看着于湛，他变了，从灰姑娘直接变成了个蛇蝎美人。于湛看着镜子，摸起自己的脸，下巴、鼻梁、眼睛，甚至额头，都是刀削的完美，他这个精致的假人儿。他又看着镜子里的历冥，现在和他站在一起一点也不突兀。他为这张脸下了不少功夫非常值。他又露齿笑了。

历冥想，人的变化是可以如此之大、之快。历冥还给于湛买钢琴、买鞋子，钢琴和鞋子都很漂亮，他也很美，越来越美。

历冥："女孩一定要穿好鞋，那样的话鞋子就能把你带到美丽的地方。"

于湛："可我是个男孩。"

历冥："有什么关系？"

历冥见于湛皱着眉就把白球鞋扔进了垃圾桶："你不喜欢就扔了它们。"

于湛："我很喜欢，喜欢得不得了。"

于湛立刻把鞋子从垃圾桶里捡出来，还用手擦了擦边缘，生怕沾上一点灰尘就弄脏了，他把鞋子护在怀里，小心翼翼。

# 21

于湛穿着白衬衫、白球鞋坐在钢琴前的模样，让无数人心动让无数人心碎。他的脸上开始带着笑意，皮笑肉不笑的那种，他的美丽很悲痛，悲痛里有很强的毁灭性。他曾把女生给他的情书当面撕掉，然后往天空一扔，情书碎成一片一片，稀里哗啦地像下雨，女生哭得梨花带雨，他却笑得根本停不下来，笑到肚子痛了，他蹲在地上都停不下来。

“我做错了吗？你们曾经不也是这么对我？一次次伤害我。你们爱上我，是你们自己活该，是报应。”他说，“人在做天在看，是报应，这是一个谁漂亮谁就有伤害人权利的世界！”

# 22

历冥、于湛、钟情经常玩在一起，因为他们漂亮。他们都觉得彼此是彼此的朋友，大概吧，反正这世上也没有什么东西永远不会变。

于湛自从变漂亮后变得非常爱向日葵，他也不知道他为什么那么喜欢向日葵。他经常把黎明家里插满向日葵，在留声机放《卡农》。他躺在历冥家的沙发里，他觉得这样很快乐。但如果日后他知道会出现一个叫盛葵的小女孩，他一定会把向日葵连根拔起，扔得越远越好，她根本配不上他的好朋友历冥！

钟情也不知道从什么时候开始决定学医。那是在她和于湛的一次对话以后。她问于湛你填的什么志愿，我要和你考同一所大学。这个问题于湛想了好久，大概有半个小时那么久，天知道他之前还想了多久。

于湛：“这个问题我真的想过很久，想了很多次。然后我还是决定和他上一所大学。”

钟情：“为什么？这个决定我想很正常，我也想和你上一所大学。为什么要想很多次？”

于湛："我动过学医的念头，我不知道他有没有告诉过你他的身体不太好，如果我成为一个医生，我想我可以救他。"

钟情："我知道。那你怎么……"

于湛："但这个世界优秀的医生那么多，当我成为特别优秀的医生时我不知道他还会不会在，我想我应该多陪陪现在的他，以后的事，谁知道呢？"

钟情："那我知道了。"

于湛："你知道什么？"

钟情："我要学医。"

于湛："啊？"

钟情："因为你的现在不属于我，但以后的事谁知道呢？我想治你的心啊。"

后来钟情开始捧着医学书，出现在每一个地方，她甚至在历冥的书房里放满了医学书，她知道于湛出现在这里的概率最高，那时候于湛和历冥常常能在书房待上整日整夜。钟情幻想过他们是如何亲密。

自从喜欢上于湛她觉得自己变成了一个神经病，听说学心理学的人本身心理都有问题，是的，如果心理学真的有用，她也想治好自己的神经病。这么多年来，她没有治好自己也没有治好爱的人，他们都病入膏肓，越来越严重。

# 23

后来，他们都要毕业了。历冥和于湛轰轰烈烈地去一所大学。

钟情做了她的选择，她本来可以缠着于湛，至死方休。现在呢？她开始有点后悔，自己是不是太傻了？万一她不趁着现在多看看于湛，将来的他还是不属于自己，自己又丧失了现在看他的机会，那她岂不是失去得十分彻底？

如果人生可以有多次选择的机会就好了。她对很多东西都需要新鲜感，比如她希望，如果可以选择，她每次都想从不同的城市开始游戏，拥有一张不同的脸和不同的性格。第一次，她是一个清纯的女高中生。第二次，她是一个风情万种的荡妇。第三次，她是一个安分守己的良家妇女……

以此类推，但有一样东西不能变，每次她都要喜欢同一个人，她希望她可以找出一个地点最让于湛心动和一个类型最符合于湛的审美。她好想一直缠着于湛，好想好想，死都和他埋在一个墓地。

# 24

在毕业这天，钟情灌了自己十几瓶啤酒和半瓶白酒。喝醉也是一种境界，她可以肆意妄为一把，没人能怪她。于是钟情在喝醉后死死掐住了历冥的喉咙，她吼叫道：想甩开！你下辈子吧！

她喘得上气不接下气，那晚差点要了历冥的命也差点要了她的命。她怎么那么不开心，大家都不开心。

# 25

说起前些年，钟情一直表现得很开心，她从小招人喜欢，她也懂得如何招人喜欢。但她心里一直挺忧郁的，她既有哮喘又贫血。医生说她的情绪不能起伏，她的身体不能剧烈运动。她非常直接地问，那我的心和脑子能爱吗？她为此忧郁了很久，她看着为她漂亮脸蛋着迷的男人们，她假装很开心的模样问他们。

“你们喜欢我什么呀？”

他们都不诚实，他们都说爱你并非完全因为你漂亮的脸蛋迷恋你，而是因为你忧郁的眼神，忧郁的气质，真想用一生让你快乐。钟情心想，他们一定不知道他们爱上了一个爱无能的女人。而那些说我就是因为你漂亮爱你的，钟情又觉得如此肤浅。太过挑剔的她注定在爱里受折磨。

# 26

钟情被送去医院抢救，第二天从医院醒来时，她看着天花板平静地说了一段瘆人的话：我觉得当时死了也挺好的。这样我就可以变成厉鬼缠着他，用吓人的模样胁迫他和我在一起。如果人鬼殊途他看不到我我就一直陪着他，我可以躺在他的床上和他一起睡觉，可以陪他吃饭，可以听他弹琴。他常常难过，其实他不是一个人。

那天以后她就变了模样，都说钟情被鬼附身啦，她被鬼附身啦，其实她没有。她只是爱上了一个男人。爱人有错吗？她爱他，她想每晚她都闭着眼睛幻想然后沉沉地进入梦乡。

# 27

今天我失恋了，我每天都在失恋。他为什么又看别的女人？我问他他为什么要看别的女人？他说关你屁事，他又抽烟。我真想杀死他，我现在还不够漂亮？他为什么还要看别人，他怎么想的？我已经不指望我们能够成为亲人，但难道不能只做我的朋友吗？我一个人的！

于湛在纸上写得很愤然，他的字很美，词汇很简单，内容很粗暴。他握着笔的手把纸头捏碎，又松开，他随手把纸头扔进垃圾桶。女孩都在看他。

不知道从什么时候开始，当他摘掉眼镜，大家都说他漂亮，他有乌黑发亮的眼睛，但他的眼神死气沉沉，他像漫画中的忧郁少年。他不高但他很白又消瘦，穿白色很漂亮，穿历冥给他的白色格外漂亮。

他要谢谢历冥，他成了一个戴花的少年。他的意思是这没什么不好，现在可比他高中的时光风光多了，出现了一群想征服他的人，某种意义上他成了自己想成为的那类人。

他想起毕业那晚，他们唱了一首旧得不行的歌，周华健的《朋友》。

一句话，一辈子，一生情，一杯酒。

当晚他们喝了不止一杯酒，说了也不止一句话。其实他们完全没必要难过，他们还是上一所大学，何况于湛考了第一名，历冥考了第二名，他们十分优秀。但不知道怎么就是难过得想死，情绪这种东西真的很难说，说来就来，说来的时候控制也控制不了，然后他们由于情绪开始在角落里进行莫名其妙的对话。

于湛：“你说，我们是朋友吗？”

历冥：“你说呢？”

于湛：“不，我要听你说。”

历冥：“你想继续这样下去吗？”

于湛：“你想吗？”

历冥：“我想？我想就这么去死。”

历冥的答非所问让于湛一顿沉默。

历冥突然把于湛的手掌覆盖在自己的胸口。

历冥：“你听，我的心跳，我因为这个要死了。”

于湛：“我不懂你的意思。”

历冥：“You are a bitch.”

于湛：“I don't know what you're saying.”

历冥："We are so confused."

于湛："Yes，we're done."

他们默契地一唱一和，又默契地住嘴。历冥在住嘴的期间无缘无故地想发火，但这世上从来没有无缘无故的火气。他把酒瓶砸在地上，酒瓶变成了玻璃碎片，碎片在闪闪发光，历冥积压的火在酒精里燃烧。

历冥："你他妈是不是装傻装上瘾了？我讨厌现在的你，我要和你分道扬镳。你这个漂亮的傻瓜！"

历冥说要分道扬镳却把于湛拉得离自己非常近，这超乎一个要分道扬镳的人的安全距离。短短的时间里，他们对视的时间里。于湛哭了，哭得梨花带雨。他心想，他怎么成了一个漂亮的傻瓜？他不是一直想成为这样的人吗？他的头好痛，好像进了很多水，那让眼睛流出来就会好的，然后他会变回聪明的模样。

其实这世上的傻瓜成千上万，傻一点没什么，漂亮就好了，真的，漂亮比聪明可有用得多。

钟情突然冲过来掐住了历冥的喉咙，她吼叫道："想甩开我！你下辈子吧！"

钟情也是个漂亮的傻瓜。她曾对于湛和历冥都说过这样一句话："我们渴望救赎我们爱的人，我们都在用我们的方式爱我们爱的人，我们感动了自己，我们什么也没救，让一切旧了，让一切在更快速地消失。"

当时的后来，他们三个人都沉默了。

"你松开他！"

于湛冲钟情吼道，他的脸上还带着泪水，泪水还没有干。

“你在做什么！他身体不好！他会坏掉！”

于湛推开钟情，把钟情摔在地上，他捧着历冥的脸哭得更厉害了。

“我身体也不好……你什么时候关心过我……我为你做了那么多……我也爱你啊！”

钟情感觉到自己喘不过气，她讲不了话了，她也只能哭，她忧郁的眼睛浸满泪水，泪水像海水一样咸，她的爱像海水一样深。

她看到于湛终于紧张起她来，这是她第一次看见于湛用那样的眼光注视她，当她被推上救护车她还在看于湛的眼睛，于湛的眼睛像海一样深，她的泪像是于湛名字上剥落，钟情于“湛”。

他们在救护车上循着鸣笛开始对话。

钟情：“这辈子我还能看到你用这样的眼神看我吗？”

于湛：“别傻了。”

钟情：“如果我今天死去，答应我一件事。”

于湛：“别说话了。”

钟情：“你可以不爱我，甚至越来越好，尽管我绝不希望你好。但别丢下我，你们不能丢下我，去哪儿都带着我，好不好？”

钟情用渴望的眼神注视于湛，于湛又去注视历冥，历冥什么也不看，闭着眼睛抽着烟。

烟往历冥的肺里走，往于湛的心里去。

于湛：“好。”

花了两分钟的时间，于湛面无表情地看着钟情说出口。

钟情：“你们，我们，都是一辈子的好朋友。你们死也不能抛下我的。”

花了一秒钟的时间，钟情加重语气，她太妄想挤进一份狭隘的爱。

于湛：“嗯。”

钟情：“我很自私，是吗？”

于湛：“是啊。”

钟情：“你会怪我吗？”

于湛心想，钟情不能死，只有变本加厉地欺负钟情他才能快活些。于湛看着钟情哭了，钟情看得心疼，也哭。当晚除了历冥，他们一直在哭啊哭的，跟林黛玉似的。

“一辈子的好朋友。”

历冥的烟灰弹得救护车里到处都是，他把烟头踩在脚下蹂躏了一番。

“真是一个可以纠缠彼此一辈子的好主意。”

历冥说着说着也哭了，声泪俱下。原来哭这种事情是会传染的。那晚在他的心上要了他的命。

当她被送去医院抢救，第二天从医院醒来时，她看着天花板平静地说了那段瘆人的话。

“我觉得当时死了也挺好的。这样我就可以变成厉鬼缠着他，用吓人的模样胁迫他和我在一起。如果人鬼殊途他看不到我我就一直陪着他，我可以躺在他的床上和他一起睡觉，可以陪他吃饭，可以听他弹琴。他常常难过，其实他不是一个人。”

一觉醒来，她的身边既没有历冥，更没有于湛。她被丢了。

# 28

现在是早晨六点了，再过一个小时，学生要起床去上学了，爸爸要去上班了，妈妈会准备早餐。于湛知道每天早晨六点的模样，也知道每个清晨七点。他还是个学生，他已经没有爸爸妈妈。

于湛："冥，认识你后，我看了无数个这样凌晨的白昼。"

历冥："所以你经常赖在我家拖着我一起失眠？"

于湛："不，我想在我失眠的时候看着你睡得很沉，我希望你健康。"

历冥："我小时候住的病房在医院的最高层，整个楼层几乎都没有人。走廊、病房、灯光全部很暗。很压抑，和溺水一样痛苦。我好像被扔到了深不见底的水中。水淹没了头，我就被死神掐着脖子。不过因为在最高层又离太阳很近，我经常不敢闭眼，小孩其实很愚蠢很脆弱的，我当时以为闭眼就会看不见明天的太阳，每天我都等着白昼，天一亮我就活过来了。"

于湛和历冥躺在床上，历冥看着窗外，于湛看着历冥。多好啊，又是新的一天。什么都没变，太阳没变、我没变、你没变。

于湛：“我们睡吧，晚安。”

历冥：“嗯。”

他们闭上眼睛，他们是两个在凌晨说晚安的傻瓜。

# 29

于湛常爱在醒来后套上历冥的白衬衫，他会望一眼永远醒得比他晚的历冥，他在风光下睡得很好，他的脸真英俊透亮。于湛光着脚，在空荡荡的房子里晃来又晃去，当历冥醒来后又在每个角落寻找于湛。

历冥："找到你了。"

于湛："又被你找到了，你醒了。"

历冥："嗯。"

这是他们重复过无数次的对话。

今天于湛有点不同寻常，他好像比平时更忧伤。他坐在地上，望着墙，不肯走，其实他在看着那把挂在墙上的破吉他。

于湛："你看，你根本无法原谅我。"

历冥："我向来无法怪你。"

于湛："你看啊，我摔坏的吉他，你放得那么高，太高了。你一定时刻在警惕自己别原谅我。"

历冥："不是。"

于湛："那为什么？"

历冥："我不想说。"

于湛："它和你一样，我都碰不到了，真的和你一样。你为此还在耿耿于怀吗？我好手足无措。"

历冥："你变了。"

于湛："谁不会变呢，你看过《重庆森林》吗？罐头也会变，也会过期，我们都一样。"

历冥："以前你从来不会说出来，你是一个沉闷的人，现在你变得如此善于诉说你的情感，你俗了。"

于湛大笑，笑得在地上打滚。接着他戛然而止，吸了口气。

于湛："你凭什么这么说？我现在也在沉着自己的感情，可我的感情一天比一天浓烈，怎么办？我克制的程度还是一样的，我的克制力没有跟着进步。我的感情太多太多了，它要溢出来了。它就像一碗水，你倒半杯，它游刃有余，当你倒满，它还能装，但快装不下了，然后你还在继续往里面倒水。你又不是我，你凭什么这么说？"

他的眼里滑落出一滴泪，柔弱、无助、敏感。

于湛："历冥，你不是我，你对我比我对自己好，比我爸妈对我好，你对我太好了、太好了。我的好朋友。"

他还在落泪，他哭湿了衬衫，楚楚动人。于湛和历冥的耳边常常会有《卡农》的旋律，这是一种独特的幻听，有时候他们还会有这样的幻觉，他们交流过，他们听《卡农》的时候感觉自己会到另外一个世界，那个世界怎么形容呢？和这个世界差不多，但那个世界只有男孩，大家都一样，没什么不一样。那个世界谁也不来打扰他们二人。历冥开了瓶酒，液体顺着他的喉结往脑子里流。

历冥："你回家吧。"

历冥拍拍于湛的肩膀，他的声音带着点情绪，情绪一定是顺着酒精从他的脑子里跑出来了。

于湛："我有家吗？"

于湛用悲伤又温柔的眼神盯着历冥。

历冥："我给你买的房子呢？"

于湛："房子不是家。我多么希望你是我的亲人，这里是我的家。"

历冥："你好久没弹琴了。"

于湛："是啊，你也一样，你的吉他，都是灰。"

历冥："我们这样好吗？"

于湛："我们这样不好吗？"

历冥："我们这样对？"

于湛："我们到底有什么错？！"

他们觉得他们的耳边又响起《卡农》的旋律，但其实是于湛的手机在振动。湛，阿湛，我好像要死了，死前我还想见见你。

奇怪，你说我在和你打电话，但眼前怎么会出现你，你还在冲我笑呢。

如果不是死亡只有一次，我真想多死几次，这样可以多看看你。

于湛："你在哪儿？钟情？你在哪儿？！"

我也不知道我在哪儿，今天我突然很想跑步，于是我就那么任性地做了，在跑的途中我遇到了一只猫，我和它对视了好一会儿，它一定没有家人，它的眼神那么可怜，我忍不住伸手去摸它，然后它挠了我很大的一个口子，它好凶啊，可它看起来那么温柔，它好像你。

于湛："附近有什么明显标记，告诉我，我来找你。"

这里啊，三面都是墙，地上很脏很脏，没有人，适合躲起来。我和你说啊，刚刚我拐进来前在顺路的药店买了个创可贴，那个给我创可贴的小姐很凶，我听到她嘀咕说我受伤了还这么漂亮，真该死。那我这么漂亮，你为什么不喜欢我？

于湛好像知道那个地方，他去过，历冥去过，将来盛葵也去过。湛，我叫钟情，你叫于湛，钟情于湛，钟情于湛。我的一生好像都为你而生。

于湛："……等我。"

你别挂电话，我好像喘不过气了，我现在讲话很费劲，如果下一秒我死了，我希望听着你的呼吸声。

于湛："好，好。"

于湛从地上站起来，他在历冥面前脱掉白衬衫，他穿的衣服是白色的，干净的，还是历冥给他买的。他没有穿裤子，所以他直接套上卡其色的裤子，卡其色很显白，把腿衬得又细又长。

历冥："我们的世界装不下三个人。"

这些年他们就那么互相依存，却互不干涉。

于湛："你终于意识到了，那你现在是否懂得对于你的放荡不羁我所承受的难熬了。"

在于湛握着没有挂断的手机摔门离开后，历冥把酒瓶砸在了他的背影上。

历冥："可我的世界本来一个人都不该装下！"

历冥把酒瓶砸在了他的身后。

"砰"的一声，于湛和钟情都以为这个世界爆炸了。

# 30

在病入膏肓的时候他救了我，我感觉到他抱着我在城市奔跑，我听着他的呼吸声，他那么瘦怎么抱得动我？我觉得我不应该再这么任性，我不能死，我要健康，下次让我抱他，抱不动我可以背他。我不能死，死了他会越来越好，我在坟墓里停滞不前，他会彻底丢下我！钟情在神志不清的期间躲在于湛怀中想。

钟情在医院醒来后，看着于湛正死死盯着她。

于湛："真是一报还一报。"

钟情听不懂，她只注意到于湛的手有一道伤，那一定是抱她的时候划的。她伸出手想去触摸于湛的伤口，于湛往后退了一步，他越退越后，他退到无路可退，他顺着墙往下滑，他蹲在地上抱住自己，他看起来在崩溃、在瓦解。

于湛："他救了我，我救了你。"

一见你我就活了过来，你是我的药啊。

钟情戴着氧气罩，她又开始呼吸困难。

这辈子他们都要这样吗？

# 31

于湛："我饿了，我们去超市买点吃的然后一起回家好吗？"

历冥："嗯。"

他们的通话十分简洁。

于湛打电话把历冥叫到了超市，历冥来了，他没有剃胡须，他穿了件白衬衫，衬衫最上面的三粒纽扣没有扣，黑裤子松松垮垮的，手里夹了一根烟，邋遢得真性感。

于湛："你来啦。"

于湛挤出一个笑容，朝历冥挥挥手。

历冥："嗯。"

历冥看着于湛的手，于湛把手藏起来，藏在身后，历冥把烟叼在嘴里，拉出于湛的手，他想那一定是被他的酒瓶砸出的伤口。

于湛索性反握住历冥的这双手，像个没事人一样拉着历冥开始说一些奇奇怪怪的话，比如今天的云很白，他穿的是白的，他穿的也是白的。他今天很想多说说话，他有一些不妙的预感，不妙的预感越来越强，他开始语无伦次。

于湛："很早前我以为鲜花和牛粪、黑暗和光明、丑和美，这些都是不能共存的。"

他握历冥的手越握越紧。

于湛："你看，我们手的质感都不一样，贫穷与富贵。"

于湛停在超市的试吃架子面前，他松开历冥的手，用牙签戳了一块肉放到嘴里。

于湛："以前我经常来吃这些，你一定没有吃过吧？它们都是免费的，不要钱的。尝尝，感受一下我的世界，感觉一下我们的差距。"

他用自己舔过的牙签又戳了一块伸到历冥的面前，历冥的眼睛盯着于湛的眼睛。他们的眼睛是他们的倒影，历冥在眼睛失焦的瞬间拉过于湛的手腕，侧过头叼走了肉，他没有松手，他把于湛拉向了怀中，他拥抱了于湛。他们做了这么久的好朋友，这是第一个拥抱，男孩和男孩拥抱挺奇怪的是吧？嗯，他们也觉得，可女生和女生拥抱就挺寻常，这奇怪的世界。可他们就是朋友啊。

历冥："青春结束了，你就忘了我吧。"

我的好朋友，你别离开我。于湛一定是哑了，不然他怎么说不出话。于湛看着历冥的背影，看着历冥和他失之交臂。你是最深不可测的海洋，是最地冻天寒的冰山，是最辗转反侧的夜晚。你是我皮肤的细纹，是我梦境的亲吻，是我思想的尽头。你是神，是信仰。

于湛看着历冥的背影，他的语文挺好的，所以容易冒出很多形容词，也经常冒出一些诗词歌赋，比如现在他脑子里一直重复这句：“吾终身与汝，交一臂而失之，可不哀与。”

二十岁了，他们的青春结束了，那种戛然而止的感觉非常不妙，而更不妙的是以前那些痛的疼的我们只能叫它青春，更痛的更疼的才刚刚开始，我们叫它成长。于湛想，他还是回去找钟情吧，钟情是那种打死她也不会离开他的人。

钟情：“我幻想过很多次，你能主动找我一次，其实我有很多想和你说说的，但你在面前，我只想抱抱你，你要不要抱抱我？”

钟情对于湛展开双臂，于湛走过去，他始终没有抱钟情，他吻了钟情，钟情口腔的味道和嘴唇的肌肤少了一点烟草和粗糙。

在松口的那刻于湛说：“青春结束了，你就忘了我吧。”

钟情：“可我要继续保护你啊。”

钟情的眼睛有片海，于湛是汇集的水。

于湛：“我不需要。”

钟情：“可我需要你！你说了不丢下我！骗子！”

于湛：“你知道吗，这世上只有改变，永远不变。我也希望这世上什么都不变，可一转眼就什么都变了。”

钟情：“你怎么能这样想？我想救你，我真的想救你。”

于湛：“你先救救你自己吧。”

他们现在的感觉是一样的，痛得想死。他们对这样的感觉一点不陌生，其实他们还只有二十岁，二十岁还是很年轻的，应该多一点快乐，总有人这样说。然后说他们无病呻吟，你们无病呻吟。但痛楚是一种很自然的东西，你说快乐就快乐？痛是生活的颜色。

# 32

于湛跟钟情回了家，他瘫在沙发用打火机点了一根烟，吸了一口又去吻钟情，他夹着烟捧着钟情的脸吻得很激烈，然后钟情湿了，钟情喘着气要去脱于湛的白衣服，于湛拒绝了，他感到晕眩，他忍不住又抽了一口烟却止不住地咳嗽，他不会抽烟，咳着咳着眼泪就流了出来，眼泪滴在裤子中央变得湿答答，里面还是软塌塌的，他看着自己的裤子，他说："我没用了，我不能。"

"我比你更糟。"钟情抚慰于湛，她也忍不住开口问："你们是爱情吗？"

"不是！那种肤浅的词语别套到我们身上！那是侮辱……侮辱……他一定不爱听……"于湛哭得全身都湿了。

"能哭就还是好的。"钟情抱住于湛，于湛躺在钟情的胸上，柔软柔软，是情欲的发泄，于湛只把它们当哭诉时的枕头。

于湛："我的青春只有他是美的，他要我忘了他，我怎么忘记我的朋友、我的亲人、我的家？这些年来……"

于湛："我忘不了，我真的忘不了……我甚至有时候觉得我们流淌着共同的血液，是失散多年的亲人，我怎么忘记我的亲人……”

钟情把于湛搂在怀中听他说忘不了，她捋捋他的头发，像一片浓密的森林，她在里面横冲直撞。她又看看他的眼泪，像一片海洋，她终将溺水身亡。

于湛突然抓住钟情的手，颤抖地说话，越说越大声。

“你说他会不会真的是我同父异母的兄弟？我知道。我知道这很荒唐……但我真的希望如此……你知道吗？”

“不！我不能忘记他！不想结束！我不想不想不想！你帮我，你要帮我！”

“好，我帮你，宝宝。”

钟情觉得自己像个母亲。

可她的感情到底什么时候开始变质了。

# 33

很多东西都很不公平。

他们毕业了。

他们是真的长大了。

于湛是堂堂正正考上大学拿到毕业证书。

历冥是花了钱拿到的。

毕业典礼上，他们四目相望。

其实也是公平的。

于湛一分钱也没有花。

钱不也是赚来的吗？

历冥是个很奇怪的人，他说要于湛忘了他，然后他再也不出现在学校，他们上一个大学却摸不到触不着，然而历冥还是不停地给于湛寄东西，寄白色的衣服、寄曲谱、寄钱，什么都寄，偶尔甚至只是木屑、石灰，于湛会摸一摸闻一闻，他会想今天历冥又在雕刻什么呢？会不会有一个是他？

于湛好想见见历冥，他开始给历冥写谱子、写歌词、写信。

“Pleasure for the beautiful body,but pain for the

beautiful soul.”

写得最多的还是这句话，他对历冥的思念慢慢被转移成了对人生的感慨万千，一个人总容易想得太多又复杂。他探索美妙皮囊下隐藏的东西，他揣测生命的起始终结。他强烈地质疑和控诉，当他被失眠纠缠了数日后，他在卫生间打开水龙头清洗自己的无力，他抬眼望着镜子里的自己。眉是远山之黛，唇似三月桃花。多精妙的一张脸，却有气无力的。

于湛会把谱子、歌词、信，把他一个人生活的点点滴滴统统寄给历冥，却唯独没有去找历冥。他缺乏一个光明正大出现在历冥面前的契机，他只能识趣地说：“我不出现在他不要我的时候。”

一个人有时候也挺好的，哲学问题总在一个人的时候才能进行。

那会儿，一个人的时候他开始散步，散着散着总会走到巷子口，有天晚上对面来了一个卖唱的，卖唱的小伙年纪轻轻，穿着阿迪达斯的T恤和破洞牛仔裤，他弹着吉他唱五月天的歌，声音青涩。

走在风中今天阳光突然好温柔
天的温柔地的温柔像你抱着我
然后发现你的改变孤单的今后
如果冷该怎么度过

天边风光身边的我都不在你眼中
你的眼中藏着什么我从来都不懂
没有关系你的世界就让你拥有
不打扰是我的温柔

不知道不明了不想要为什么我的心
明明是想靠近却孤单的黎明
不知道不明了不想要为什么我的心
那爱情的绮丽总是在孤单里再把我的最好的爱给你

不知不觉不情不愿又到巷子口
我没有哭也没有笑因为这是梦
没有预兆没有理由你真的有说过

如果有就让你自由这是我的温柔

听完，于湛掏了一张一百块放在卖唱的小伙面前。

“歌很好听，谢谢你。”他说。

# 34

终于有一天，历冥在信的反面问他最近还好吗。那天于湛高兴得像个小孩一样，一下子写了好多话。

“我好，我很好。你好吗？我希望你一定要比我好。我希望你在我睁眼看不见的地方好好的，好好吃饭，好好睡觉，早起早睡，你要健康。不管你在哪里，我闭眼还能看到你。如果有可能我能去看你吗？或者你来找我，随时随地的。”

于湛满心欢喜地把这封信寄出去，历冥没有回。于湛想，原来一个人的消失就是这么简单，简单得像一阵风，说来就来，说走就走。

# 35

历冥像一阵风，说来就又来了。他突然又出现在毕业典礼上，他再也不穿白色的衣服，黑色的衬衫、黑色的西裤、黑色的皮鞋，还有他黑色的发丝和眼睛，他和旁边人谈笑风生。于湛失声痛哭，所有人看着他哭，他颤颤巍巍地走到历冥最近的距离。

于湛："你变了。"

历冥步步紧逼，让于湛步步后退。历冥盯着他，于湛觉得站不稳了，他软弱地跪在地上，四周白茫茫一片，他什么也看不清，他只能听到《卡农》，上了大学后他其实发现有很多钢琴曲都远远超过了《卡农》，超过《卡农》的旋律，超过《卡农》的起伏，比如Charles-Valentin Alkan的《Symphony for Solo Piano》，Joseph-Maurice Ravel的《Gaspard de la nuit》还有Debussy的《浪子》。音乐千千万万，高频音阶能创造悲怆，低频音阶使人徘徊，所以慢慢地于湛开始认为《卡农》不是钢琴曲，钢琴曲是写给钢琴的，《卡农》是他的人生。

于湛："你是不是一定要这样？太近了太热了我们就要心生厌倦，而太冷了太远了我们又感觉不到彼此，忽热忽冷忽近忽远，必须维持一个痛点，朋友也要这样吗？”

历冥没有回答于湛，他只是拉了于湛一把，却没有说跟我走。

于湛：“你真残忍！”

于湛拉住历冥，他又要走，他总在飘。

历冥：“我承认。”

历冥笑了，这个笑容如果有温度，一定湿湿冷冷，像眼泪一样湿，像尸体一样冷。

于湛：“你会爱人吗？”

历冥：“无时无刻。”

“无时无刻”这个词给于湛留下了永久的印象。

“无时无刻”到底是“无时无刻”还是“每时每刻”？于湛后悔他那时为什么没多问问，多开口问几句这就不会是一个永久的问题，它就拥有答案了。不过历冥也不愿意开口多说几句，于湛问了他也不会说，沉默是他的一贯作风。

# 36

历冥把于湛扶起来以后就走了，直到他肯定于湛看不到他，他才敢瘫坐在地上用力咳嗽，他伸进裤子口袋掏出一个小小的白色药罐，倒了两粒送进嘴中。他慢慢平缓下来，费力地站起来，又重新把药塞回口袋里。

历冥惆怅地摸了摸心脏，前段时间他偷偷做了手术，做手术前，医生说手术的死亡率有百分之八十，他决定为了百分之二十的存活率拼死一搏。他换上手术服躺在手术室时，医生问他还有什么愿望吗，他说想不到。他浪得对世界无牵无挂。他突然问医生："你有家人小孩吗？"医生说："有啊，有个温柔贤惠的妻子和听话懂事的女儿。"医生问历冥是不是想家了？历冥说他没有家，家是什么样的。问完，历冥就在麻醉中睡着了，他还是不知道家是什么样的。当他睁开眼醒来，他欣喜若狂，他竟然靠着百分之二十的希望活下来了，这是不是意味着他将和正常人一般长命百岁？！好景不长，没过几天他的心脏病复发了，医生说等心脏移植吧，他摆摆手，那就算了吧。和心脏的这场仗他永远是个残兵败将，他还是随时随地就会猝死，时时刻刻都可能一晕倒就睁不开眼睛了。这地方好不了，他花多少钱去治疗都他妈永远好不了！

今天一出院，他就迫不及待地想看看于湛。他很久没见过他的脸，想看看他最近好吗。他看起来很不好。

于湛哭得崩溃的时候，跪倒在地的瞬间，历冥根本不想扶起于湛。他想抱住于湛，抚摸他柔软的黑发，告诉他："对不起，让你受伤了，我终于健康了，你别怕，我带你回家。"

谁不希望有个家呢？谁都迷恋家的温暖。对于没有过的人来说，他更想，他知道于湛和他一样想。可是对于没有家的人来说，他不能。等他死的那天他要于湛和他妈妈死去的那天一样痛苦吗？那样他就太自私了。

> "有人认为爱是性，是婚姻，是清晨六点的吻，是一堆孩子，也许真是这样的，莱斯特小姐。但你知道我怎么想吗？我觉得爱是想触碰又收回手。"
>
> ——塞林格《破碎故事之心》

后来历冥再也不吃垃圾食品，也极少抽烟喝酒。

他偶尔会和于湛、钟情见上一面，他们生疏了很多，历冥总让于湛别找他，于湛就听话地不找他。难得见面于湛会一直用渴望的眼神偷偷看着他，期待他多说几句关切的话，于湛从不用那样的眼神看别人，包括钟情。这才让历冥更害怕，说不准哪天他走了，于湛得一个人好好生活。他想方设法刺激于湛，历冥希望于湛别怪他，起码别恨他。不过恨他也好，起码是在看淡了，在走出这份不干净又无比短暂的友情了。

他们永远没有家。

# 37

真爱的第一个征兆，在男孩身上是胆怯，在女孩身上是大胆。

——雨果

所以很显然的，钟情没有辜负自己的名字，她大胆地钟情于每一件疯狂的事情，除了纠缠于湛外，她去染了一头金发，她说要抓住青春的尾巴，她穿着露出丰满胸脯的背心和包裹臀部线条的牛仔裤配上马丁靴，看起来倒挺像斯嘉丽的。而除了大胆地去做的事情，还有很多大胆的没做成的事情。有一天晚上她在酒吧遇到一个像金城武的男孩，男孩说要请她喝酒，因为钟情像斯嘉丽。钟情说不用，我请你喝酒，因为你像金城武。他们聊得极其开心。狂放的青春，有很多消遣的方式。男孩问钟情尝试过几样。

钟情看着酒杯，用指甲搅拌了一下一饮而尽。

“我不晓得什么程度叫酒精，但是这杯酒我是一饮而尽了！”

男孩是国外回来的，很开放，他搂着钟情说自己叫Sam，钟情躺在男孩的怀里随性地讲着话。

每个人在一个时刻耳边都会有一个旋律，钟情觉得那天耳边在放《lorelei》，她闭上眼睛，摇摇欲坠，迷幻升天。她有很多漂亮的内衣，她想着于湛就会买，越买越多，却从来没有人看过。

钟情一直闭着眼睛。

“嘘！”

她捂住Sam的嘴让他也别说话，她不想听。

她的头上披着婚纱，还有仙客来和野紫罗兰花，她走过开满野花的原野，抱起折断了的花苞和跌倒的羔羊，眼中星芒生辉，微风吹起她的发梢。她的精神在高潮，她差点忘了她有病，是她的身体提醒了她，当她兴奋至极她就开始喘。她说想要健康，而她只能当一个废人。

# 38

“Hey，我漂亮吗？”

钟情还是带着一头金发去找于湛。

“你会吓到我的学生，也会吓到你的病人。”

于湛成了大学的教师，其实男女永远平衡不了，比如女教师听起来很色情，男教师就很禁欲。于湛又开始戴眼镜了，他在学校才戴眼镜，钟情问他为什么戴眼镜，他不是总嫌丑吗？于湛说，那时候丑我可还记得我自己是个什么样的货色。

钟情：“医院要我回来，我宁可辞职。”

于湛：“反正你有一对替你摆平一切的爸妈。”

钟情：“是啊。”

钟情成了医生，她有时候想她这样的人怎么能救人？有病的人怎么能救人？如果她像个一本正经的医生，像一个圣母那她会很自责。因为她也是个病人，所以她一定要做一些改变，比如染头金发穿得酷一点，尽量不把自己暴露出来。

钟情：“我最近发现了一首钢琴曲，和你们爱的《卡农》还挺像的，好像是什么《千与千寻》的主题曲，你听听。”

钟情把耳机塞进于湛的耳朵。

钟情："我听的时候总会想，我们走过稻田、穿过森林、畅游海洋、无忧无虑地奔跑，去一切想去的地方，累的时候你停下来弹钢琴给我听。我把花插在耳朵上问你好看不好看，然后你就笑了，我说你来抓我呀，然后我们继续奔跑，像《阿飞正传》里没脚的鸟永远不要停。"

干湛："它不像《卡农》。"

钟情："可你像它，你天真又善良但你孤单又任性，你深情又细心但你固执又极端。你看，现在我们都上年纪了，你越来越少笑，我同情你。"

钟情倚坐在于湛的桌角看着于湛，于湛又目不转睛地看着桌上的书，书名叫《冥王星、彗星与小行星》。他们在办公室最暗的角落，门窗切割开了光线，交错之间隐藏了泪水。这次他们没有流泪，可是很痛。钟情知道于湛一定又在想历冥，青春是一种情节，也是一种情结，重要的都往往出现在青春的情节最后变成情结。

钟情想如果她在于湛的青春出现得比历冥早，是不是会轮到于湛对她疯癫痴狂。有时候如果世上真的能有时光机用来挽救人的感情，也是证明时光机是一种合理的存在，毕竟感情在极限的时候是很容易做错事的。有了时光机，就没人受那么多苦。钟情很多时候也会反问自己是不是不够爱于湛。她把对于湛的爱和同情搅拌在一起，熬出了一段不伦不类的感情。于湛一旦出现一副可怜兮兮的模样，钟情就万分心疼。

钟情："想见历冥了？那我帮帮你？"

于湛："怎么帮？"

钟情："我一定让你今天见到他，跟不跟我走？"

于湛："现在还没有下班。"

钟情："那又怎样？我不也为了你没去上班，跟我走吗？跟我走吧。"

于湛似笑非笑，他摘掉眼镜，说走吧，那我们走吧。只有这个时候于湛才说我们，钟情盯着于湛精明的模样发呆，前一秒他还可怜到让钟情觉得自己站在了一个拯救者的角度，此刻她立刻成了下风。

总有一天我能得到你，或者毁了你，钟情想。冥王星离开世界，我们才能分离，于湛却在此刻想。

# 39

其实这天是一个极大的错误。于湛见到一个叫盛葵的女人出现在历冥的家里，如果他知道会出现一个叫盛葵的女人，他一定不会在历冥家里放满向日葵。

有一本书叫《幸存者》，它探讨了一个问题，如果耶稣的受难和重生无人见证，他还能成为上帝吗？如果那天他没有见证盛葵躲在历冥怀中像以前的他，那一切还能照旧吗？突然发觉“旧”这个词真好，旧的是青春。还是年轻的时候好，青春真的好。

# FIVE

# 生存与毁灭

▶▶▶

# 1

有两个地方是最快乐的地方。

天堂和美梦。

他们去了天堂，他留在梦中，她还在人世醒着。

她要叫醒他？还是让他一直睡，睡到天堂去。

钟情摸了摸于湛的脸，这是于湛睡着的第三十一天，她花了很长的时间陪于湛重新走了一趟好的青春，可于湛跌在里面不愿意出来。

第三十一天了，她又准时来病房放留声机上唯一的唱片，这是她从历冥的家里带来的。钢琴是一种很奇妙的东西，怨恨、暴力、伤心都会融化在《卡农》里。钟情每天都给于湛放，《卡农》他怎么都听不厌，于湛总是难过，在梦里他听这首一定要快乐。

玩一个游戏/探索一下爱情到底有多神秘/有没有逻辑/我问我自己/如果你的样子变成史努比/是否留下一样的回忆/如

果你是玛莉/是茱莉/查理/还是坂本龙一/会不会有很大关系/啊如果你是假的/思想灵魂住在别的身体/我还爱不爱你/啊如果你不是你/温柔的你长了三头六臂/拥抱你/甜不甜蜜/变脸的玩意/证明爱一个人到底容不容易/算不算便宜/多可歌可泣/万一你的面孔失去原有比例/要不要坚持完美主义/如果你是玛莉/是茱莉/查理/还是坂本龙一/会不会有很大关系/啊如果你是假的/思想灵魂住在别的身体/我还爱不爱你/啊如果你不是你/温柔的你长了三头六臂/拥抱你/甜不甜蜜/如果你是玛莉/是茱莉/查理/还是坂本龙一/会不会有很大关系/啊如果你是假的/思想灵魂住在别的身体/我还爱不爱你/啊如果你不是你/温柔的你长了三头六臂/拥抱你/甜不甜蜜/啊如果你是假的/思想灵魂住在别的身体/我还爱不爱你/啊如果你不是你/温柔的你长了三头六臂/拥抱你/甜不甜蜜/

钟情随意地哼哼，她的声音带着点灵气和调皮的劲儿，一如既往像了不起的盖茨比说的一样机灵又自信。她趴在于湛的身上玩着于湛的手指，她对于湛磨磨又蹭蹭，乐此不疲。她太爱肉体了，得不到的永远是最好的，成年人谁敢说听不懂这句话？

于湛：“别玩了。”

钟情的手停在于湛的指尖。

钟情：“你醒了。”

她突然紧握住于湛的手掌，跪在病床前，又哭又笑。

于湛：“我一直醒着。”

于湛闭着眼，嘴在动。

于湛："我醒过来做什么，我的妈妈死了，我的历冥死了，醒来，不如不醒。"

钟情："你……"

于湛："我？我终于清醒了是吗？睡的时候我以为一切都在，你却一直来吵我，你真烦，你一直提醒我，提醒我做了坏事，做了坏事就要承担后果。"

钟情："湛，我对不起你，你的爸爸在你昏迷期间来看过你。"

于湛："我知道，我不是说了我一直醒着？"

钟情："他说。"

于湛："他说，他暂时没钱给我付医药费对不起我，他说，他在外面有了新的家庭对不起妈妈。"

钟情："他来看过你后没几天就死了，因为……"

于湛："死了就死了吧。关了它，以后我再也不想听《卡农》。"

于湛是真的无所谓，他不可能这么久了还要为生他没养他的人伤心欲绝。爸妈生了他，命是他的，死了就死了吧，不管什么原因都死了，他不能太矫情，活着就够矫情了。《卡农》真是矫情的源泉。

# 2

爱因斯坦说如果一个想法在一开始不是荒谬的，那它就是没有希望的。我们都察觉到自己的荒谬，也预料到事态的荒谬，荒谬在吸引我们，这不可控。

我们听德彪西。光、影、时间。很朦胧，我们存在于荒谬里，我们为了微渺的希望，我们却跌进了无边无际的荒谬。希望还存在吗？希望走得太快了，追啊追，追也追不到。

直到最后，我们发现我们其实都在向生而死。对，是向生而死，不是向死而生。向死而生的意义是当你无限接近死亡才能体会生的意义，那太乐观了。我们需要客观地说，向生而死，我们都追逐着我们的希望，最后我们都要在呼吸间消失。

# 3

于湛想从病床上爬起来却跌倒在地上，他的腿脚麻了，钟情给他找来一把轮椅，还有白茫茫的毯子盖住了他白皙的大腿，他和白色的融合度还是极高，一点也没有变。

钟情："很久很久以前，我说于湛啊，我要和你做朋友，你告诉我除非我能让你和历冥当朋友，你还记得我说什么吗？"

于湛："你说，他一直把我当朋友，我说，为什么，你说，你愿意说的时候会说。"

钟情："怎么办？我想带你去个地方，很近的，我推你过去，本来我想一辈子也不愿意说。"

于湛："去吧，现在的我，你说去哪儿就只能去哪儿。"

# 4

“你傲慢又胆小，他是唯一一个懂你的人，你竟然把他杀了。”

看过少年吃花，吃花的男人像在吞噬火焰。却没见过啃噬木头与石膏，于湛坐在轮椅上妄想用牙齿咬碎。他十分生气，他把木头与石膏，还有好多好多，砸在地上，那些都是他，他指着自己十分气愤。

于湛：“为什么？为什么他不死？！全都死了就他不死？！你看摔在地上也不死！”

钟情：“别这样……”

于湛：“我真该死。”

于湛用咬的、用啃的，他从轮椅逃脱，跪在地上。钟情一把把他抱进怀里，抵在自己的胸口。他难受的时候，她就抱着他，抚摸他的每一寸肌肤，包括头发。钟情把手指插进于湛的发丝，他的头发长了许多，他的皮肤是冷色调的白，钟情从口袋里变出一枝百合别在于湛的耳隙，这些年她总习惯放一枝新鲜的百合在身上，这些年没人知道。

钟情：“宝贝，你真美，你那么白，和百合一样。”

深深亲吻吧紧紧拥抱吧
再一次对你所爱的人吧

深深亲吻吧紧紧拥抱吧
再看一眼你深爱的人吧

擦干眼泪吧采束百合花
如果你永不会忘记他
送给他鲜花为他歌唱吧
如果你会永远爱着他

没有亲吻啊没有拥抱啊
没有散发幽香百合花
没哭泣啊没分别啊
没有人再记得你的名字啊
没时间啊和黑暗啊
没有目的再存在你的前方
没有祈祷啊和祝福啊
只有苍白脸上的泥土啊

每个人对爱的人都会产生一种特殊的形态，形态再变幻成气味，这个气味飘散在空气中，你能想到你的爱人，你的眼前，出现爱人的脸庞，出现爱人的声音。

钟情：“你听着，我昨天在病床边看着你，我心想我真的很爱你，并且我要一直爱你。爱青春时的你，爱四季里的你，爱慢慢淌过青春和四季那么躺着的你……但今天我突然不想爱了，对不起。但你知道的，一觉醒来明天我最爱的依旧是你。”

什么是至死不渝的爱情？钟情不懂，但她会一直孤注一掷地固执下去。只在今天还于湛自由，因为于湛这次哭得很不一样，感觉哭出来的，是眼珠的血丝，是身体的血管，是大脑的神经，是骨髓的血，是生无可恋，是青春，是历冥。她的心里突然迸发出对于湛的同情。他太可怜了，这辈子他就没好过过。她是不是做错了，她太坏了。

# 5

于湛推开钟情的胸脯，挪动着，去触摸每一寸雕塑。他的脑海又浮现历冥的脸，历冥的手，历冥和他的对话。

“你能刻一个我吗？虽然我很丑，不，我是说我不出众。”

“不。……你觉得这像你吗？”

你啊，历冥，我的黎明，你总口是心非。于湛把只有一个眼睛的雕塑抱在怀里，他感觉历冥在的时候一定很喜欢它，它长得像历冥。他像抱着自己的小孩，轻轻抚摸。不摔了，要好好保存的，如果这些都碎了，历冥也碎了。

青春，是一场集体无意识的自恋。于湛的青春就没好过过，他觉得自己不停地在受伤，被误解、被嘲弄，全世界都欠他。他其实是自恋，他把青春看得太惨了，他太自恋了。

他哪有那么惨？他根本没有那么惨。他有一个爱他的妈妈。于湛还小的时候，他说饿，他问妈妈我们这么穷会不会饿死？妈妈把自己的袖管撩起来告诉于湛不会，妈妈的肉能给你吃。妈妈痴呆后，他也长大了，他既嫌弃又厌恶，他的妈妈经常说些奇奇怪怪的话，说做梦梦到于湛走丢了，她找也找不到就一直哭。她说我爱你宝宝宝宝，于湛开始害怕，害怕像他们说的痴呆会遗传。他推开妈妈，越推越远。

他的爸爸也没那么罪不可恕。他的爸爸死了，保险受益人是于湛，保险单里还夹着一张纸：我对不起你和你妈妈，这几天医生告诉我，我差不多了，其实我的病早该死了，能活到现在是老天眷顾。得知你的妈妈去世了，今天又看到你躺在病床上，心里不是滋味。这些年我的不负责任把你们母子害成这样，都说父子连心，想起我教你弹钢琴的时光，你是个有天赋的孩子，听说你成了大学的老师，我替你高兴。后来听说你这些年的精神状态都不佳，我十分沮丧。你能看到这，我长舒一口气，代表你应该醒了。我应该也走了，原谅我到死都在逃避，害怕和你见上一面，相顾无言，只余一声空叹。孩子，别原谅我，我这辈子，称不上是个父亲，唯一留了这笔钱给你。你不知道，你出生的时候，最漂亮的就是你的眼睛，你的眼睛有水，一哭就是一片海，很深很深。所以我们取名湛，于湛。产房的人都说你长大一定无忧，因为眼泪都在出生那会儿流光了。愿你此生无忧。

他的钟情，是的，是他的。钟情于湛，钟情一生都为于湛而活。她当医生，她不能看着于湛坏下去，东西坏了修理修理就好了。人坏啊，人坏了会死的。于湛的神经病、精神病，她想治好他，那样他能好好活。于湛问她什么是好？什么是坏？她一本正经地举出好多书，于湛扔进垃圾桶，她又捡起来放进历冥家的书房，那样于湛还会偶尔翻看两眼。于湛问钟情写这些书的人能正常到哪儿去？人人生来就有教导欲，渴望普度众生，超度灵魂。

妈的，你们怎么就那么伟大呢？就你们正常？钟情捧着于湛漂亮的脸颊磨蹭他的额头，她想，如果这个世界是她主宰该多好。于湛说什么她都懒懒地看着说好，等于湛满意到看她的眼神和看历冥的一样，她就心满意足。她太宠于湛，这一定是多年来她治不好于湛的原因，人们说这种爱叫溺爱，溺着溺着就溺死了。虽然钟情的感情在潜移默化地转变，可是她曾经真的死心塌地对于湛，世界上可怜的人太多，她唯独同情于湛。

于湛想念最深的是历冥。

历冥："于湛，你是我永远的朋友。"

于湛："于湛是历冥永远的朋友，历冥是于湛唯一的朋友。"

历冥："于湛，你是我的，是历冥的。"

于湛："于湛是历冥的，历冥却不是于湛的。"

历冥："我啊，自由惯了的人说走就得走，没资格说属于。"

于湛喃喃念着他们曾经的对话。历冥，你是我的，你永远在我这里，这里，还有这里。他摸着自己的心，自己的大脑，自己全身上下每一个细胞，重复、重复，低沉的重复到高昂的吼叫。

于湛："你是我的！是我的！你是我的！你听到了没！"

他转过身爬到钟情面前，他抱着钟情。

于湛："你们不知道……他当时有多痛苦！历冥，冥，他结婚前一天喝了太多的酒，又被送去了医院，那个女人……她其实该死！她怎么能让冥喝那么多酒，换了我一定不让的，她何其幸运能陪伴他，他是我见过的最好的男人，换了我会好好照顾他的，即使她不知道冥的病，你们都不知道……”

钟情：“知道，我知道。”

钟情慢慢跪坐在地上，她拍着于湛的背。

钟情：“说出来，都会好的。”

于湛：“历冥走的那天，那个女人张开双臂从天台飞走了，他们一起走了。”

于湛：“然而我却想一直睡，我想一直睡。因为我想他，我念他，我眷恋他的温柔。我害怕睁眼看见没有他的每一天。”

钟情隔着衣服抚摸于湛的背脊，他的骨节裸露在肌肤的表面，温暖而冰冷。

钟情：“湛，告诉我，历冥怎么会走？”

于湛的背脊一下子竖了起来，他拢了一下自己的头发用食指指着钟情。

于湛：“能帮找到一首歌吗？EricSatie的三部组曲《裸体歌舞》之一 3 Gymnop é dies N° 1 Lent et douloureux，这里没有钢琴，我是说手机也可以，音质差点也没关系，在以前我一定不能容忍的，现在没有太大关系了，是我一直太刻意塑造我的艺术修养了。小时候一直以为大提琴只是吉他竖着弹出来罢了，这个观念现在也没有改变，我终究是个低俗的人。”

这更像一种仪式，人都是需要一些仪式的，仪式除了看起来规矩外还可以壮胆，它能让你井井有条，信心十足。大刀阔斧地讲一讲残酷的现实。

钟情：“不要《卡农》了吗？”

于湛：“不了，再也不听了。”

于湛摆摆手，听到放出的曲调又点点头。

于湛：“就是这首。你把音量调到最大。”

接着他深吸了一口气，双手展开闭上眼睛往后倾倒，这吓得钟情扶住他。

于湛：“别担心，我没那么脆弱，如果音乐能当饭吃就好了。”

他躺在地上，表情十分平和，他反复抚摸着自己的胸腔中央。

于湛：“你知道剑突在哪儿吗？”

于湛：“这个位置，叫胸骨的剑突，是心脏区的胸壁前下端的一剑突软骨，用来保护心脏。如果被击打这里会直接压迫心脏，也直接刺激胃上中枢神经，使人产生胸闷、气短、呼吸困难，如果这里的软骨骨折，那么软骨茬会刺破心脏。”

于湛：“是历冥告诉我的，有一天他躺在病床上，他握紧我的手按在他这里，他说他的心脏有病，而这里能保护心脏，我问他然后呢。他说他其实是个十分害怕疼痛的人，他千万次想过破坏剑突，那样他的大脑终于不用受到身体的威胁。他说其实我比剑突有用，那地方能让他去死，我却能让他死而复生。他说如果有一天他看起来十分痛苦，真的痛到他都无法忍受，求我替他破坏它。他走后我总抚摸这里用来想他。”

于湛：“那时候我不想聚散的，我抱着极其天真的信念，他不会死的。我告诉他如果真有那么一天我会把我的心我的胃给他，别担心，那样我们就融为一体了。其实我之前无数次问他我们能不能是亲人，他刻意回避掉我充满期待的眼神说对‘亲人’这个词厌恶之至，我何尝不是呢？我只是想陪着他罢了。我想我们给彼此一个身份，那样谁也不能把我们分开。”

于湛：“《呼啸山庄》看过吗？在我的生活中，他是我最强的思念。如果别的一切都毁灭了，而他还留下来，我就能继续活下去。如果别的一切都留下来，而他却给消灭了，这个世界对于我将成为一个极其陌生的地方。我不会像是它的一部分，因为我深信我是他的一部分。”

于湛：“人都说人是变化的，其实变化的是一种情绪，随着时间、环境、感情，不是人本身。我们的爱、恨、情、仇都在变。”

钟情抿嘴一笑，她的声音低低地响起。

“In truth, we were both unhappy.”

于湛看着钟情。

“We can't be happy anymore.”

于湛：“这些年来，自从变漂亮以后我开始不择手段，我知道自己是个坏蛋，我当时竟然希望用这张脸让盛葵爱上我，我问她要不要做我女朋友呀？我迷惑她，像当年迷惑你一样，让你们爱上我，我就可以让你们离开我和历冥的生活，滚得远远的，你们伤不伤心我一点都不在意。可惜我一个也没有成功。我有点想念以前那个丑八怪了。”

钟情：“你成功了，我早被你迷惑了。”

于湛：“你不爱我。”

他冲着钟情眨眼睛。

于湛：“人的内心存在两种相互矛盾的情感。没有人不同情他人的不幸。可是，一旦对方好歹从不幸中挣脱出来，却又因此产生若有所失的怅惘。说得夸张一点，甚至出现一种想使之重新陷入不幸的心理。于是，不觉之间开始对其怀有某种敌意，尽管是消极的敌意。这就是我们随着时间环境感情变化的情绪。”

钟情的脸上还带着笑容，她的手攥在一起，她的全身都在哭泣。

于湛：“我不知道他结婚前一晚拨通了我的电话是想说些什么，还是无意间按到的，接到电话的时候我手都在抖，我在电话的一端哭着喊他的名字，他不给予我回应，我就冲到他家，到的时候那个女人躺在他的怀中。他还拿着酒瓶，他们都是睡着的模样，不过我很确信，他的心脏病复发了。”

于湛：“我背着他，也打不到车，走了很远很远的路，一路上我和他说以前的事，一开始的紧张、着急、无助、绝望，竟然平缓下来，难得他能这样静静地听我说些话。我说啊，最近我的心也很痛，你醒了一定要和我说一说心脏病是不是会传染，如果我的心脏也有病，那你就完了，连我都救不了你了。他什么也没说。到了医院他被推进了抢救室，我坐在抢救室门口的椅子上，异常平静。我在想我们在一起过的每一幕，上课的时候我常常偷偷望着他的侧脸，阳光会一束束地打在他的脸上。下课后我跟着他的背影，他的头发随风飘动，他的香水味他的荷尔蒙。”

于湛：“当他被推出抢救室，张嘴说了三个字。他没有发出声音，因为太虚弱了，但我听到了，他说，‘我很痛。’我无法想象他年少的模样还在眼前怎么一转眼已经这么老了？但我爱他，爱他衰老的每一个瞬间，爱他无话可说的苍白，我想带着他离开这里，去黑夜的草地，在皎洁的月光下，我们的前方是黎明和大海，沙子滑进我们的肌肤，他终于看起来不这么痛苦了。”

于湛：“护士医生走了，我抚摸他的心脏，那是一块刺痛，我问他有多痛，他说就是痛。我拍了一下他的胸骨抱怨他既然知道痛还喝酒，想死吗？你……都是要结婚的人了，要对自己身体负责，以后我没有权利管那么多了。唯一的要求就是你长命百岁。没想到他居然笑，我问他笑什么，他说我们说过的，谁离开就要杀了谁。我说你杀了我吧。他说现在是他要离开了。”

于湛是一个深情而忧郁的男孩，他讲着讲着又开始哽咽。其实我们究竟是在什么时候爱上另一个人？我想人们生来都有缺口。都需要另一个人来堵住。而爱分好多种，爱情、友情、亲情，爱怎么区分？管他呢，这个世界需要多一点爱，是爱就够了。

钟情：“男人的爱情令人动容啊，我差点就听哭了。”

于湛：“你们女人啊，不知该说肤浅还是天真。爱情？我和历冥可不是，我清楚，他比我聪明一定更清楚。你们口口声声爱情、爱情，可见爱情对女人太重要了，但对男人来说无足轻重，爱情是泄欲的工具，是情感的抒发。我们是爱，可以是亲情，可以是友情，唯独不是爱情。爱情是爱里最短的，我们是长的，比你们想象中还要长。”于湛重新把雕塑拥到怀中。

回乡的梦摇曳的孤独
在丛林中跳动
湿漉的光和向日葵
迷人的醉意
腐坏的气息
循着地图摇摇摆摆
我的梦境
你的深渊
我的黄昏
你的黎明
那是干净的我们
不要哭了他正包围着你

于湛：“我不想说了。是我杀了历冥。”

# 6

我想变成天空。

想变成海水。

想变成浩瀚的宇宙。

想变成无边无际的银河。

没有遇见你以前，我渴望变成每一道虚无自由穿梭。

我既庆幸遇见你又为之悲哀。

你比虚无具体，你令我心驰神往，甘愿停泊。

我想变成你的细胞。

想变成你的血液。

想变成你的五脏六腑。

想成为你，替你安全，护你周全。

这很难吗？

钟情："湛。"

于湛："嗯？"

钟情："以后你想怎么过？"

于湛："等病好了就去自首咯。"

钟情："我很庆幸你已经好了。"

从摆满雕塑的房子出来，他们终于能平平静静地讲话了。于湛看起来挺清醒的，所以钟情说带他到附近到处走走，他已经好久没看过外面的世界有多美了。钟情推着坐在轮椅上的于湛上坡，这个坡度很大。钟情说上了这个坡能看到漫山遍野的向日葵，在落日之前，黄昏的时候很美。

于湛："他一定很喜欢这里。"

于湛伸出手掌比画着历冥的心情，衣服飘飘荡荡在风中。

于湛："我也很喜欢。"

于湛继而朝钟情伸手。

于湛："对了，有烟吗？"

钟情打掉了于湛的手。

钟情："别闹了，你不是很反感烟吗？你根本不会抽烟。"

于湛："忘了，我只设想到他也许会在这里抽根烟吧。"

于湛觉得烟酒与女人害了历冥的一生，而此刻他才明白烟就像人，点燃后的不是烟雾，是寄托。

钟情："其实……"

钟情想还是不说了吧，她从口袋里取出一颗糖打开于湛的手放进他手中。

钟情："你应该多补充些糖分。"

于湛把糖吞入咽喉，甜在肺脏里翻腾，幻觉衬得巨大。

这里是真的很美。

望见向日葵就想起你。

想起你就多看几眼向日葵。

你为什么从来不带我来看看呢?

你是我弹奏的音符中最美妙的旋律。

是我写的诗歌下最甜蜜的一首。

你是星辰大海也是我的栖息港湾。

最温柔的气候和最寒冷的雪花都是你的体温。

你是我的白天，我的黑夜。

你是好也是坏。

你明明是我的。

于湛：“也不知道我要坐几年牢，如果坐牢时间太久等到我胡子拉碴才能拖着这副身子出来，他应该都有一个宝宝了吧？不管男孩女孩像他一定很好看，像他我也会宠的，他的一切都是我的好。你说，他结婚生子后还会和我聊聊天谈谈人生观吗？哦，你……我说了我有了自首的觉悟，我知道一切需要付出代价包括辜负爱，关了录音吧。”

于湛悬空着两条腿晃啊晃，摇摇欲坠的，漫不经心。爱与梦是括号的两端，他把他的身体置于中间。以此，他认识世界。他徘徊，他悬浮，他来去如风又自如。

你寻求一枝花朵/却找到一颗果实。/

你寻求一注泉水/却找到一片汪洋。/

你寻找一位女人/却找到一个灵魂——/你失望了。

于湛：“我没有疯，知道历冥和盛葵死后没疯。之前没有，现在更没有。你每天来看我，你说吃糖吧，吃糖，补充糖分。

好，那我就吃，然后陷入沉睡。”

钟情：“你什么时候知道的？你……还是吃了。”

于湛：“傻瓜，你不会骗人。谁让你让我梦到冥了呢？我丝毫不在意梦和现实，关键是有没有一个念想在。我以为我们认识这么久你能猜到我的思路，不过还是挺感谢的。并不想醒来。”

于湛：“你以为用药物让我产生幻觉，以为回忆折磨着我，以为用回忆催眠可以改变真相，以为让我自己相信我杀了历冥就好，你以为我成了神经病，我自首，然后在牢狱终其一生，再不幸可能被枪毙。这些是你要的吗？”

于湛：“你以为的都是我愿意做的，是我欠你的。”

于湛：“傻瓜，你爱了我很多年，我相信你有真的爱我。”

于湛还在咀嚼。

于湛：“我现在觉得闭上眼睛就能感觉到冥在我耳边哼唱：义无反顾地，拥抱你，我只想狠狠拥抱你。我敞开双臂，不顾一切地拥抱。我也在冥的耳边哼唱：你才发现我也值得被占据。”

钟情：“够了！都够了……你醒醒！”

钟情：“我可怜你！于湛！我可怜每一个比我还惨的人！我觉得我既要解救你们又必须维持你们比我惨的状态，你们要过得比我好了，我还解救个屁？这是很难平衡的……一不小心就少了或者过了。我不爱你！我不爱！我……或许一点点，你辜负了它！”

于湛："世上最可怕的就是女人。你们无人能及。"

于湛："爱也好，可怜也好，恨也罢。无所谓了，放过自己吧。"

钟情很难堪。

她紧咬双唇，把双手盖在于湛的肩膀，于湛又把手盖在钟情的手背，把钟情拉到自己的面前。

钟情有些吃惊。

于湛："骑士为什么总能从恶龙手中救出公主？"

钟情："为什么？"

于湛："因为恶龙从未想过伤害公主。我的意思不是你是恶龙，我只是一个比喻，毕竟我不是公主。"

钟情："可公主总跟骑士跑了，恶龙总被杀死。你说是不是？"

于湛没有接话。他把手覆盖在钟情的眼膜遮住了她的视线，钟情感觉到于湛把另一只手伸进了她的口袋，钟情想摸摸于湛在做什么。

于湛："别动。"

于湛按住她不安分的手，他把钟情的手握在自己的掌中，一点点，一寸寸地往上、往上挪动。他用钟情的双手捧着钟情的脸，钟情情不自禁地顺着他的方向弯下腰。

于湛："亲亲你。"

然后他就亲了亲钟情的额头。

钟情一下子就哭了，她把头埋在于湛的膝盖，用丰满的胸脯拥抱于湛的双腿。她如同一只孤老的猫躲进阴冷的山洞害怕面对每一寸光阴。

于湛："不哭了。"

于湛拍拍她的背抚慰她不哭了。

钟情："很久前我就想，如果是我走，你会不会留我。即使我走，你会不会找我。你会不会走过山南水北，越过山丘雨林，在找到我后你会不会温柔地亲亲我，像这样给我一个我日思夜想的吻。又或如果是我有病，你会不会心急如焚又心如刀割。如果是我死，你会不会什么也不解释，会不会为了见我一面，甘心情愿被人下药，每天昏昏沉沉，最后被当作疯子、傻子、杀人犯。"

钟情看着于湛，她看这双最近又最远，痴情与绝情的眼睛，这双眼睛绝不会说谎的。

于湛用冷冰冰的手替钟情擦眼泪："我很冷，温热一个人都很勉强。"

钟情摇摇晃晃地站起来。

钟情："我们还是不要交谈了，每次交谈都令人心碎，闭嘴吧。"

钟情："我带你去更高的地方看看。"

于是她把轮椅往上推再往上，颠簸的山路很窄，偏一点点就要摔下去了，天越来越黑，越来越暗，月亮就快要升起来了，她开始有意无意地撩着头发，她的动作和《了不起的盖茨比》里说的一样机灵而自信，她脑海里又闪过什么预谋已久的念头，她终于双手腾空，松开了轮椅。

钟情：“我给你机会，你……为什么一而再再而三地挥霍它！”

钟情：“回家吧。”

她声音在微妙地变轻，推开的时候还是哽咽了。她转身掉过头去，什么也不看，她害怕眼睛哽咽。她的耳边还响着于湛对她说的，不哭了。

轮椅飞速转动，它在往边上倾斜，弧度越拉越大然后往下滚动，坠落。于湛却感觉自己在飞翔，上升。他越飞越高，直冲云霄。时间跟着轮椅一起转动得飞快，胡茬突然就刺穿了皮肤，皱纹突然就在脸上拉拢起一条又一条。一切都在迅速变老，奔向死亡，他感到安静又满足。

# 7

嗨，我的冥。我现在思绪万千，估计要不了一会儿就能见到你了。你走了的这些天，我想起你书柜里的书，你用笔标记的语段。

世间本无物，而后才有世界万物。先于真主，万物皆空。也想起你说的白话。你说等你消失了，我也许开始会抓狂的，因为如果我消失，你同样会抓狂的，而后会慢慢平静，告诉自己一切都是幻想，你是幻想，甜是幻想，爱是幻想。你将我遗忘，我将你遗忘。你死了，我成家。

这就是我们的结果。当时我乐观地说，你瞎说，你会好好的，我死了都不会让你死。我的心脏给你，你那么怕死，我替你死。

你说，你不要。

我说，那总能找到匹配你的心脏，你那么有钱，这世上有什么钱解决不了的事儿。

你说，真的有。

我问你，那是什么?

“下雨了。”

你又转移话题，依稀记得当时你把脸转了过去，我望着你的侧脸，想起一句歌词，你转身向北，侧脸还是很美。

你走了的第一天，第二天，第三天。我企图从你的世界里出来，可怎么走也走不出来，你让我再次清晰感受我妈妈死时的难受。我痛恨自己的清醒。后来我想清楚了，没有你就没有我，我为什么要禁锢在你说的结果里？你说的结果是虚假的，现在才是真实。

情绵断人肠，醉死温柔乡。我开始迷恋温柔乡的活色生香，就让你在我的梦乡和别人缠绵悱恻，因为有你，我不想醒。我觉得要谢谢钟情，她当了这么久的心理医生，在我这里派到了用处。我知道她在报复我辜负她的爱。她以为她在折磨我像最初我折磨她一样。她催眠我，让我尝尝她的滋味。她以为我傻了、我疯了，其实她才是个傻子、疯子。她在成全我，这个傻瓜，她的爱和我的爱是不一样的，每份爱都是不一样的。

最初其实我总能分清梦境和现实，每次醒来都湿漉漉的。见你的时间次数也不固定，有了她的药我几乎天天都能看看你的脸。直到刚刚一刻她还在成全我。

我现在心里很甜蜜，不知为什么，我总感觉今天还只是昨天，今年还只是去年，前年，是我们认识的第一天。你在巷子里救了我，你说："因为我救了猫。她也救了猫。你竟然给了她和你结婚的资格。"

我问："你为什么结婚？"

你说："不知道。"

我又问："那我有反对的资格吗？"

你说：“没有。”

我说：“好。”

我没有反对的资格，这辈子我最痛恨的就是我们不是亲人，我们没能流着一样的血液，我们的朋友关系忽远忽近，折磨得我几次三番崩溃。你知道，我比谁都希望你幸福，你可以结婚，可以儿女双全，那样比你现在的荒淫无度好太多。我真的希望你好，只要你好怎样都好。可我知道你不好，你和那个女人结婚生子真的不好，你的眼里看不到一点点好，你对她的眼神没有一丝柔情蜜意，我对你的担忧涌上心头，她配不上你。可惜最后千言万语汇成一个“好”字。你知道的吧？我多依你。

你还记得我们一路走来吗。

我全都记得。

你救了我，你带我逃课，我们坐公交，一起吃小吃。

你最喜欢的那个摊位和我最喜欢看你吃。

你送我衣服鞋子钢琴，都是白茫茫的。

我弹我的钢琴，你弹你的吉他，却很少在我面前雕塑。

以前我不懂，我吵着闹着说你教教我，你会教我弹吉他却不教我雕塑。

你说不了。

我问你，为什么？

你说，这不是个好东西。

我问你，为什么？为什么？

你耐不住我的烦人敲敲我的脑袋说因为我笨。

当年大家怕校服混淆，都在里面缝自己的名字。我因为舍不得一直没有缝却在遇见你后缝了M，校服很贵的，然后我就被嘲笑是同性恋，他们说我是戴花的少年。而从来没有碰过针线的你第二天校服里出现了歪歪扭扭的Z，我目瞪口呆地看着你，你还红了脸。那刻我知道，我们真的是朋友了。

我们一起穿白衬衫的日子总爱换穿彼此的，我穿M，你穿L，我穿你的宽松了许多，你穿我的紧绷了不少。你说我穿白色很好看，我想白衬衫还是你穿的样子最好看。

我们的少年时光是我一生中最美好的段落。远的时候我跟随你的背影，近的时候我偷看你的侧脸。长大了你不是个好男人，那时候你也不是个好男孩。

你是我见过的第一个在考试时光明正大抄袭的人，我害怕被老师发现把试卷挪回来一点，你拉过去一点。我再挪过来一点，你就按着我的手威胁我再动就揍我。

我看着你覆盖我的那双手，修长又有安全感，一整个夏天的热情都蔓延成窗外吵吵闹闹的知了和充满气泡的碳酸饮料，从此没有跌宕的夏季成了我一年四季的翘首以盼。

我喃喃自语，如果哪天你不和我坐，你会不及格的。你抽回自己的手，夏天就被你带了回去。你在试卷上潦草地写了一句话就甩笔从后门离去。

“没有你我也能考满分！”

那时候你真是个执拗的孩子，你好几天都对我不理不睬以此表示你的愤怒，在又一次考试你抢过我的试卷。

我说，你犯规了。

你不说话，愣在原地。

我苦笑，却把考卷递到你的面前。

我说，我相信你。

我一直相信你，没有我你也能好，只是没有你我很不好。在我打工晕倒以前，一直觉得钱很重要，脸很重要。在晕倒以前我都不知道命也很重要。

我知道是你送我到医院，抱着我的时候你说，如果我再累到晕倒就让我滚，滚得让你看不见。眼不见心不烦。

你抱着我却让我滚。我也恍惚听到你对医生护士大吼大叫，你说我是你的命，是你的心脏，是你的亲人。

你用非常激动的情绪和语气让医生给我输血，用你的血，给我用最好的药，你有很多的血，有很多的钱。我睁开眼的第一瞬间看到你握着我的手，睡着的疲倦侧脸和病床旁丰盛的饭菜。

护士说你十分钟就会去微波炉热一次饭菜，半小时又换一次新的，因为初愈要吃热的、新鲜的。你对自己的病不管不顾，却让我照顾好自己。

护士说，我们一定是患难与共的朋友才能做到恋人都做不到的程度。

我说，我们不是恋人，不是朋友，是不离不弃的亲人。

我营养不良。出院后你每天叫外卖送饭送菜，六菜一汤，三荤三素，我知道你担心我的生活费买不起，也不想我再操劳地打工才出此下策。有次我随口讲道，今天的好咸啊。你皱着眉头尝了一口就拍筷子说，做得这么难吃，我砸了他的店。后来，你学会了做饭做菜，因为外面的太油太咸。你给我带的饭盒，营养又健康。你说是你做得太多吃不掉，如果我不全部吃掉就给我救过的那只猫吃。那段时间我都长胖了。

你会在夜里陪我在仓库找妈妈留给我的铃铛。我知道那晚你把铃铛藏起来了，又送了我一个木铃铛。我知道你在我不在的时候警告所有同学不许提妈妈，这两个字都不能出现。

你还是爱玩失踪。经历过无数次你的失踪，我还是会焦虑不安。你消失又出现。那次你出现的时候，带着钟情然后又一个人消失。钟情不痛不痒地出现在我的生命里。那是钟情最早告诉我的，她告诉我，你说的，这个世界我和你只有彼此了，我保护你，你不保护我就没人保护我了。后来，她越来越不爱提你，关于你只字不提。那段时光里她最后一次提你，是她和我告状，说她和我表白的时候你差点揍了她，原因是她配不上我。

你真是暴躁。不过，要是你身边即使出现一个完美无瑕的女孩，我也会觉得配不上你，毕竟你是最好的。

你一向如此暴躁。盛葵出现后，你的歌曲不知怎么传遍网络了，你的才华终于被认可了。她仿佛是你的幸运星。我应该替你开心，却怎么也开心不起来。我看你也不开心。我只希望你开心。原来我们的世界放不下三个人。

你这么暴躁而这个世界却只放得下没有棱角的人。那段时间我跟踪你，我只是害怕你受伤。也庆幸我的跟踪，你在路上昏倒时我能救你。你睡着的时候叫的是我的名字。

醒来后第一句话却是："我要去找盛葵。"

我苦笑，我顺着你说好，你去吧。你走出了医院，我失落地替你收拾你换下的病号服。没想到你又折返，当着我的面脱下自己的外套，把温暖的带着你体温的衣服扔到我手里告诉我外面冷，套你的衣服。不管你多么暴躁，只要我知道你多温柔就够了。

只有你，看过我最难看、最好看的样子。只有和你才能有沉睡的安心，我已经很久没有好好睡过一觉了。

事到如今，我还是每天都能感觉到你在我左右，刚刚看到向日葵的时候，我觉得明明应该是两个人，我们就住在木屋里，弹吉他、弹钢琴、雕塑。高兴的时候可以去城里卖向日葵，把花给有情人。赚的钱买一个烧烤架，小心翼翼地烤你爱吃的串，我笑着看你吃，在黄昏时我们散步，说些家常事，走累了说累了就在稻田躺下睡一觉。一觉醒来也不知道今天是几月几号，今年是几几年，就一起慢慢变老，看着彼此从黑发青葱变成白发苍苍。

于湛感受到飞翔后被摔碎的痛楚，这是他清醒的最后一个瞬间。

你总担心会死于那些病，但总有一天我也将因为衰老死去。我走不出来，只有回去了。选了这条路义无反顾地来找你。你将永远是放逐我的黎明。

他睁眼，碎碎念。

"再一会儿能见到你了。我想好了，我要对你说的第一句话是，这次我们做彼此永远的亲人，拉钩上吊一百年不许变。"

那天，他做了一个梦，他梦见一个人。他以为睁眼就会醒来。谁知道。原来有些梦永远不会醒的。

# 8

于湛：“你走开。”

钟情：“我不走。”

于湛：“我要你消失在我面前！”

钟情：“那不可能。我们做朋友。”

于湛：“朋友？”

钟情：“嗯，做朋友是一件很复杂的事，首先，从你不疏远我开始，我们要花时间经营。你当玫瑰，我愿意当你的小王子，你都是刺，但你是唯一。”

于湛：“小王子来到地球的一个花园，发现成千上万的玫瑰他才醒觉他心爱的玫瑰并非唯一。”

钟情：“但我要待在612星球，我不去地球。612星球只有一枝玫瑰。”

于湛：“做朋友你能消失吗？你能滚吗？你很烦。”

钟情：“做朋友是不会让朋友滚也不会说朋友烦的。”

于湛：“你滚是你过来，你很烦是真可爱。你不会懂。”

钟情：“你说了我就懂了。”

于湛："说了你也不会懂。对你的滚，就是滚。烦，就是烦。"

钟情："哈哈，你真伤人心。"

于湛："因为我们是错的人。"

钟情："那对的人是怎么样的？"

于湛："滚就是你过来，你很烦就是真可爱。"

钟情觉得很痛。她听到轮椅隆隆转动翻滚的声音，所以她很痛。

每当这么痛的时候，她会觉得自己是个有才华的人，她身体里出现大片大片颜色和幻觉诗歌。为了让自己冷静，她摇头晃脑，跳跃跺脚，她大规模地发狂，衣衫不整像个嗑药的女人。

她心里耐心地等待自己发泄的结束，这段时间过去，她将因耐住痛苦变得更强大。而她现在她只觉得很累很喘，她却不能停下来，因为停下来又会很痛很苦，这次痛的时间很长很重，好像怎么也过不去。她知道这是装好人的惩罚。

医生，多么普度众生的职业。她用来为非作歹，其实她根本不想当医生的，所以这些年来她想这才是她成不了好医生的原因。从小到大她最讨厌医院，十年前老师问她以后长大了想做什么，她看着小小的手上被针戳了一个又一个孔，十分厌恶地回答：做什么都好，只要不是医生。

法斯宾德说过：爱情是一种最精良，最狡猾，也最有效的社会压迫工具。

十年后她竟然成了一名医生。如果能打分，她这个医生当得可能30分都没。她在医院当一名医生就像学校里顽固不化的差生角色，有次她对一个病人进行治疗，最后却和病人在治疗室打起了牌。气得院长差点一口气背过去。如果不是她有一对因为她从小体弱多病对她百依百顺的父母，她应该被辞退了99次，为什么不是100次？因为没人愿意给她的辞退生涯凑个整数，她的人生根本不值得完整。她不停在医院吊儿郎当地闯祸，她有钱又宠她的父母就在她后面给她擦屁股。大家都是认钱不认人的，你要不给钱你就夹着尾巴当个救死扶伤的好医生，你要给钱那就另当别论了不是？

钟情摸摸自己完美无瑕的脸庞，金光灿灿的头发，坚挺丰满的乳房，令多少人向往不已。可你他妈怎么就这么固执呢？我这么漂亮，于湛你不是最喜欢漂亮了吗？我心甘情愿为救你做了我最讨厌的医生！你这个精神分裂的男人！你有病我都爱你！你就不能感动感动！就不能爱爱我吗？

钟情的脑海里一直是那句不哭了，不哭了。她一直想做一个好人，因为大家都是坏人了，她不想随波逐流，她一直渴望用微茫的自己拯救他人，而于湛是她到死都解救不了的人！这次她大胆地尝试失去于湛，她在想既然救人不快乐，那这次会不会比较快乐？是不是爱一个人只有杀死他才会快乐？她感觉自己没有，她不知道是自己对这个想法不能苟同还是爱得不够深。但她说她爱于湛，她是爱的。

她不懂，在这一刻，都到这一刻了，她怎么又开始摇摆不定？她有意无意地意识到她的爱是可怜，因为她的慈悲心太重，她真的十分容易可怜一个人，她爱于湛，爱可怜的于湛，爱救赎可怜的人的自己，爱这样的自己，显得自己很伟大。

她的摇摆不定源于她现在觉得最可怜的是自己！于湛一点也

不可怜！

她想起历冥在病床上痛得死去活来的时候抓着她的手要她陪于湛，保护于湛。她和历冥在医院擦肩而过两次，第一次她因为一口气没喘过来在学校晕倒送到医院，历冥抱着人到医院，当时她只是看了历冥一眼，历冥连一眼也没有看她。第二次钟情还是老毛病，倒是历冥，自己因为心脏又差点停了送到医院，钟情看见历冥和自己穿着一样的校服，就打听到他的病房对着这个同样在发光的脸说了一句我们是一个学校的吗？历冥十分冷淡地用鼻音回应。在医院能遇到一个感兴趣的人是一件痛苦之余解乏的事情。于是钟情歪着头笑，她是个外表性感内在天真的尤物，她眨巴着眼睛调皮地说："好巧哦。"

她以为她能尝试解救历冥，接触过程中她却发现历冥是个冷漠的男人，他的凌厉和直接能非常迅速地斩断因情而生的自作多情。某天她问历冥你觉得我漂亮吗？她想得到的回答无非是漂亮，姿态高一点的男人无非会说还行，说丑的人无非是瞎了。但历冥用那样一种让人很不舒适的眼神瞥了她一眼。历冥无非是一个心高气傲的男人，一副瞧不起人的模样比她高尚得不止一星半点，所以她不喜欢历冥，因为历冥根本轮不到她来救！但因为寂寞他们成了朋友，看样子她能活得比历冥久，因为无聊，她答应历冥做于湛的守护神。当守护神的期间她觉得自己像吃了鸦片一样越来越爱于湛，当她告诉历冥，她爱上于湛了，她永远忘不了历冥抓着她的衣服领子的眼神。

现在她想，她是真的爱男人吗？王尔德说，一生只爱一次的人是肤浅的，他们把那叫作忠贞不渝，我却叫习惯性懒惰或者缺乏想象力。情感生活的忠贞不渝就如同智力生活的一成不变一样，简直是承认失败。她爱上于湛，于湛永远不会爱上她，她好奇地验证一切。她真的不想这样抹杀干净自己的付出。

钟情开始越想越绕，越想越痛。她弓肩缩背，她的哮喘病犯了，她从口袋去撩她总随身携带的制氧机却掉出了日记本，那是盛葵的日记本，她伸手捡的是盛葵的故事。日记是她在盛葵的身体上找到的，盛葵总随身携带这本日记本，死的时候也带着一起坠落，上面记录了盛葵的时好时坏，钟情惴惴不安又充满好奇，于是她从盛葵的身体偷走了日记本，因为她是一个医生，她偷走了一个人的一生，她想她不该偷看的。

后来她想这本日记本也有必要给盛葵的父亲看看，因为盛葵写她其实很爱爸爸。离开爸爸她感到自由也每时每刻备尝煎熬。她看着一个年迈的父亲看完日记后如何哭泣，她只能用手抚摸这样一个老男人的背部给予安慰。

我对不起她……我的孩子，我爱她……

她听到这样绝望的回应，那刻钟情才明白男女最深的感情是父女，她也开始心疼自己的父母。但想归想，做起来终究是坎坷曲折，自我是一种慢性毒药，让人做不了好孩子、好朋友、好医生、好公民，其实坏都坏了，一秒钟、一分钟、一小时、一辈子到底有什么差别？

盛葵的父亲后来因心事积郁走了，大概他是想去找他的女儿了。她看着盛葵的父亲在医院合上眼睛，睡着的模样和盛葵很像。她又信誓旦旦要解救死去的盛葵，她见不得人可怜，她要成全别人的心愿，何况那是一个有过一面之缘的小女孩，多可怜。她给于湛催眠，催眠的时候总告诉于湛历冥爱着盛葵，他是多余的，和她一样多余，那时于湛会伤心地哭。

当她终于在现实中察觉到于湛拿走了她的制氧机，她发出苦笑。

于湛："你为什么随身带这个？"

钟情："我每次不开心或者太开心的时候都需要它来平复，认识你后我曾经把这玩意扔进垃圾桶，我觉得我可以不需要它了，但我错了，因为你我更需要它了。爱和命我都想要。"

于湛："哦。"

她想起她和于湛刚认识时有一句没一句地了解彼此，于湛从不会多问她些什么，其实就是排解寂寞。

钟情以为刚刚于湛在她口袋留下了些什么最后的念想，原来是偷走了她的制氧机，让她陪他去死。

于湛啊于湛，你是这世上最狡猾精明的人。

钟情不挣扎了，她还挣扎什么呢？她随着风吹的方向倒在地上，她躺在地上，感觉自己躺在于湛的睫毛里，然后合起自己的睫毛。

那是一阵风、一场雨、一段时间，将他们统统带走。

# SIX 追捕

# 1

据说梦没有颜色，只有光线的明暗。明亮的时候是好，暗淡的时候是坏。

梦有轻快的，晦涩的，快乐的，焦灼的，美好的，悲伤的。

梦是穿过睡眠进入另外一个世界。

梦有模糊的时间，迷离的逻辑，想见的人，想做的事情。

梦是我们知道或者不知道，我们醒来或者继续沉睡。

在一片金黄色的麦田。不是凡·高那幅麦田里的乌鸦。乌云密布的沉沉蓝天和凌乱的乌鸦惊叫低飞。窒息的枪声与胸口的巨响。是十分纯粹的灿烂，金黄的麦田里有金黄的向日葵。一群少年奔跑在麦田里。没有病痛，没有穷苦，没有终点。女孩穿白色的裙子，男孩穿白色的衬衫。

他们光着脚，穿梭着，是天使。

他们每天抱一抱自己再抱一抱爱人。

他们都十分爱笑，和笑容绑在一起的是美好。

每个人年少时惊醒又随即忘却的梦。

每个人出生时都做着一个梦。

懵懂后带着自己的梦想放入自己的梦中。

在一个迷幻的天气，那么亢长的时间。

亢长得大概有二十几年那么长，一旦开始就奔赴短暂，越来越短。迷幻得都分不清夏天的热是炎阳似火还是欲火焚身，冬天的冷是雪虐风号还是爱坠冰窟。

有人见过梦吗？

见过深水中的白昼吗？

存在过，无人知晓。消失了，像没存在过。也许，从来没有。

是青春，是时间，是生命，是爱，是一切，是虚无。

就像我们都将和书一样寻无所踪。麦田变成深不见底的水在白昼把所有人吞没。

## 【日记本】

我的天空里没有太阳，总是黑夜，但并不暗，因为有东西代替了太阳。虽然没有太阳那么明亮，但对我来说已经足够。凭借着这份光，我便能把黑夜当成白天。我从来就没有太阳，所以不怕失去。

——白夜行

我一直觉得我的生命会是短暂。盛是开，葵是花。夏天盛开，冬天也盛开，花期两周。

今天的医生又像言情剧一样对我的爸爸妈妈说这样下去是活不到二十岁的。我到二十岁一定会死吗？花开了就要谢，人病了就要死。我的生命是短暂的，时间是短暂的。梦是长的，消失是长的。

今天第一次会用电脑，不知道该做些什么，我不喜欢电子产品。想了半天，我查了自闭症。惊奇地发现我意识到自己有这个病症。米开朗琪罗，牛顿，爱因斯坦，凡·高他们都有。我没有觉得这是一种病，只是我和大家不太一样。就像他们和大家都不一样。

今天在操场。老师让我休息。老师、同学都嫌我麻烦。所以我就待在边上，希望他们知道我很乖。我旁边坐着一个很漂亮的女孩。她看起来比我大很多。我喜欢她。大概，我的天空，没有太阳。她像太阳，我喜欢亮亮的东西。大家都喜欢亮亮的东西。可她并不开心，她的眼神出卖了她。

今天我又看到她了。她蹲在地上，喘不过气，我抚摸她的背，希望她好一些。她抬头，问我是不是喜欢她。我点点头。她说，什么是喜欢？

她说，我喜欢的人一定会弹《卡农》或者画画，爱穿全黑或者全白的衣服。

她说，我喜欢的人不问我漂亮的外表里躁动不安的呼吸，他把我当成一个普通人。

我告诉她，你是，是正常人还是仙女。

她站起来，比我高很多，拍拍我的头又捏捏我的脸，从口袋里变出一朵百合花。她把嘴唇贴在我的耳边讲话：你的同学、老师都说你是个小怪物，长大就是个大怪物。告诉你一个秘密，我有情绪时会喘得很厉害，大概我不能喜欢。其实我才是所向披靡的怪物。为什么这世上这么多傻瓜喜欢我。

她做了个鬼脸就跑掉了。我喜欢低着头，讲话有时候隔顿，走路还会摸着墙前进，做事情和说话都喜欢重复。我不想做一个怪物。

那天我在操场等了很久，我想，她没有说再见就离开，会不会折回，看不到我，会不会寻找我。我想有一个好朋友或者一个喜欢的人，有一个太阳。我再没有见过她。那一定是一条一去不返的路。

今天老师来我家。爸爸妈妈不在家，老师让我读，dick，D，I，C，K。我问老师，这是什么意思。他把我的手放在他的裤子上，在大腿和腰部之间。他的笑容是一个畜生，他的行为说要看看我的身体。我推挡着，他强硬着。在我白色的床上他榨干了我。我没有痛感，所以流血不痛。红色很鲜艳。

老师提起裤腰带的时候说，小畜生你如果敢到处乱说我就收拾你。

我想了很多，我知道自己脏兮兮的。温柔终益己，强暴必招灾。

今天老师在班上说我偷了东西。我知道他在指使全班同学孤立我。以前有人说我可怜，同情我的病。以后我只有被远离和恶心。他在廉价地消费我。下一次他来我家里给我补课时，我要好好对他。

人的生命那么脆弱。老师突然死了，警察说是意外，给我补完课，老师进了一条巷子抽烟，那天天气不好，天台的花盆掉下去了。没有人怀疑我。因为我还是个小孩。老师的死是一个谜。以后我可以好好上学。

同学说老师是在给我补课的那段时间死的。

“你这个怪物，谁接近你谁倒霉！”

我的自理能力又差了，病又严重了，去不了学校，写不了字。看来，我要停止写日记一段时间。

今天看到了凡·高的向日葵。摸摸自己的耳朵，记录不了我对凡·高的感觉。我只想画画，离开画画我会死的。

我把《尤利西斯》看了好多遍，乔伊斯用一百多万字写了十八个小时，我还是看不懂，所以我又看了好多遍。以后我要一直看向日葵。感觉热情在奔跑的感觉，离开向日葵我会死的。我感觉到我活着。

我越来越相信，创造美好的代价是努力、失望以及毅力。首先是疼痛，然后才是快乐。复查的时候，医生说我很好。距离上一次来医院很久很久了。我感觉到我跟自己的自尊与脆弱相处得很好，孤独和凌辱也逐渐摆平。

最近得了很多奖，奖杯看起来很漂亮，摸起来很冷，我不知道它们的意义是什么。虽然不知道，不过爸爸妈妈看我的眼神不一样了。我喜欢看人的眼神。

爸爸告诉我，童年有阴影的孩子，成人后性格都会有弱点，但同样会获得些特殊的才能。之前担心你的病使你不健全，现在看来是一种馈赠。你要感谢老天。

不，我感谢自己。我那么努力。之前我费尽心思想要一个朋友，现在有很多。一定，是我有了特殊的才能，好多人，主动和我做朋友，他们拉拉我的手，拥抱拥抱我。

我知道，都是假的。但我要奋斗，要追求，永不屈服。明年、后年，我想把奖杯永远守护在眼前。因为我不想当怪物，怪物很可怜的。对不起，心里的小怪物，要把你藏在黑暗中。这个世界很坏，你会被厌恶。你受委屈了。

妈妈在病房陪我，陪着陪着睡着了。我一点也不困，我说，想画画。妈妈说太晚了，改天吧。所以我就写一个日记吧。我还是不知道到底什么是面孔遗忘症。识认人脸能力受损的病症，急性脑损伤后的一种情形。我听不懂白天医生在说什么。

我只知道大家都长着一模一样的脸，什么时候开始大家长得很像？医生说能保住命就不错了。醒来前，我在领奖的路上，看到老师出意外的巷子里蹿出一只猫，黑黑的，它差点被车撞了。我就去保护它了。因为我们都喜欢穿黑色的衣服。

然后我就被撞了。现在我醒了。不知道那只小猫现在怎么样。

美术一旦脱离了真实，即使不灭亡，也会变得荒诞。今天可以出院了，可我发现我不能画画了。我知道，如果不是毁灭，我也正在毁灭。

今天看了一部荒谬的韩剧。说盲人是靠触摸和听觉感受人的长相的。我的听觉很敏感，可是没有爱的人可以摸。我好羡慕女主角，她爱的男人是个骗子，她却爱上了他！我看哭了。我和她一样不幸，我没有爱。

每天都做着重复的事情，有什么好写的。没有一样值得记录的事情。

爸爸逼着我画画，我画不出。我已经不能画画，看不懂这个世界。我的朋友都不理我了。但我的老朋友自闭症回来看我了。我又尿尿了。

一直对自己施虐。其实是害怕失禁，是掩饰。我也知道失禁很丢人。身体需要治疗，心和脑子都需要治疗。今天又来进行心理治疗了，这个医院很偏，也不是很大，可能，就是大家俗称的精神病院。其实我都懂，他们以为我不懂。天气很好，我溜出来了。非常大的向日葵田，我看见一个男人。他手里握着一个雕塑。他又走进一间房子。我非常长的时间看着他，跟着他。我问这个男人为什么只有这个雕塑有一只眼睛。他不离开也不回应。我又一次主动开口。

“我是个病人，这是我这一个月第一次开口讲话。”

“你还能活多久？”

“大概……能活到二十。”

“我明天要做手术，死亡率百分之八十。你是个病人，我是个死人。我只有半天时间了，你凭什么要求我理你？”

“你看起来不止二十岁了。”

我喜欢算时间，不能算谁离死亡比较近，那公平吗？他无言以对。我说他还没有回答我那个问题呢。

“你知道画龙点睛吗？画了眼睛都会飞走。”

飞走，一个虚无缥缈的词。画龙点睛，一个美好脱俗的故事。我觉得他在怕死。这个世界就爱这么愚弄人。想死的人死不了，想活的人活不下去。我就问他是不是怕死。

“我有一个好朋友，如果明天我不在了，留下一只眼睛看着他，让我别飞走了吧，陪陪他。”

我很不屑。我在寻找朋友的过程中已经遇见过太多背叛。

“我们现在的天空，因为白天，所以很亮，很亮是因为我们的双眼在看着它。如果白天不在天空，在水中，越深我们就越看不见。”

“那根本不存在。”

“因为看不见所以不在。看得见所以在。一切都在，一切也都不在。”

我们进行了这样一段对话，我企图开导他。

我把手贴在他的胸口告诉他，你的那位好朋友，如果想你，你不在也在。如果对你惺惺作态，你在也不在。世上所有东西都会散的，从在变成不在，只是迟早的来临。也许就像你说的，根本不存在呢？

我把这样的想法称为深水白昼。我意识到我成熟了。他似乎完全没有听懂我的意思。

“如果有一天我能好起来，我就和他住在这里，山穷水尽，地老天荒，一起散，一起从在变成不在。不要早，迟一些，我们错过太长太长的时间了，我总在推开他，我害怕拖累他。”

“手术要是能将我治好，我们就能有一个家了。他一定开心得跳脚。”

当时我看着他带着美好期望的眼神说完这番动听的话。他这样说以后，我想我爱上他了。或者是爱上了他对他朋友那样的一种爱，让缺爱的我也微乎其微地感觉到什么是幸福，他的朋友一定无比幸福，被浸没在太阳之中。那时候他是如此温柔。

因为他我开始期盼去那个偏僻的医院。虽然再没有见过他，但我发觉了画画的另一个方法。我也可以不画眼睛。故弄玄虚。他们也不会发现我的毛病。

今天我又上网了。距离上一次接触电脑是很久以前了。因为我由一个声音重新寻找到了他。

我是黄色的  
你是黄色的  
你是火焰  
我是你点燃  
我与时间捉迷藏  
我的时间在捉迷藏

我抓着时间
时间抓着我
浓烈不久存
久存不浓烈
死轻生重
生轻死重
下场我还是当一个活不了多久的葵
下落你们都会记住我
可惜一切来自虚无
好在一切归于虚无

我有一些吃惊，这种吃惊没有转瞬即逝。在与日俱增。我为此打开了我不擅长的电脑，一厢情愿地调查他的一切，还把他的歌放进了MP3，怎么听也听不厌。

我的自闭症那么严重，他一定是医我的药。不然我怎么会每次听到他的声音就从难过变得那么愉悦？我认为和歌词无关，他说的那些我都懂。我认为和曲调也无关，德彪西和坂本龙一都比这个好听。是他的声音，散发着荷尔蒙，真醉人。让我有一种爱的感觉。我确保，这就是那次和我用动听的声音诉说他朋友的男人，他没有死。真好。

今天他又留了一首歌，依旧很好听。可我生日的时候他要死了，他又要死了吗？确实，很多病都反反复复，活得了一时，活不了一世。我做了一个可以倒数时间的东西。我看看，距离二十岁也没多久了。我也该收拾收拾上路了。

现在是12月31日23：00，我的生日马上要结束了。我以为白天能发生些什么意外。毕竟我活不过二十岁的诅咒谁也没告诉我是假的。我要在今天的最后离开。圆二十岁就死的这个谎言。

我要去买安眠药了。装作可怜的样子。我在想最后一行了，要不要写些什么煽情的话。妈妈，我爱你。我拿走了你的口红，你涂口红不好看，我看过了，这是最红的一只，我喜欢最亮的。

爸爸，我爱你。虽然我童年的不快乐小部分源于你的压迫，但我明白是你的爱很暴躁。马上离家要用你作为借口了。我爱你。好像没有什么好说的了，到此为止。

我已经过了二十岁了。我为什么还能摸到这本肮脏的、记录着我一切的笔记本！自从认识历冥后我再没有记日记。

我一眼就认出他了，他是诉说他朋友和亲人的那个男人，是雕塑的男人，是唱歌的男人，他还会弹吉他写歌。他很有才华，他真的很有才华。

可我认为他的眼神变了，没有期望了，即使最早我们认识时很微弱的期望也没有了。他没有太阳了，他再也不温柔。

我们的重逢我决定给自己肮脏的人生一个新的开始。我从遇见他以后就在计划。一切都是留在他身边的计谋。我把手腕的血蹭到我的下体，我装了处女。我装得傻傻的，需要保护，他终于留下了我。原来魔鬼反而懂得什么是天使，我可悲地意识到这样的自己。

有一次我试探性地问他，你觉得我们曾经见过吗？我想，他不是脸盲。会对我有印象的，哪怕微乎其微。他说，没有吧，我不记得无关紧要的人。

没关系，我会让你后悔这句话。

我差点就触到幸福了。差一点点。可就是今天，爸爸一边喊着让我去死，一边把我抓回家里让医生治我的病。

我明明抓住他的手，他为什么要松开？他在抛弃我？

我身上的伤越来越多。妈妈让我快点长大。爸爸要把我留在医院或者送出国。每次看到妈妈为我操心的样子我会难过。她和爸爸其实是世上唯一爱我的人。是那种不需要我给予爱，一味给予我爱的人。我看得很明白。

我认得护士。我认不得她的脸，我认得她的声音。我知道护士也认得我。

我在酒店看到他们一起出来，所以我在酒店门口停留，让她看到我，让她知道她对历冥只是泄欲的工具，我才是历冥的最爱。

他最爱最爱我了。但进院后我装作不认识她。我看她偷偷观察我，我也在这个过程里观察她。她是个有艾滋病的病人，而且好像大脑也有问题。她总喜欢偷值班室的护士服，把自己的病号服脱掉，换上，看来她对护士有很深的执念。她像一个傻子，很喜欢助人为乐。看来必要时刻，我可以利用她。

历冥的歌突然传遍了网络。大家都知道了，他就是以前那个不透露任何信息，留下一首《12月31号》就离开的男人。那是我离开他以前偷的U盘。我对他家了如指掌。U盘里有很多他的歌，他有很多伤心的歌。偷他的音乐是为了听他的声音。没有想到可以成为回他身边的工具。我挑了最合适的一首散布出去，和他英俊的照片一起。其实是我捧红了历冥，他应该感谢我。刚刚我看到护士听了，她那么助人为乐，要不了多久她会来找我的。

今天护士果然告诉我历冥为我唱歌。我很开心。重新回他身边的理由在我的计划下爆发了。我不能打的，看起来不可怜，我用走的。

他没有带我回家。他送我回到医院。但我给了他家里的地址，可是他还没有来。是我失算了吗？

今天我离开爸爸妈妈了。对不起，爸爸妈妈。我知道你们的爱会等我，历冥的爱我错过就没有了。我竟然如此精于算计。历冥还在睡觉。看着他沉睡的样子，我感到满足。他来我家找我的时候我开心得要跳起来。所以我故意把本来要扔掉的MP3和用来倒计时的东西放在了显眼的地方让他看见，让他愧疚。如我所愿，他对我有所愧疚。事到如今我已经不在乎他的目的。我极其享受那份爱，我只要完全得到那份爱。那是我从来没有的。童年的东西我都要一点点找回来。

今天他取走了我的手表还给我带了一个铃铛。在书房，他冲我发了火。书房里一定有他的秘密。是什么？我要了解。

于湛这个疯子！我不敢相信有人和我一样疯狂！经历过那么多不幸，这些年我已经无坚不摧，我伪装成一个天使，却被他一一识破。他简直令我看到了另外一个自己！白天，他把我拉到琴房，给我弹了《卡农》。我想起第一次见他，他和另外一个女人一起来我和历冥的家。

他在吃饭时放了《卡农》，他对历冥的家了如指掌。他想表达什么？我发现，那是历冥家的唯一一张唱片！还有718，718，所有密码都是不需要猜疑的718！原来是于湛的生日！疯子！疯子！疯子！他在刺激我！

还有那个女人，我觉得她很熟悉。我们第一次在历冥家见面，我就觉得她很熟悉。当历冥和于湛都不在，她握着我的手，用很快的语速告诉我，一定要和历冥在一起，要我一直留在历冥身边，他会要我的，他要这样一个人，那样她就可以得到于湛，我们两个女人可以合作得天衣无缝。当历冥和于湛出现，她又立刻为于湛愤愤不平的模样。天哪，如果不是因为没有记录下来我差点忘记，我忘记他们都是一群疯子！

今晚，于湛约我九点到琴房。他想做什么？我一定要去。

我现在醒来了，我根本没有昏倒。我装作在琴房门口昏了过去。我只是睡了一觉。历冥还当我是一个单纯的女孩。是一个可爱的小天使。他骗我那是一场噩梦，我很讨厌被人骗的滋味，他这个骗子。

“你真的要和这个女人在一起？”

“嗯。”

“你爱她吗？你爱吗？！我比谁都希望幸福，你不要毁了自己，你看看你！你不快乐！”

“我不爱她！但我需要她！别问原因。我是半只脚踩进坟墓的人，你不要再打扰我了，让我安度晚年吧。”

当晚我看到历冥面无表情地说出这样的话。他在利用我？他对我太残忍了。他该受到惩罚。可我要继续装作不知道的样子。我不要听！我不要听！那样，我才能留在他的身边。

他在电视台和我求婚了。我看得出，他很难过。没有人求婚是这样的，所以我也很难过。但外人看来我获得了爱，我如此幸福。这是我给他的最后一次机会，为了我要的爱和期盼已久的幸福，如果他和我好好结婚，一切我将既往不咎。否则，我会拉他下地狱的。

已经是结婚前的最后一天了。今晚他喝了很多酒，还放了《卡农》。明天他将成为我的丈夫。我们将幸福地生活，有一个健康的宝宝，相伴相守到老。明明再忍一天我就可以拥有我要的生活。明明都结婚最后一晚了，他听着《卡农》灌醉自己，他在幻想些什么？是他的行为在激怒我！

刚刚他醉得不省人事，我往他食道里倒了很多盐和味精，又倒了很多酒冲淡。我拨通了于湛的电话，于湛一定会救他的。我还不想他死，我要看看他醒来会不会有所悔改。而明天，我将成为最可怜的新娘。

我就是上帝，我要主宰一切。

# 2

历冥要结婚的前一天醉了，他果然是个不负责任的男人。他的喉咙很咸，像被灌了很多盐，他以为是喝了太多酒产生的幻觉。他醒来的时候才刚刚被推出抢救室，于湛看他的眼神，他深切感受到于湛在埋怨他，看来他又和生命进行过一次殊死搏斗，这次战斗得太累了，他说他很痛。

喉咙还是很咸，发不出声音，于湛却听到了，眼眶都红了。他想于湛是感受到的，不是听到的。

他和于湛明明是越靠近越自我毁灭的关系，一边拿着刀一边缠绵，缠绵得越久刀刺得越深，可他们却互相依存这么多年，他们孤僻、罪恶、堕落，唯独在彼此身上找到了勇气、光明、爱。历冥讲不出话，索性闭上了眼睛。

他是个没有妈妈的孩子，到现在他都快死了，还不知道自己的妈妈长什么样，一张妈妈的照片，一个关心的电话，一份生日礼物都没有在历冥的人生中出现过。

他的爸爸有钱又任性，花天酒地地给他满世界找后妈。

你能想象一个父亲在儿子被诊断出心脏病需要住院治疗时却

和小护士勾搭上了在隔壁病房偷情吗？小护士才二十来岁，是个实习生。他的爸爸已经四十了。

诊断出心脏病住院的第一个晚上，历冥做了噩梦，梦到心脏坏了。小孩子醒来的晚上格外脆弱，需要人陪，如果这个时候没有人陪，他长大就会没有安全感。如果发生些更夸张的，就会造成一辈子的心理阴影。

他听到爸爸在隔壁病房发出的呻吟声，他想去找爸爸。他目睹了一个四十岁的男人在二十岁年轻女孩身上温存爱抚。

上梁不正下梁歪，不要太高估小孩，小孩的思想意识都是由父母的行为方式逐步形成的，当他第一次遗精后，他意识到自己是一个男人了。他开始探索这种快活，他的性能力出乎他意料地好。当然，在做爱时偶尔也会心脏病突发。但他的身躯健硕，大多数情况下他都能掌控好全局，不过大概是儿时的视觉刺激吓得他软了，他对女人的接近都觉得是有目的性，是那种心理上软，不是身体上的。他已经变得很难相信女人。

他爸爸说爱你的钱你就给她们钱，爱你的脸蛋说明我把你生得好，爱你的才华你就和她们谈天说地，爱你的性能力就最好了。让别人爱你，你爱自己。我们这类人最怕别人谈感情。但他还是很难相信女人。

他羡慕他的爸爸，薄情所以会多情，自私所以会快乐，大概他爸爸的私生子一大堆，不过历冥没有见过其他的，当时他爸爸给他取名字也很随意，报纸上正好看到黎明和乐基儿离婚的绯闻，他感觉这名字不错，就给了他这个名字。

于是历冥索性把姓和名都改了，花钱就行了，而有的手续烦琐登记的时候还是黎明，他写名字的时候第一反应有时也还是黎明，这真令人烦躁。

他对爸爸多少是有怨恨的，这老男人从小到大就没怎么管过他，给他花不完的钱和一栋大得小时候找不到厕所的房子，小时候房子里还标配煮菜阿姨、清洁工、保姆，长大后他都辞退了，他忍受不了别人在他家走来走去，为了钱对他嘘寒问暖。他说了他受不了别人目的性地接近他，女孩、年轻女人、老女人都不行。

当然，他佩服他爸爸是个从不喊痛的男人，直到他爸爸死的时候，他才知道他的心脏病是遗传性的，他爸爸告诉他你要爱自己比爱任何人都深，那样你才会产生欲望，看见明天的太阳。

他说，你放心吧，谢谢你的钱也谢谢你给我这病。他拿着遗产就走了，没回头、没流泪，他不知道这遗产是总遗产的几分之一，不过也够他挥霍了。他把他爸的后事都交给了丧葬一条龙服务。从此他就自性自足，自生自灭，当一个不喊痛的有钱男人。

有时候他也想，他要这么多钱做什么啊。他写写词，谱谱曲，不太满意的就卖给圈内人，他玩玩雕塑，无聊了得个奖，赚点外快。他多的是钱。他有爸爸给他的钱，他还有自己才华赚的钱，他无聊的时候学会了吉他和雕塑才知道才华也可以变成钱，他一边感到不屑，一边又把钱花在别的地方，大把挥霍。同行问他怎么不考虑出道？他说我又不差钱。有钱大概就可以做一切想做的事情，他从不担心没钱的一天。

他每天都去不同的餐厅吃饭，每个星期都叫不同的清洁工来打扫，衣服穿过一次就扔，口袋是一沓一沓的现金。他从不让自己处于固定一样东西、一个人的境地，那时候他的心脏病还没现在那样随时能要命，也就偶尔抽个一两下，但每次一抽，抽的次数逐步变多，他就变成了这样一个小心翼翼的人，他随时都做好摆脱这个世界的准备。

说实话，他挺满意那时的生活，不需要交流与合作，没有慈悲与拯救。他不需要对任何人和社会负责，社会和任何人也别求他负责，那可是一种完美无缺的无上境界呀，哪天死了就无牵无挂的和阵风一样漂泊去天涯，他还想去外太空看看呢，挺好。

他对女人是一种绝对小心的态度，一方面他无法相信女人，一方面他寂寞，他还想试着去寻找那种快活，其实也就是挑战自我的一种。说起来他最久的女友就是江可了，他和江可有时候挺同病相怜的，虽然他们都不知道彼此身上发生过些什么。她问厉冥如果她死了会不会感到难过。

这话抽得厉冥心疼也引起了他的深思，一个人来是快活，一个人走也快活吗？没人为他流一滴眼泪。从酒店出来他抽着烟走在路上，烟灭了以后他去了小吃摊，以前去过第一次的地方他就不敢去第二次，果然，这第二次来了以后就会想来第三次、第四次、第五次。

他喜欢坐在这里看看走来走去的人，这里总是十分热闹，让他感觉他不是一个人。

他经常观察对面的男孩，每天四五点钟男孩戴着眼镜、背着书包和老板唯唯诺诺地道歉，他总低着头，驼着背。每次都说着今天来晚了，对不起、对不起。听他说得最多的就是对不起。有一天男孩没来，历冥第一次走进了对面的店，在过了一小时后男孩又弯腰驼背地道着歉走进了店里。男孩放下书包，系围裙，一系列熟练的动作后开始出入厨房拿着菜端进端出。

历冥随意点了几个菜让男孩端到他的面前。

“辛苦吗？”

“这里工资很高吗？”

“累吗？”

几个问题后，历冥感觉到自己的自作多情，男孩没有看历冥一眼，总低着头，放下菜就走了。历冥也没有再不识趣开口，只是过后他还是观察男孩，时间长了成为一种乐趣，但他没有打算打扰男孩，因为一旦认识了男孩也会打扰到他。

他发现男孩是个善良的男孩。他好像和一只他救的流浪猫关系最好，有时打工的地方饭菜里有鱼，他细心地把骨头挑走，把肉给流浪的野猫，自己吃白饭，连青菜都会打包，大概是家里处境不好，给家人带的。男孩一有空时就看书写作业，他总穿一套衣服，坏了就问店里的姐姐讨要针线缝补缝补。

他觉得男孩挺好的，是个和他十分相反的个体。但他知道不该再这样观察下去，越观察越想接触。他决定最后一次去看男孩，以后就再也不去了，其实他想换个城市生活，这里他待得够久了。

一般最后一次和第一次一样隆重。历冥在等了两小时后忍不住问了老板那个男孩今天怎么没来。老板愤怒地表示：“谁知道！明天他来也辞了他！他妈有病，他爸欠债关我什么事情，我开门做生意又不是慈善。”

历冥拿出钱砸在老板的身上说了两个字：“不准！”然后他开始去寻找。后来他一直在想，当时他去找是对的还是错的。他如果没有去找，他就依旧对这个世界了无牵挂。但他如果没有去找，于湛就死了。他都是将死之人还救人，多高尚。当他抱着于湛送到医院不自觉地签下黎明的名字承担了所有医药费开始，历冥觉得自己无比可笑。他们终其一生的牵绊就这么开始了。

# 3

“今日六点，有市民在×××巷内发现两具尸体，两名死者均从事非法高利贷，目前死因不明，详细内容请看报道。”

历冥坐在客厅前看着电视和尸体，他觉得有点渴，倒了一杯酒，冷静无比。直到电视里出现于湛的脸。他捏着酒杯，用力过头了，酒晃出来了。

记者：“听说这两名死者生前正在问你讨要债务，当时到底发生了些什么呢？”

于湛：“他们问我要钱，我说我没有钱，他们抢走了我的书包，里面有我爸爸给我的玉，我想拿去当掉还钱的，然后他们都想要那块玉就产生了分歧，其中一个把另一个摁在垃圾桶，另一个又把那一个撞在墙上。然后……太可怕了……太可怕……我不想说了。我现在只想找回那块玉！麻烦好心人看到或者捡走可以还给我，那是从小到大我爸唯一留给我的东西，我妈妈是痴呆症，说出来很丢人，我爸怕留给我妈妈，我妈妈会弄丢，就留在我身边，你们不会知道那块玉对我多么重要！”

其实根本没有所谓的玉，于湛却成功地转移了话题，一个多么精妙的谎言。历冥又松开了酒杯，把纸巾覆盖在刚刚晃在地上的酒。他的嘴角有一点笑容。这个男孩在替自己编造一个精妙的谎言。

记者：“可是听说你当时是被人抱着送到医院的，是一个和你年纪相仿的男孩。”

于湛：“我真的非常害怕牵扯进那个路人，所以本想不提，如果你们找到他，希望你们不要冤枉好人，也能告诉我让我报答他，他是个好人！他当时路过，我们素不相识，放高利贷的死了以后我很害怕，但我被他们打得已经站不起来，我以为我自己也要死了，他救了我，送我到医院，他完全可以对我不管不顾，却把我送到医院，让我相信这个世界还是有很多好人的。为什么巷子没有监控？那样你们就会发现一切真相……”

于湛说着说着开始掩面。历冥吃惊地感到这个他每天在观察的男孩内心世界十分细腻丰满有逻辑。这是他天天观察的那个男孩，在这个社会的最底端总把道歉挂在嘴边的男孩吗？后来警方还是找到历冥，当时他们年纪都还小，历冥没有任何作案动机，于湛打工的那家店老板也说不认识于湛和历冥，因为童工是禁用的，这个案件不了了之。

历冥决定去乌克兰避一段时间，听说乌克兰美女最多。他本来是想去巴基斯坦的，他还是喜欢黑发黑眼珠的美女，金发碧眼的都太奔放，他有些儿受不了。所以在乌克兰没日没夜地玩了没多久他就又一时兴起地订了机票回中国。还是中国好啊，哪儿都好，他以前也没发现自己是一个这么爱国的人。所以啊，人不能有牵绊，一个牵绊再小，慢慢却会大到对一个国家产生眷恋。

他不只回了中国，还回了那个城市，他想还是在这里上学最舒服。他决定再次感受一下学生生涯，他是一个放荡不羁的男人，以前他经常逃课打架，和学校里的谁关系都不好，他换了一所又一所好学校，别人都说他纨绔，每当这个时候他就威胁别人，我这个没爸没妈的青春期男孩很容易做错事的，你们说话注意点吧。他就这样，不停地在过渡他的儿时、少时，如果有幸能活到晚年，他估计还是这样浪荡地活。

历冥从踏进新学校的第一刻开始就被众星捧月，他从小到大都受着这样的待遇，年轻的女孩心里总是有一个完美的幻想对象，富有英俊高大专情霸道，却只对一个人温柔。这些他全具备了。

上课的时候历冥发现于湛一直在看他，他问他我很好看吗？于湛就害羞地低下了头。这个傻瓜啊，以为一切都是巧合，救他是巧合，同校是巧合，世上哪有那么多巧合，不过是对方也在看你而已。

于湛要把医药费还他，还要和他做朋友，历冥带他去了那条小吃街，他们正在彼此的青春里留下来过的证明。

巷子里的秘密，让他们的关系达到任何人无法达到的高度，因为有的世界只装得下两个人。全校都知道他们是连体婴，他们除了彼此，他们只有彼此。谁也接近不了他们，他们也不接触任何人。他们知道是巷子的秘密让他们的关系密不可分，可他们都对巷子里那个秘密只字不提，大概一旦捅破就不好了，所以本来一切都很好，甚至应该更好。但因为这样的亲密他们再度引起注意。

历冥知道转校到于湛的学校这件事情，他做得十分欠妥，他对于自己的头脑发热也在忏悔，这本来就不像他会做的事情。他我行我素惯了，现在开始眷恋一份友情，他也不能置信。被叫到警察局前，于湛深情款款地和历冥说：“没关系，万一有什么，都是我做的。”

那一刻历冥其实知道，他不该和于湛相处下去，他们在一起越久，很多事情就会越复杂，情况就会越糟糕。比如做错了事情迟早需要认错，比如他的心脏病迟早得死。不过现在还不是时候，他们要先安全地从警察局出来。

警方：“你们什么关系？”

历冥：“朋友。”

警方：“放高利贷的人出事那次你们为什么说互相不认识对方？”

历冥：“那时确实不认识。”

警方：“那现在怎么会认识？问过你们学校的同学了，你们俩在学校好得有点特殊啊，老实点回答。”

历冥：“这市里所有学校我都上过，都被退学了，就这个学校没有。本来想留在乌克兰，未成年人不能独自移民。我没亲人，房子在这里，只能来这所学校了，也不是我能控制的。何况我有心脏病，胃也不是很好，不想让别人知道，怕被同情，所以和同学关系不好，没什么朋友。之前我救过他，他大概想谢我吧，对我很好，我们就成朋友了。我一个随时都会死的人还能说假话吗？我也不缺钱，没必要对根本不认识的人下毒手。”

警方：“你们什么关系？”

于湛：“大概朋友吧。”

警方：“什么叫大概朋友？朋友就朋友，不是就不是。”

于湛：“我……”

警方：“别支支吾吾的，你这样会引起我们的注意。”

于湛：“我害怕因为我的事别人好心帮忙了，还受牵连，那不公平。”

警方：“我们现在在问你你们到底什么关系？为什么高利贷的人出事那次你们说互相不认识对方？”

于湛：“那时候真的不认识！”

于湛：“那过后既然有缘分再遇到，我想报答他，人要知恩图报，没有他我估计也被放高利贷的打死了，我对他好，他也愿意对我敞开心扉。他爸爸过世了，我条件不好，我爸在我很小的时候给了我一块玉到现在也不知道在哪里，我妈妈是痴呆症，所以同班同学都疏远我。我们都互相同情对方。对了，那块玉有人联系吗？”

警方：“你是不是因为想夺回玉气急攻心杀了那俩放高利贷的男子？”

于湛：“呵，肉眼也看得出我根本打不过他们，如果我打得过，之前好多次他们来讨债把我打得半死不活，我就那么做了。你们大可以问问我家附近的邻居，上次他们把我打成什么样。”

他们在经过滴水不漏的盘问后再次由于毫无作案动机，毫发无损地被放出了警察局，他们是挺直着背走出来的。

出来时他们都听到了警察的话。

“唉，两个可怜的小男孩。”

# 4

“下雨了。”

“拿我的校服挡雨吧，我……先走了，我妈等我回去做饭。”

“明天见，记得把校服带去学校。”

于湛把自己的校服脱掉，那是很贵的校服，他却把校服覆盖在历冥的肩膀用来替他挡雨。历冥抓住于湛的手，他和于湛的眼睛没有分神过一秒，历冥用另一只手把校服从肩膀拉下来用力地塞进于湛的怀里，于湛接住校服，他觉得历冥从警察局出来开始就有些不对劲。

“你……怎么了？”

历冥转过头就走，径直地走，任凭于湛在后面大吼大叫也没有一点准备回头的打算。

“你到底怎么了？”

“你说话啊！”

“是不是因为我牵连你了你心里埋怨我了？”

“对不起。”

“真的对不起，你以后……可以在学校对我保持些距离。对不起。”

重复的对不起激怒了历冥，历冥还是回过头，用手指着于湛。

历冥：“对不起、对不起、对不起！你怎么老说对不起！我不是说了别说对不起！你没对不起任何人！我自愿做的干你屁事！你立刻消失，滚、滚！给我滚！”

于湛：“你不要我当时就该让我死！”

历冥：“你又在胡说八道些什么？！”

于湛：“我胡说八道？我的命都是你给的！你都不要那我要了干什么？！”

于湛：“我不懂，我们认识到现在不开心吗？为什么现在，你要分道扬镳的样子？”

历冥：“那你知不知道我以前一点都不怕死最近该死的怕死得很！我想不择手段地活下去！因为谁！因为你！”

历冥：“你做假供！你知不知道什么后果？！我们应该……离彼此越远越好，你懂吗？”

于湛自己流着眼泪，却在替历冥擦掉眼泪，他不知道那是泪还是雨，但他既舍不得历冥哭，也舍不得历冥淋雨。

历冥打掉于湛的手转身离去，于湛“砰”的一下跪在原地，膝盖被拉开了个血口子，他捂住脸大声痛哭起来，行走的路人像看疯子一样看着他，他清秀的脸庞被淋得湿漉漉的，他孤零零地在雨里完全失去思考的能力。

“起来。”历冥像一个精心雕刻的雕塑一动不动地替于湛撑着一把黑色大伞，于湛用通红的眼眶望着历冥，他们安静地对视，伞外是磅礴的大雨，伞内的雨水在逐渐蒸发掉。

于湛开口：“你哪来的伞？”

历冥：“抢的。”

于湛：“什么？！”

历冥：“你烦不烦，问那么多做什么。”

历冥的声音沙哑了，他刚刚随随便便从一个路人手中夺过一把大伞朝他塞了几百块钱就冲回来找于湛。他站在于湛的背后看了于湛有三四分钟的时间，他听着于湛大哭，他走上前给他撑伞，于湛站起来以后历冥用没有撑伞的左手替他擦眼泪。

于湛拉住历冥的手腕：“不管怎样，我们早就不可分割，不是吗？”

历冥：“如果有一天我死了，你怎么办？”

于湛：“我陪你死。”

于湛：“那如果我死了呢？”

历冥：“你是我救的，生是我的人，死是我的鬼。”

历冥：“今天你不走，以后要离开我就杀了你。”

于湛：“你应该知道，我也是。”

于湛：“何况我们都早已无处可去了。”

历冥看着于湛，他知道，都是他的不舍得，这份感情正越来越不受控制，偏移得越来越厉害。而归根结底是他们都太可怜了，两个处境如此困难的男孩凑到一块，他们都希望是彼此独一无二的家人。

# 5

最近历冥发现他多到花不完的钱终于派上了一些用场。于湛非常缺钱。每当历冥把他的钱投入到于湛身上，他就感觉到本身是很虚幻的一样东西，比如钱，变成了实体，就是看得到效果地起了作用。他拿着《vogue》看着新一期的新品，想象给于湛穿好不好看。胸口又忍不住抽着疼了一下，最近越来越频繁了。他一下子变得烦躁，点燃了一根烟。

“你不知道病房不能抽烟？”

“胸口又痛了？”

钟情云淡风轻地玩着历冥病房花瓶里的向日葵，拿桌上的矿泉水给它浇了点水，一下子水倒多了，钟情“哎呀”了一声。

历冥从床上走下来，拿纸巾擦掉了些水。

“别碰我的东西！”

“哼，小气的男人。”

钟情不屑地瞥了一眼历冥，躺到历冥的病床上，发现枕头下有东西，她调皮地翻了个身趴在床上，掀起枕头。

“这个是什么？”

钟情把铃铛放在手里把玩，却被历冥一把抢走，发出叮叮当当的声响。

“说了别碰！”

于湛总在这个点来医院看历冥，历冥听到于湛的脚步声把铃铛塞进口袋，用话语掩饰自己的慌张。

“你怎么来了？”

钟情趴在历冥床上伸手打招呼。

“Hello，我的湛，今天过得开心吗？”

于湛看着钟情在历冥的床上，历冥手上还夹着烟，他没有讲话，静悄悄地把花瓶里的向日葵换了新的，替历冥擦了擦桌子，叠了叠睡衣。

“少抽烟。”

于湛拿走了历冥的烟，灭掉后他就抱着昨天的向日葵关上病房的门走了。

啧啧啧。

啧啧啧啧啧。

钟情发出连续的语气词却不说话，历冥看了她一眼继而从口袋里掏出铃铛。

钟情：“告诉我呗，这铃铛有什么故事？”

历冥：“他妈妈去世前留给他的，他不小心掉了，我找到了。”

钟情：“对他那么重要你怎么不还他？”

历冥：“怕他睹物思人。”

钟情：“我看是你用来睹物思人吧！”

钟情：“行了，你别用那种眼神看我，我不说了，我去找我的阿湛玩了。看他失落的背影，他现在一定被你伤到心了，正好，我可以乘虚而入。嘿嘿。”

钟情：“怎么办？感觉越来越好玩了，我不想陪他，也不想保护他了。”

历冥：“你想做什么？”

钟情：“想做他最好的朋友。”

看到历冥阴沉的脸，钟情哈哈大笑。

钟情：“我开玩笑的。”

历冥：“那最好。”

钟情：“我要做他女朋友。”

这辈子，历冥最后悔的就是在当初脆弱的时候鬼迷心窍地让钟情陪伴于湛，保护于湛。以至于后来钟情收住了笑容认真地说她爱上于湛，于湛也逐渐和她热络时，他觉得他和于湛的世界出现了第一道裂缝，把两个人仅有的一点阳光也要抽走。

# 6

“有多痛？”当护士和医生都走了，于湛抚摸历冥的心脏。

“就是痛。”历冥看着于湛回答。

于湛也痛。

“知道痛还喝酒，想死吗？”

于湛埋怨地一拳打在历冥的胸口，这引得历冥忍不住咳嗽，于湛又紧张起来，轻抚着替历冥顺气，顺气的力道越来越轻柔，生怕就这么碎了、散了。

“你……都是要结婚的人了，要对自己的身体负责，以后我没有权利管那么多了，唯一的要求就是你长命百岁。”

是啊，结婚，结婚意味着什么？他们的世界又多了一个人。谁也没有告诉过于湛为什么他们的世界小到只能装下两个人，却总不得不多一个人。

当一个不能说的秘密被其他人说出口时，于湛不是愤怒也没有惊慌。他当时感到绝望的是那小心翼翼维持的友情终归是不安全的，他们的世界正在崩塌。

“放高利贷的，是历冥杀的吧。”

钟情双手托着腮帮子看着正在看书的于湛，于湛看的是朗达·拜恩的《秘密》。于湛的眼睛还停留在书本上的那句，不好的感觉和好的思想是不可能同时存在的。

于湛："什么意思？"

钟情："你不要和我装傻哦。"

于湛现在的感觉很不好，所以他也不可能有好的思想，他为了逃避必须用行为掩饰。他合上书本起身就要走却被钟情拉住了手腕，钟情看起来对一切了如指掌。

钟情："他抱着你把你送进医院那天我看到了。"

于湛："你什么意思？"

钟情："他在你旁边直到医生说你没有生命危险。"

钟情："他说，杀了他们以后没有人可以威胁你了。"

于湛："那又怎样？"

钟情："没怎样啊。"

于湛："你有证据吗？"

钟情："没有呀。"

钟情抢走于湛怀里的书，缓缓读起，她的声音，机灵，巧妙："Everything we think and feel is creating our future. 原来我们的每一个想法和每一个感觉都正在创造我们的未来啊。"

于湛把书从中间撕碎扔在地上冲着钟情大吼："你到底想怎样？！"

钟情替于湛把零碎的鬓角捋到脑后深情地捧着于湛的脸颊：

“你说呢？”

他们的世界正在崩塌，更绝望的是那他也得为正在崩塌的世界努力，可多了一个人就又少了一点爱。其实年轻的时候多好啊。

如果你问现在的历冥，假如可以重来，他会不会杀了放高利贷的？或者你问现在的于湛，假如可以重来他还会不会做假供？

年轻的时候太嫩了，太无辜也太脆弱，容易被伤害也容易被治愈，所以年轻的时候受到的伤害和侵犯也最多。年纪大了以后，大概心越来越坚硬，受到的伤也越来越少了，可是，再遇到治愈自己的人也已经成为一种非常微弱的求救。

青春期里于湛的伤感和历冥的暴戾都被彼此治愈得差不多了，历冥除了偶尔会让于湛滚以外，一切都很好。而有人的横插一脚并且无法躲避让一切变成徒劳，这个人就是钟情。如果年纪再大一点等到他们的心都更坚硬时，他们就不会像当年那样因为钟情很绝对地产生第一道裂缝。历冥早说了，女人不可信。

于湛：“你有没有告诉过历冥你知道这件事情？”

钟情：“只有我们知道。”

于湛：“那就好。”

钟情：“你和他就是因为这个秘密才能这么亲密吧，谁都插足不进去似的。”

于湛：“你现在不是进来了吗？好玩吗？开心吗？”

钟情：“嘿嘿，现在是三个人的秘密了。”

钟情：“其实你大可不必担忧，你看，以前我也没有说，要说我早说了。我说要你和我做朋友，从朋友开始或许我们可以成为男女朋友，结婚生子，像一个普通人一样。但我不会强迫你，勉强是没有幸福的。所以你放心，我不会说的。”

于湛：“究竟为什么非我不可，你在折磨我也在折磨你自己。”

钟情：“你觉得我不好吗？我不漂亮吗？”

于湛：“好，漂亮。”

钟情：“那你为什么不爱我？”

于湛：“不爱就是不爱！”

钟情：“我很好你也不爱我？”

于湛：“我这种穷人，很好不代表适合。”

钟情：“可是你看看，这件白衬衫，8943元，你穿得很合适，很漂亮啊。你喜欢我也可以给你买啊，不就是钱吗？”

于湛：“因为它在我眼里根本不是8943元的衬衫，是我的校服。”

钟情：“所以你还不知道我为什么非你不可？”

钟情：“因为你完完全全不爱我！我知道就算我再好你都不爱我！”

钟情：“更可悲的是，你甚至哪儿都不如我，我是见过你最丑的模样的！你的家境那么差，除了学习你全都这么普通，我甚至可怜你！可你竟然对我视而不见！”

钟情：“何况你会弹《卡农》，穿着白衬衫。你虽然不爱我，但你总把我当成普通人，从未给过我任何特殊待遇，即使我这么漂亮，你看，你也不乐意多看几眼。”

于湛：“那是不是我爱你了你就能放过我？”

钟情：“那你告诉我你爱我啊。”

于湛：“我爱你。”

当历冥看到钟情和于湛连头发丝都几乎靠在一起说我爱你的时候，他们都在想，如果真的有神的存在，大概创造这个世界就是用来愚弄自作聪明的人的。历冥让钟情靠近于湛，于湛又怕钟情伤害历冥选择被钟情靠近，结果现在他们伤害了彼此。他们必然逃脱不了冠上自作聪明的头衔。

钟情：“别走。”

钟情再次拽住于湛的手腕，于湛要出去追赶历冥，于湛要去追赶他的友情，他们的爱都太狭隘，走到哪儿都只能放两个人。

于湛：“松手。”

钟情：“别走好不好？”

于湛：“你别再偏执！我能和你当朋友！甚至结婚！我们能纠缠一生一世！我们做了一切我也给不了你爱！因为你！我！都在带着目的接触对方！懂吗？！”

于湛恶狠狠瞪了钟情一眼后迅速跑走，他想说的都说完了，他那双漂亮又温柔的眼睛摘掉眼镜后由迟钝变得尖锐有攻击性。但他看历冥还是很温柔，大概历冥在他还迟钝时拉了他一把，所以他面对历冥时依旧迟钝。

他在历冥家里等历冥等到很晚很晚，等到喝醉的历冥推开房门，于湛猜到了，历冥一定喝醉了。于湛早就准备好热牛奶和保肝药，他拿着装牛奶的玻璃杯，把药片放在另一只手的手掌伸向历冥，却被历冥一起打碎在地上。

“谁允许你来我家！滚！”

于湛弯下腰，捡碎了的玻璃杯，一片一片的。

“你在做什么？”

“我问你在做什么？！”

于湛没有顾及历冥的吼叫，地上还是很多碎片，历冥喜欢光脚走路，踩到会被扎破的，于湛把碎片放在掌心，更细小的碎片用纸巾包裹起来。历冥终于忍不住把他从地上拉起来摔到沙发上。

历冥：“为什么还要回来？”

于湛：“你下午听到了什么？”

历冥：“我爱你。”

历冥：“你来就是想听我重复一遍？”

于湛：“其他呢？”

历冥：“其他什么？更亲密的？”

于湛：“那就好。”

历冥：“好？我也真够贱的！早该和你分道扬镳。”

于湛：“我们永远是最好的朋友，这是怎么都无法改变的，其他一切都是妥协。”

历冥：“妥协？你妥协什么！我这么强大有什么需要你为别人妥协？！是我救了你！你最多对我妥协！”

于湛：“你……是最脆弱的……”

于湛被历冥拽住领口，他抬着下巴抽泣着说。他觉得每当哭的时候自己就还是以前那个自己，倔强和心机都会在眼泪里投降，哭一场，哭完就不痛了。历冥把于湛又从沙发拉起来，拎到阳台，天空的颜色晦暗又黏稠，身体又烫又冷又纠结。历冥把于湛的脖子按在窗户上。

历冥："我是不是说过，我放你走的时候你不走，你再离开我就杀了你。"

于湛："我从来没有想过离开你。是你一直……一直在推开我！"

历冥："你是我救的！我要你滚你就给我滚！要你回来你就要回来！"

历冥："如果我死，我要你陪我一起。"

于湛："那有什么问题呢？"

于湛露出满足的笑容，他大概是和历冥在一起时间久了，也开始对世界无牵无挂，他那么想要漂亮的脸蛋，也想要花不完的钱，当他有了以后他才发现只是因为他在阴暗潮湿的世界里太久太长，他迫切渴望解脱，他向往一切好的东西。钱、美都是象征，是代表。他知道他要的就是好，只有好，是心灵上的那种好，这种好只有历冥懂得。

"你走吧。"

历冥冷静下来后缓慢松开于湛，他转过头去，他是在逃遁，何况他不知所措。

"你的手流血了。"

大概是历冥刚刚发泄情绪的时候做什么都太用力了，但他却伤害到了自己，于湛把历冥的手拉过来，于湛觉得历冥的手指都看起来很养尊处优，于湛把历冥的手指放入口腔里，卷进舌头。他盯着历冥的眼睛，历冥没有排斥。

“你也是。”

历冥察觉到于湛的手也在流血，他刚刚对于湛也太用力，他也把于湛的手拉过来卷进舌头里。历冥天生很漂亮的脸蛋充满美感，他是那种做任何荒谬的事情都能显得合理化的男人，所有人都不会怪他。于湛不知道有谁能离开一个任何人都渴望都想去保护而他却需要你并且正在保护你的人！就是这种荒谬又真实的存在感令于湛愈发堕落。这就是毒品！于湛宁可上瘾、堕落，也不能离开、放弃！

“别让我走。”

于湛说别再让我走了。

于湛从钟情的手中溜走后，钟情一直看着自己的手，看了一天一夜才被爸爸妈妈唤醒，妈妈递给她的餐盘是丰盛的早餐，一杯热腾腾的牛奶，两个荷包蛋和一块牛排。钟情左手拿着叉子，右手拿着刀，牛排被妈妈煎得烂透了，很好切，她越切越细，越切越薄……

“你难道没有听过一句话吗？每一个追梦的少年都是偏执的梦旅人。”

我们的梦里都有一个热烈的太阳迎着我们。她想要热烈，要活得跌宕起伏，要波澜壮阔。只要有这个秘密，我就能维持我们的关系。

“可你根本就不爱我！为什么？！”

她摔碎了餐盘，抱着自己的脸躲进被子里哭出声音。

# 7

明和暗向来都是最对立的了。可无暗就无明，有了暗才知道原来亮的时候是明，等明消失了我们又才知道暗是如此。存在的理由就是对立，他们对立又依存。

于湛一直以为他和历冥就是这样不可分割的关系，历冥一直是他的明，是光、是日、是白昼；他是暗、是夜、是深不见底的水。他们根本离不开彼此的，他们是朋友、是亲人、是唯一。他们孤独地活在这个世界，极其艰难地，不顾一切地拉住彼此冷冰冰的手和疼痛的心决定一起孤立无援。而现在到历冥的生死关头，于湛才想，警局的人说得一点没错，这只是两个可怜的小男孩。他们只是两个可怜的男孩碰巧在人群相遇了，这始终是两个可怜的男孩短促的相聚。其实这世上有谁离不开谁呢？开始很难，结束容易。

历冥躺在病床笑得和喘息融为一体。

于湛："笑什么？"

于湛："别笑了，笑了以后……你是不是想离开我？"

历冥的笑容太少了，于湛看得都不想移开目光，历冥短促的笑又华丽又荒凉，又精致又脆弱。他希望历冥一直这样笑，哪怕是不开心的笑，笑，总比哭好多了。实际上他们的笑容都太少了，因为空洞的痛苦，现实的凄惨。

“我们说过的，谁离开就要杀了谁。”

历冥挂盐水瓶的手捋着于湛的头发丝，于湛可真不像个男孩，头发那么柔软，眼睛还是水汪汪的。于湛闭上眼睛，趴在历冥的胸口，倾听历冥的心脏声，他眼睛里的水滴在了历冥的心上。

于湛：“你杀了我吧。”

历冥：“可现在是我要离开。”

历冥把于湛的手拉到他的剑突，大概就是这个部分可以必死无疑，历冥一脸信任于湛的模样让于湛想想他应该做什么反应。他觉得现在的自己很好，而历冥已经很痛。一年后的自己估计依旧很好，好死不如赖活着，对吧？至少身体好就能活下去了，精神和思想谁管呢？那一年后的历冥呢？于湛想起这个瞬间倒吸一口冷气，他坐在一张冰冷的椅子上或者孤独的双人床上，他无论把头转向右边，转向左边，无论伸右手或是左手，都看不到，摸不着，历冥已经变成无所遁形的灰烬飘荡在无边无际的宇宙。于湛觉得其实他是幸运儿，不幸的是他身边的人，他们总在不同程度地受到伤害与灾难，他身边的人不幸过后他要面对的沉默就累积得越来越大。他说他有一种这样的魔法，总能把人从有形的变成无形的，最后它们就像一片尘埃落在身上和心海。

历冥说他要离开了。这个为他杀过人，给他换过白衬衫，送过他钢琴，哄过他开心的男孩要离开了。如果将来还会有为他杀人，给他换白衬衫，送他钢琴，哄他开心的人出现，于湛也没办法和一个与历冥相似的人做朋友，这个世界没人能代替历冥，于湛宁愿与历冥互相伤害，甚至做违背伦理道德的勾当，也不能和别人心安理得地度日，那不是度日，是度日如年！

于湛抓着病床的被子把头埋进一片白色里绝望地哭泣，历冥那双万能的手一直顺着于湛的头发。他终于抬头睁开眼，眼里是密密麻麻的红血丝，他像一头醉生梦死的野兽，这世上还有什么他做不出的事情。

他！这就杀了历冥！

日记本！今天就是结婚的日子。今天脑子里浮现一个成语：飞蛾扑火。小时候我就很喜欢。不是飞蛾的天鹅不能理解飞蛾为什么扑火，不是葵花的仙人掌不能理解我为什么不计后果需要光。历冥是光，是我心里的白昼，有他就没有夜晚的存在。看他时时刻刻被自我折磨得体无完肤我也会心疼的。他是一个认真的疯子，极度真诚。他既粗暴又无比温柔。他深沉的力量里充满孩子气。他总抱着他的吉他和雕塑。

大概是这样的他，还有我在无边的黑暗里停留了太久的缘故，我总想男人都是坏人，可他和爸爸是好男人。

历冥哪怕是个坏男人，我的孤独也被他引燃了。

我终于想走进光明大道牵着他的手，多么可笑。如果走不进光明大道那我就无路可走，他定要为无处可逃，无处可躲的我负责。其实除了飞蛾扑火我别无选择，如果历冥愿意和我一起安然无恙，我们可以天长地久。否则，我的生命太短暂了。

女人果然是世上最心软的。我还是忍不住在婚礼前，去看看他，看看他的身体。于是我这么做了，我在清晨跑去医院看了他。看看他的身体外我还想看看他有没有悔改之心。我进去的时候，于湛哭着从病房跑出来。历冥醒了，我看到他看着窗外的背影，连背影都看起来不太妙。

他看到我后没有反应。和我想象中的不一样。我宁可他有一些表情证明他对我起了反应。他面无表情地说：我不能娶你了。男人果然是世上最无情的。他比坏男人无情，他不为他的所作所为感到愧疚和羞耻。他说过，每天你就在身边还是会想念。他常说，昨天前天大前天又梦到你了。

他骗了我！刚刚他都没有问我一句就想把他送我的铃铛拿回去。他虚弱得呼吸都很困难还要抢走铃铛，我不给他。

我问他，为什么送我的东西又要拿走?

他说，这本就不属于你。

可之前他告诉过我，我穿着他的白衬衫，他抱着我靠在我的背，他告诉我，他是我的。

他都是我的！而现在连一样东西都不属于我了！

他说，你走吧。

他离开我的样子，像迫切渴望解脱。现在我回来了。他也离开我了。是我杀了他。既然他离开我的样子如此迫切渴望解脱，我成全他。

刚刚结束婚礼，跑到天台，我累了。现在我就在天台坐一会儿。到这刻我才发现我是个用功的女孩。我和跑得气喘吁吁的于湛有一句没一句地搭话。我还想把这些记录下来。很多东西需要一个结局。

于湛问我为什么要杀历冥？要杀也是他来杀！何况他根本舍不得。他以为她舍得吗！她舍不得！她爱得不比于湛少！为什么杀历冥？其实了解一个人并不代表什么，人是会变的，今天他喜欢凤梨，明天他可以喜欢别的。

可原来有的人今天喜欢凤梨，明天还是喜欢凤梨，不喜欢了，吃一口苹果，然后还是会继续喜欢凤梨。或者他只是不忍心吃凤梨，凤梨会痛，所以吃一口苹果，苹果痛不痛，没关系。

我为什么要杀历冥？因为我不想当那个苹果啊。我没有友情也没有爱情啊。我还可怜巴巴地成了你们的牺牲品。在欺骗和利用里我不要那份可怜。

因为我要惩罚你们。

因为我要夺取你们的爱。

因为那是我最缺少的。

因为我没有！你们！也不该有！

如果有轮回，我希望在平行宇宙间穿梭来往，想这样活，想那样活。不过我还是最想和你一起，我们的躯壳是一体，我是你，你是我，我们的肉体，卷进翻滚而来的海浪，被金光灿灿的沙子覆盖，和蛛丝牵挂的高楼共存，我们除了家可以去游乐场、电影院、酒店。我一直想去浪漫在满地流淌的法国，不过我们变成无限后，地球容不下我们，我们就去听起来很热情的红色火星，我觉得我们可以叫盛明。英明圣哲，无所不晓。看来我又做了黄粱一梦，一个人，一个人能掌握的事情太有限了，我的梦里，世界和你被延伸得无限大，实际是无限小。我想有一天，如果于湛看到我们融为一体他一定不会问为什么了，因为他成了我这样只能充当旁观者的炮灰，我调皮地想让他体验一下，这是我的遗愿啊。其实我就想和你安静地相爱，无论在哪里，这个世界，另一个世界，梦里的世界，我要的是爱啊。

我一直以为我的生命短暂，其实大家的生命都很短暂。

The morning leads me over to my window.
清晨将我牵到窗前。
The air feels sharp against my skin.
空气伸出锐利的手碰我。
Am I leaning out, or the outside leaning in,
是我正向外探去，还是外面正探进我来？
I wonder as I listen to the wind blow.
风吹过，我这样好奇地想着。
People walk past in the streets.
街头行人往来经过。
A city that I will never meet.
有的城市不会见我。
People in their cars and their cars in the streets,
人们在车里坐着，车被街道拥着，
the streets in the city where I sleep.
街道在我安然入睡的城市栖着，

Walk down to the supermarket.

出发向超市走去。

Milk and bread in my basket.

把牛奶和面包装进篮子里，

Chocolate on the shelf and my mind on the docket,

巧克力在架子上摆着，心思在清单里写着。

I'm a slave to the change that's in my pocket.

我是个奴隶，主人正在零钱袋里躺着。

Planes draw lines in the skies.

飞机从空中划过。

Beautiful people fill my eyes.

眼前漂亮的人很多。

Drawing lines now to my own conclusions,

我的结论也得出来了，

beauty is desire in disguise.

漂亮不就是乔装的欲望吗？

The morning leads me over to my window.

清晨将我牵到窗前。

The air feels sharp against my skin.

空气伸出锐利的手碰我。

Am I leaning out, or the otside leaning in,

是我正向外探去，还是外面正探进我来？

I wonder as I listen to the wind blow.

风吹过，我这样好奇地想着。

# 8

我们清醒的夜晚与白天，我们在这座城市的不安与茫然，我们受过的伤与得到的爱，我们不能依附现实存在的念头和现实带给我们令人窘迫的现状，在每个清醒的夜晚与白天解剖成白日梦，浑浑噩噩，昏昏沉沉，我们永远搞不懂为什么我们需要陪伴或者陪伴也需要我们。陪伴有时很痛，牵引我们的每一根神经，他令人胃痛，头痛，哪都痛，不过大多数时候给了孤独的人一个家。他表现的方式有时粗暴，有时野蛮，使人遍体鳞伤，不过大多数时候温柔，温柔得像空气。陪伴是爱的终结，终结是无垠的草原、是深沉的大海、是离别。即使我们终究无法打败命中注定的离别，但我们可以选择一个完美的离别好好说声，是的，我再也开心不起来，但我会永远陪伴你，我爱你，到失去呼吸还是不能停止爱你。

“我不行，我做不到！我他妈做不到！”

于湛把本来对着历冥剑突的针管摔在地上踩得稀巴烂，他抱着头在地上哭。从开始的时候他们彼此就都知道这是一场注定失败的杀和被杀，换来的是于湛躺在病床上要死不活，即使历冥知道于湛很痛很疼，历冥也杀不了于湛，我们怎么能亲手送自己的朋友、自己的亲人上路？！除了舍不得对方我们还舍不得让自己失去对方。于湛哭了一会儿，他从崩溃的源头回来，他又颤颤巍巍地站起来，从历冥的身上摸索出一根烟和一个打火机，手抖得很厉害，按了好几下打火机才点燃一根烟，他猛地吸了一口就开始止不住地咳嗽，他把烟塞进历冥嘴里又把历冥拽起来，于湛从来没有一刻像现在这样感觉除了抽烟什么也做不了，除了抽烟还有拽着历冥咒骂。

“历冥你休想死！医生没宣布你死亡那一天都休想！就算宣布了我都要你给我从棺材跳出来！你听到没？我问你听到没！”

“你赖皮了。”

历冥替于湛擦掉眼角的泪，于湛缓缓松开自己拽着历冥那双失常的手，他顿觉很累，他拂面，他已经瘦成了骨架，脸颊都憔悴得凹了进去，让他想一想，他多久没有好好吃一顿饭，睡一场觉，专心地做一件事情，开心地笑一下，于湛说那是一种悲伤的浪漫。他看过一部电影叫《面纱》，看的时候哭得稀里哗啦的，他还记得里面说，花啊，种花，何必去买些自己能种的东西？看来是有点傻，耗费精力去照顾那些终归要死去的东西，它们不到一周就枯萎了，不值得，多傻。当时于湛想了一晚上，是不是很傻？后来于湛想，可它们却很好看不是吗？爱就付出啊，即使不到一周就要死也付出心血。不爱，不爱等到要死了再说啊，说着再说，再说，再说就真的来临了。

于湛：“你是……我的光啊……”

历冥："以前我想大概众生的情欲是不可能撼动我的，结果直到我狂妄自大的心被撕扯我才明白我要先窒息了。"

于湛："我们还有时间，现在好好的，不行吗？你别再折磨我，我求你，你也别再折磨你自己。"

历冥："可你还不懂吗？我们既回不去也不能再回去。"

历冥总觉得自己很聪明，从小他就觉得自己聪明，八岁的时候能弹吉他、唱摇滚，十岁的时候拿大大的房子门前被暴风雨摧残一整晚倒塌的大树雕刻了一棵小树。结果到头来，自己从小到大都是自作聪明，他可能很笨，他功课一直不好，不过因为有钱，老师都说他是很聪明的孩子只是懒得学。他到现在该吃的药还不记得是哪些，每天吃几粒和几顿都不知道。他如果没有那么笨或者不自作聪明，很多简单的事情就不会被他搞得错落缠绵纷乱钝重。

如果于湛被高利贷讨债时他不大开杀戒，他大可以只把他们打得半死不活，只要留一口气，哪怕半口就可以了，那样他和于湛就能光明正大地当好朋友，或者像于湛说的，亲人。那些身份都可以轻而易举冠上，只要于湛开心。

如果他不总觉得自己要死，不因为这个念头的环绕就产生让钟情这个披着羊皮的小婊子靠近于湛给予陪伴的念头，从此钟情像狗皮膏药贴了就撕不下来，那么就算他们不光明正大起码还是两个人。

如果他不收留盛葵，他为什么要收留盛葵？甚至结婚！他根本不能够相信女人！怎么能给女人一场婚姻！他把这看作一个了断的机会却得到一份加倍的痛苦与折磨！他的每一次拯救都在加速摧毁这份友情和自己的命！

那些在青春里的做作和不羁导致过后的每时每刻都要为此付出代价。历冥一直在试图继续一个人走向未来，试图断绝和过往的所有联系，可是他和于湛多么相互依靠，他已经走出自我堆砌的城墙，他奔向过于湛，他探索过这个世界，残酷又美好。于湛是他的一个寄托，安静又温柔。于湛总说历冥就是黎明、是光、是白昼。历冥认为他只是非常封闭的一个寂寞男人，当他回想起来，脑海里出现的所有瞬息的喜悦竟然都来自于湛，于湛像海一样安静，像水一样温柔，他深邃的目光是海、是水，总在吞没着历冥的寂寞，历冥想，如果他是白昼，那一定是于湛这片深沉的水给予了光明的倒影，因为光有温度。

历冥走下病床，掀开白色的羊绒毛毯是他白皙光滑的长腿，他光着腿和脚站在于湛面前，于湛抬头看着他，历冥的眼里是记忆的碎片失控且混乱。他又蹲下来，在于湛的双脚前，于湛双脚踩着的球鞋是历冥送给于湛的第一份礼物，上面已经落了一层灰，帆布材质的鞋子时间久了也泛黄了旧了，于湛还在穿，历冥伸出手拍了拍鞋子上的灰尘，历冥把垂在地上的鞋带缠绕进手指里，缠绕的鞋带像他们讳莫如深的缠绕。

“鞋带松了。”

“以后的路自己好好走。”

鞋带系好后路也该自己走了，因为其实没有任何东西阻止你毅然前行了。历冥低着头笑，一切都变了老了，这样想的心没有变还在青春里，历冥把手掌支撑在腿部吃力地站起来。

于湛看着历冥，他那么想拉他一把，可是他知道他现在去拉他一把是可怜，是在践踏他的自尊，那不行，因为他们都太了解对方了，也因为太了解所以有了太多的自以为，没有自以为也就少了很多犯错的机会。

历冥又点了根烟，他走到窗前，侧身靠着墙壁把烟吐出窗外。于湛看着历冥的背影，伸出手远远地触摸，说好永远在一起的，我们说的没有退路的模样到你这儿都变了，你始终做不到，大概你也从来没想做到过。

于湛估计自己又要哭了，男孩不该总哭，他从病房里出去冷静冷静，这样回来才能继续若无其事。

# 9

当历冥抽完一根烟把烟头扔出窗外后回头就看到了盛葵，她正穿着婚纱。历冥摇摇头，他忘记了自己的婚礼，多么可笑和不负责任的一个男人。不过他不为此愧疚，结婚是两个人的事。如果他单方面想结婚，盛葵不肯，谁也逼迫不了，这是双方的责任所以他不愧疚。历冥冷冰冰地说了一句："我不能娶你了。"这句话就当作这个笑话一般的婚礼最后的交代了。历冥注意到盛葵还戴着铃铛，他企图取下来，他告诉盛葵这本来就不属于她。盛葵却像控诉他般大吼这属于她！属于她！历冥已经没有那么多力气去纠缠也懒得激怒无关紧要的人，他摆摆手让盛葵走吧，快离开，我不想再看见你这个女人，看见你就像看到自己犯的错。

"我们其实早就见过。"

盛葵一步一步走近历冥，她知道历冥根本不记得，那些记忆都是她眼中的世界，所以历冥听到这句话毫无反应，其实很多时候就是这样，因为每个人想记住的东西截然不同所以导致每个人的世界都不同。

"我现在觉得全世界都不要我了。"

“我告诉你，全世界都不要你，我也不要你。讨厌我吗？恨我吗？你现在有两个选择。一是滚，二是杀了我。”历冥把于湛踩得稀巴烂的针管捡起来放到盛葵手中，针头还是好的，历冥把针头对向自己，盛葵的手在颤抖，历冥握住盛葵颤抖的手一点点在深入自己的心脏：“心软永远是女人最大的缺点。”

当针管掉到地上那一刻，历冥永远地走了，于湛回来了，盛葵跑了，于湛觉得一定是盛葵杀了历冥！他追了出去，他迫切想要问一个为什么。盛葵自己也觉得大概是她杀了历冥，女人的致命缺点就是心软，从小受着伤的她还心软是多么可怜，当盛葵从天台坠落，于湛宁愿这个杀人犯是他，那样起码是他给他们的友情留下了一个断点。其实他们已经搞不清杀人犯到底是谁，反正历冥走了，结果不重要了。

# SEVEN

## 消失殆尽

于湛醒来了，他躺的病床就是历冥的那张病床，他仿佛还能看到满地的针管，他睁开眼见到的第一个人是钟情，钟情手里拿着一本日记，她的旁边是一名律师。

律师：“您好，请问是于湛，于先生对吗？”

于湛：“嗯。”

律师：“黎明，黎先生去世我们也深表难过，但他生前在我这里订立了遗嘱，我是来和您交代他的遗嘱内容的。”

于湛：“嗯。”

律师：“黎先生表示您虽然是他唯一的好友，但实际是胜过亲人的存在。他生前您一直在照顾他，所以他所有的财产都将转到您名下，黎先生的母亲前几天到我们事务所表示对此有一些不满意，所以如果有纠纷您可以找我，这是我的名片，具体的手续等您出院后再办，您看这样可以吗？于先生？于……先生？”

于湛：“……好。”

律师：“然后黎先生生前还投保了多份保险，本来由于先天性心脏病是不能给予赔偿的，因为有先天性疾病的免责处理。不过警方推断可能是一起谋杀，所以如果有赔偿，受益人也是您。”

于湛：“哈哈，那我现在有多少钱？”

律师：“不完全统计……是一笔巨额财产。于先生如果想知道具体数字我回到事务所替您整理出来。”

于湛：“我他妈要你这么多钱干吗！滚！都给我滚！”

律师："那于先生……"

于湛："滚啊！"

钟情："湛……"

于湛："最烦最贱的就是你！你也滚。谁都别进来。"

律师不敢再开口，把信和名片放在床头柜，钟情给了于湛一颗糖，钟情说吃了它我们就走，于湛吃了以后钟情就拍拍律师的肩膀识趣地把门关上，有人要进去时钟情就会摆出自己的医生证，她是个医生啊，为非作歹多了不起。

于湛终于又能安静下来，这个病房只有他和历冥了。他拆开律师放在床头柜的信封，看完后他把信封捏在手里揉成一团又展开，展开又揉成一团。于湛走出病房，他听护士和医生讲话，病人和病人聊天，他们都说历冥真是最好最好的男人，对朋友那么那么好，他们把历冥的丰功伟绩传遍医院的上空，他们都好奇这样一个好男人的好朋友是怎样的一个男人，他们也没有失望，他们说于湛是他们见过的最漂亮的男孩。他们还说历冥英年早逝，遇到了匹配的心脏却不愿意接受配对，为什么？于湛说他不知道。历冥把自己所有有用的器官都捐了出去，听说一个人的器官可以挽救八个人的生命，现在历冥分布在八个人身上，于湛看路过的每个人的器官有没有属于历冥的一部分，看累了他就倒在走廊上，张开双臂，闭上眼睛。

"我最好的朋友，我也不爱你了，你听到了吗？"

"一代人来，一代人走，大地永存，太阳升起，太阳落下，太阳照常升起。"

（完）

我死了以后你又是一个人了，我很担心你又回到垃圾堆里去，你这没爸没妈的可怜鬼连我也没了。所以我做了一件我从来没想过的事情，你以后看到像我的人也许就是我，他们用着我的眼睛、骨髓、血液。我签字的时候想，用我的器官的人一定十分有勇气，毕竟我没有那样的勇气，换一个心脏就是换了一个人，用别人的心脏我恐怕做不到，万一我们不是朋友了？万一……如果有那么多万一不如一了百了。我把所有都给了你，罪也由我来扛，你终于可以做你想做的一切。你要当一个快乐的人，这是我对你唯一的要求。所以我的好朋友，我不爱你了，但我将一直陪伴你。

你的亲人，历冥